suhrkamp taschenbuch 4165

Ein skrupelloses Zwillingspaar, ein orthodoxer Mönch, eine sadistische Vegetarierin und ihre Opfer, ein Fernsehredakteur und der Bürgermeister: Sie alle stolpern übereinander, fallen sich in den Arm oder gehen sich aus dem Weg nach dem Unfalltod des Regisseurs Max Hornung, der als Wessi Potsdam mit der Fernsehserie »Oststadt« verewigt und in Empörung und Dankbarkeit gespalten hat. Tatsächlich hat die Stadt auch einen realen doppelten Boden: ein Gangsystem unter dem Schloßpark, in dem man sich zu Zeitvertreib, Quälereien und Okkultismus trifft.

»Ein radikaler romantischer Roman, der nach der Wahrheit unseres Lebens fragt.« *Iris Radisch, Die Zeit*

Andreas Maier, geboren 1967, lebt in Frankfurt am Main. Zuletzt erschienen *Kirillow*. Roman. 2005 (st 3778), *Ich*. Frankfurter Poetikvorlesungen, 2006 (es 2492). *Bullau. Versuch über Natur*, mit Christine Büchner, 2008 (st 3947) und 2010 *Onkel J. Heimatkunde*. Sein Roman *Sanssouci* war 2009 für den Leipziger Buchpreis nominiert.

Andreas Maier

Sanssouci

Roman

Suhrkamp

suhrkamp taschenbuch 4165
Erste Auflage 2010

Druck: Druckhaus Nomos, Sinzheim
Umschlag: Göllner, Michels, Zegarzewski
ISBN 978-3-518-46165-5

1 2 3 4 5 6 – 15 14 13 12 11 10

Sanssouci

Dort schrien die einen dies, die anderen das; denn in der Versammlung herrschte ein großes Durcheinander, und die meisten wußten gar nicht, weshalb man überhaupt zusammengekommen war.

Apostelgeschichte 19,32

Erstes Buch

I

Die Beerdigungsgesellschaft

Für Anni Schmidt war der westdeutsche Regisseur ein sehr angenehmer Nachbar gewesen. Sie erzählte Dinge, die den Umsitzenden im Nibelungenhof, besonders den Babelsbergern, doch ziemlich spießig erschienen. Man musterte die Frau unverhohlen. Anni Schmidt trug ihr schwarzes Trauerkostüm, das sie vor zehn Jahren in der Gutenbergstraße in Potsdam anläßlich der Beerdigung ihres Gatten gekauft hatte, und ein schwarzes Hütchen mit Feder. Die Babelsberger trugen meistens nicht einmal Schwarz, sondern Jeansjacken oder die abgetragenen Sakkos, die sie auch sonst das ganze Jahr über trugen. Man saß im hinteren Raum der Wirtschaft.

Die Frau erzählte, daß sie den westdeutschen Regisseur, also Max Hornung, vollständig Maximilian Alexander Hornung, öfter im Garten getroffen habe, am gemeinsamen Gartenzaun, denn er habe sich intensiv um seinen Garten gekümmert. Garten, sagte einer der Babelsberger und starrte sie mit offenem Mund an. Sie: Ja, Garten. Rosen hatte er, und was für schöne! Er hat ja sogar das Unkraut gemocht und immer gesagt, liebe Frau Schmidt, Sie mögen das Unkraut nennen, aber findet die Distel die Distel nicht ebenso schön wie eine Rose eine Rose? Einmal bin ich ihm auf dem Kapellenberg begegnet, also, da waren Blumen, wissen Sie, die habe ich noch nie gesehen, obgleich ich da seit sechzig Jahren hingehe. So jemand liebt die Natur, wer so viel sieht!

Es gab im Nibelungenhof Schnaps, Kaffee, belegte Brötchenhälften (Käse, Bierwust, Räucherschinken), später wurden Würstchen und Steaks vom Rost gereicht. Frau Schmidt aber bestellte einen Schwarzwaldbecher. Es war Frau Schmidts erste Reise ... ins Ausland, hatte sie ihrer Kusine vor einigen Tagen am Telefon gesagt, sie meinte natürlich: in den Westen, nämlich nach Frankfurt am Main. Und obgleich der Grund für die Reise eine Beerdigung war, hatte sie sich dennoch fest vorgenommen, die Reise auch ein wenig zu genießen. Sie war am Vortag angekommen und hatte sich ein Hotelzimmer in Bahnhofsnähe genommen, Hotel Elvira, Weserstraße. Als sie auf dem Weg zum Hotel an den blau und rot beleuchteten Schaufenstern mit den Auslagen von Dr. Müller, Beate Uhse und World of Sex *etcetera* vorbeikam, begriff sie, daß sie mitten ins Frankfurter Pornoviertel geraten war ... Den Abend verbrachte sie vorsichtshalber im Hotelzimmer. Es verdroß sie nicht; am nächsten Morgen machte sie einen kurzen Gang an den Main, um ihre Verdauung in Gang zu bringen, und nachdem also gewisse Dinge erledigt waren, die erledigt werden mußten, bevor sie das Hotel verlassen konnte, fuhr sie zum Frankfurter Hauptfriedhof. Es war ein wunderbarer Sommertag, in den frühen Morgenstunden hatten die Amseln ein Konzert sondergleichen angestimmt. Die Trauergesellschaft versammelte sich um neun Uhr morgens, zu einer Zeit, zu der, wie einige dem Verstorbenen Nahestehende anmerkten, der Verblichene sicherlich noch geschlafen hätte ... Es gab ein kleines Requiem, von einem katholischen Priester unter Mithilfe eines russisch-orthodoxen Mönchs gehalten, dann überführte man den Sarg zum Grab und versenkte ihn elektrisch. Obwohl Anni Schmidt Hornung sehr gern gehabt hatte (mehr, als sie irgendwem gegenüber zugab; er war in den letzten zwei Jahren fast ein wenig das Glück ihrer alten Tage gewesen) und obwohl sie demzufolge also wirklich Trauer empfand um diesen netten jungen Mann, war es für sie dennoch sehr interessant und schön auf dem Frankfurter Hauptfriedhof. Hornung wurde an einem der seitlich vom Pavillon der Brandbestattungsgesellschaft abzweigenden Stichwege beerdigt. Frau Schmidt betrachtete die Gräber, teilweise waren sie sehr alt ... liegende Figuren in langen Gewändern, ernste Gesichter, Maßwerk auf den Seiten der Sarkophage ... eine Figur hatte ein Hündchen aus Stein zu ihren Füßen. Vor Jahrhunderten mußte der Verstorbene dieses Hündchen sehr geliebt haben. Natürlich dachte die gebürtige Potsdamerin hier an die Hunde des alten Fritz in Sanssouci. Überhaupt dieser herrliche Tag, und diese riesigen alten Bäume!

Wie gesagt hatte sie Hornung sehr gemocht. Das hatte sich aber erst mit der Zeit so ergeben. Zunächst war sie diesem fremden Westler gegenüber, der ihr in den Zeitungen so prominent angekündigt worden war, ziemlich mißtrauisch gewesen. Aber Hornung war ein ruhiger Nachbar, zurückhaltend und dennoch sehr freundlich. Sie hatte gemerkt, daß er sie ebenfalls mochte. Manchmal tranken sie sogar gemeinsam Kaffee in seiner Gartenlaube. Ihre Gespräche, fand sie, waren immer ganz besondere. Sie sprachen manchmal von Reisen, manchmal von Büchern, über Politik, über Potsdam im allgemeinen, die Wiedervereinigung. Sie sprachen nie über: Fernsehsendungen vom Vortag, Artikel in der Märkischen Allgemeinen oder den Potsdamer Neuesten Nachrichten. Frau Schmidt war nicht klatschsüchtig, und Herr Hornung war es in wohltuender Weise auch nicht. Er hatte nicht einmal einen Fernseher, und das, obgleich er für das Fernsehen arbeitete und diese Serie gemacht hatte: Oststadt! Kurzum, sie stand Hornung nah genug, um von seinem Tod betroffen zu sein, aber dennoch war sie nun hier in der fremden Umgebung des Nibelungenhofs ein wenig ausgelassen und bestellte also einen Schwarzwaldbecher. Sie aß den Schwarzwaldbecher mit großem Appetit, und anschließend trank sie einen Schnaps. Immer wieder blickte sie freundlich zu ihren Tischnachbarn und führte die eine oder andere Konversation. Zwei Plätze weiter saß eine Mutter mit einem Kind von vielleicht drei Jahren. Frau Schmidt lächelte das Kind an und schob ihm eine Platte mit Wurstbrötchen hin, weil sie dachte, das Kind wolle noch etwas essen. Das hätte sie besser nicht getan. Die Mutter, eine junge Frau, ihrer Aussprache nach ebenfalls Potsdamerin, rief sofort, sie sei wohl wahnsinnig! Zu ihrem Nachbarn: Lars, die Frau schiebt Jesus totes Tier hin, einfach so. Der Nachbar wandte sich zu Frau Schmidt und sagte: Wir essen so etwas nicht. Frau Schmidt: Das kann ich doch nicht wissen …

Jetzt erschienen auch der Pfarrer und der russisch-orthodoxe Mönch in der Gastwirtschaft. Nach der Beerdigung waren sie zunächst noch in der Kapelle beschäftigt gewesen. Beide waren in ein Gespräch vertieft und setzten sich an die Mitte der Tafel, wo für sie freigehalten worden war. Der Mönch hatte einen längeren, dünnen Kinnbart, trug eine Art Filzkappe und einen braunen Rock. Er sprach sehr gut Deutsch, in gewisser Weise besser als sein Kollege, aber mit Akzent und ziemlich langsam. Der Mönch hatte Deutsch studiert, als er noch in Rußland gelebt hatte. Vor drei Jahren war er zum ersten Mal nach Deutschland gekommen. Seine Sprache war wie eine Konserve aus vergangenen Zeiten. Er sprach sensationelle Hypotaxen, die aber nicht immer aufgingen. Er erzählte dem deutschen Kollegen gerade, wie er den Verstorbenen kennengelernt habe. Ich kam, sagte er, als ich mit meinen Eltern, welche ursprünglich aus der Ukraine stammten, dann aber in Blagowestschensk lebten, kurz gesagt, als ich mit ihnen übersiedelte, kam ich in einen Ort namens Bad Nauheim, wo es, wie Sie wahrscheinlich nicht wissen, Herr Pfarrer, ein dezentrales Übergangslager für uns gab. Nun, wir lebten dort zuerst einfach so in diesem Lager, und ich hatte noch zuvor in Blagowestschensk einen deutschen Universitätskollegen (ich arbeitete dort an der Universität) kennengelernt, er hieß … aber der Name tut nichts zur Sache, Sie kennen ihn nicht. Kurz gesagt, ich lebte also ein Jahr lang bereits in Bad Nauheim, da erfuhr ich erst, daß justament dieser Universitätskollege aus genau dieser Stadt stamme, gerade Urlaub mit seiner russischen Familie mache und bei uns in Bad Nauheim seine Hochzeit nachfeiere. Sie hatten in Blagowestschensk geheiratet, feierten aber in Deutschland ein zweites Mal, wegen der Familie meines Universitätskollegen. Ich war überrascht, erfreut und ging zu dieser Hochzeit, damals war ich noch kein Mönch, das heißt, ich war noch kein

Aspirant. Auf dieser Hochzeit begegnete ich Maximilian zum ersten Mal. Wir sprachen allerdings nur kurz, nur allgemein. Zwei Tage später begegneten wir uns im Schwimmbad, ich ging damals nämlich oft ins Schwimmbad, ich lebte im Grunde wie ein Pensionär in dieser Stadt, es gab ja keine Arbeit, mein Universitätsdiplom wurde in Deutschland nicht anerkannt. Aber was erzähle ich? Sagen Sie, Herr Pfarrer, woher kannten Sie Maximilian? Der Pfarrer: Aber wie kommen Sie denn darauf, daß ich ihn gekannt habe? Nein, ich kannte ihn gar nicht. Wissen Sie, wen man hier so alles beerdigt ... Wieso hat er denn in Potsdam gewohnt? Wissen Sie das? Er war doch, glaube ich, Frankfurter, oder nicht? ...

Überall im hinteren Raum des Nibelungenhofs wurden solche Gespräche geführt, wobei selbstverständlich die unterschiedlichsten Dinge erzählt wurden. Frau Anni Schmidt zum Beispiel hatte bislang überhaupt nicht gewußt, daß Hornung verheiratet gewesen war. Sie wurde gerade von der Frau mit dem dreijährigen Kind darüber aufgeklärt. Das Kind schaute seine Mutter begeistert an, aber immer, wenn es von jemand anderem angesprochen wurde, bekam es einen völlig leeren Blick. Wenn man ein Würstchen hinhielt, wurde der Blick noch viel leerer und das Kind sofort vollkommen ruhig, es wirkte wie abwesend. Das Kind war so lange völlig bewegungslos (es blickte dabei ein wenig nach oben), wie man das Würstchen hinhielt. Was jeweils folgte, war ein Wutanfall der Mutter. Meistens tuschelte sie mit ihrem Gefährten und blickte dabei in die Runde. Die Frau mochte sieben- oder achtundzwanzig Jahre alt sein, hatte ein schönes Gesicht, langes schwarzes Haar, große blaue Augen und blasse Haut. Sie und ihr Gefährte hatten Frau Schmidt nach dem Hinhalten der Wurstbrötchenplatte ganz zu Beginn des Trauerschmauses nicht mehr beachtet. Später aber rief die Frau zu Anni Schmidt, wie sie denn darauf komme, Hornung sei unverheiratet gewesen. Frau Schmidt: Er trug doch keinen Ring. Er hat auch nie etwas erzählt. Die Frau: Natürlich war er verheiratet. Aber man kann nicht sagen, daß seine Ehe besonders glücklich gewesen wäre. (Sie lachte.) Allerdings hat er sich nicht scheiden lassen. Auf solche bürgerlichen Dinge gab er nichts. Nicht wahr, Lars, sagte sie zu ihrem Freund, warum soll man sich scheiden lassen, man kann ja auch verwitwen! ... Frau Schmidt wollte nun aber doch wissen, mit wem Hornung verheiratet gewesen sei. Sie wisse zwar, daß er einen Sohn habe, der so um die siebzehn sei, aber wer die Mutter sei, wisse sie nicht. Die Frau mit den großen blauen Augen reagierte darauf nicht weiter, sagte nur kurz zu ihrem Freund, es sei ja völliger Unsinn, was die da rede, und wandte sich ab. Nach einer Weile rief sie aber doch zu Frau Schmidt: Mit mir war er verheiratet. Wir haben vor drei Jahren geheiratet. Wir haben aber nicht zusammengelebt. Frau Schmidt: Und wann haben Sie sich scheiden lassen? Sie: Gar nicht, habe ich doch gesagt. Jetzt bin ich verwitwet. Sehen Sie, bis vor einer Woche war ich offiziell seine Frau, jetzt bin ich offiziell seine Witwe. (Sie lachte.) Frau Schmidt: Dann ist sein Sohn also gar nicht Ihr Sohn? Sie: Von welchem Sohn reden Sie denn dauernd? Hornung habe keinen Sohn gehabt. Das wisse sie genau. (Mit Blick auf Jesus:) Sie kenne Hornungs Verhältnisse zufälligerweise sehr gut. Frau Schmidt: Jetzt verwirren Sie mich aber völlig. Die andere, zu ihrem Begleiter: Rede mit mir, Lars, ich kann diese alte Tante nicht mehr ertragen, hast du eigentlich gesehen, daß da hinten jemand raucht? Ich bin schwanger, tu was! Hier kann nicht geraucht werden!

Später wurde es sogar ein wenig laut, denn am Tisch war, den beiden Geistlichen gegenüber, ein Paar aus Babelsberg in Streit geraten. Beide stammten aus dem Filmteam, mit dem Maximilian Hornung zusammengearbeitet hatte. Die Frau lobte Hornungs Arbeit sehr, aber der Mann, ein Kameramann, sagte, das sei alles völlige Scheiße, Westscheiße, habe mit ihnen nichts zu tun. Hornung habe von ihnen keine Ahnung gehabt. Nur deshalb habe seine Serie so eingeschlagen. Die Umsitzenden wurden in den Streit hineingezogen, es ging eine Weile um West und Ost, um Westvorstellungen und Ostvorstellungen, der Kameramann behauptete, Hornung habe die Ostdeutschen zum Schluß nur noch als Ausländer bezeichnet und gesagt, die Vereinigung sei erst dann vollzogen, wenn alle, die in der DDR gelebt hätten, endgültig ausgestorben seien. Die Mutter von Jesus rief herüber, Hornung (sie nannte ihn immer nur beim Nachnamen) sei ein ganz typischer Fall gewesen. Ein Mensch, der der Meinung gewesen sei, er habe Anrecht auf alles. Mit so einer Besitzermentalität. Der russische Mönch hörte diesem Streitgespräch mit gerunzelter Stirn zu, blickte aber freundlich in die Runde, als könne er allein durch seinen sanften Blick eine bessere und harmonischere Stimmung am Tisch erzeugen. Das war aber nicht möglich. Wieso tragen Sie denn diese Filzkappe, rief die Mutter von Jesus. Schwitzen Sie nicht? Es ist doch Sommer, da müssen Sie doch schwitzen! Wie heißen Sie denn? Ich heiße Merle. Ich bin seine Frau. Der Mönch erwiderte, er heiße Alexej. Sie: Sagen Sie mal, finden Sie das eigentlich richtig, hier so Ihre Religion zur Schau zu stellen? Wir interessieren uns dafür nicht besonders, verstehen Sie das? Mir ist es völlig egal, was Sie machen, aber Sie müssen es nicht demonstrieren, oder? Alexej lächelte sanft und sagte, es sei das Gebot seines Ordens, der Bruderschaft des heiligen Hiob von Potschajew, diese Kopfbedeckung zu tragen, er ziehe sie auch im Kloster nicht ab. Er sei übrigens noch in der Probezeit. Sie: Wo sind Sie denn im Kloster? Er, nach wie vor ganz freundlich: Das Kloster ist in München. Wir beschäftigen uns mit Buchdruckerei. Jaja, rief sie, bleiben Sie nur immer schön freundlich, das ist ja auch am ungefährlichsten … Frau Schmidt folgte diesem eigenartigen Gespräch mit leerem Gesichtsausdruck, ähnlich dem von Jesus, wenn er auf den Anblick von Fleisch reagierte. Ihr war unbegreiflich, wie diese junge Frau so mit einem Mönch reden konnte. Es überstieg ihre Fassungskraft …

Später kam es noch zu einer merkwürdigen Szene. Gegen zwei Uhr, als schon einige der Trauergäste gegangen waren, betrat ein junger Mann den Raum, oder besser gesagt, ein Junge. Er mochte sechzehn oder siebzehn Jahre alt sein, hatte längeres, blondes Haar, eine auffällig sandfarbene Haut und sehr große braune Augen. Der Junge war unordentlich gekleidet und wirkte abgemagert. Alle schauten ihn an, als er in der Tür zum Gastraum erschien. Kurz darauf widmeten sie sich jedoch wieder ihren Gesprächen. Der Junge hielt sich am Rand, setzte sich auf einen etwas abseits stehenden Stuhl und musterte die Runde. Nach einer Weile stand er wieder auf und setzte sich in Alexejs Nähe. Er kannte den russischen Mönch zwar nicht, aber vielleicht machte Alexej einen vertrauenswürdigen Eindruck auf ihn. Die anderen hatten sich, wie gesagt, wieder ihren Gesprächen gewidmet, dennoch schauten einige der Babelsberger unverhohlen zu dem Jungen hinüber. Das ist, flüsterte Anni Schmidt der Frau mit Namen Merle zu, der Sohn von Herrn Hornung. Er heißt Arnold. Merle: Das ist doch kein Sohn von Hornung! Der sieht ihm ja nicht mal ähnlich! Einer aus dem Filmteam stand jetzt auf, ging zu Arnold und setzte sich neben ihn, wobei er vertraut tat. Wie kommst du denn hierher, fragte er. Bist du allein nach Frankfurt gefahren? Arnold schwieg. Ein anderer aus dem Filmteam rief, das sei ja alles unglaublich. Jetzt komme der auch noch zur Beerdigung! Hat er am Ende noch seine Schwester dabei? Nein, rief Arnold plötzlich laut, meine Schwester ist nicht dabei. Und nimm dieses Wort nicht in den Mund, du Arschloch, sag nie mehr *seine Schwester*! Sie geht euch überhaupt nichts an! In dem Augenblick öffnete sich allerdings erneut die Tür zum Clubraum, und ein Mädchen kam herein, das ebenfalls diese eigentümlich sandfarbene Haut und die gleichen Augen wie der Junge hatte, nur daß ihre Haare länger waren und fast bis zur Taille reichten. Sie trug ein schwarzes Spaghettitop und einen kurzen schwarzen Rock, der ihre Knie frei ließ. Das ist doch ganz unerhört, rief der Mann von eben. Heike, daß du dich unterstehst, hier auch noch zu erscheinen! Man sollte euch dem Jugendamt abliefern, das sollte man. Arnold rief: Dann versuch es doch! Du altes Schwein, fick doch deine Frau, los, fick sie, aber du fickst sie nicht, du kannst nur wichsen, du Fettsack. Der Mann stand auf und lief um den Tisch herum, um Arnold zu ohrfeigen, aber Alexej stellte sich vor den Jungen. Sie naiver russischer Pope, sagte Arnold. Lassen Sie ihn mich schlagen, los, lassen Sie ihn! Nur die Eskalation zeigt die Wahrheit, und ich will die Eskalation, ich will sie unbedingt! Der Mann blieb stehen, schüttelte den Kopf, murmelte etwas vor sich hin und rief schließlich, das habe alles nichts mit Max zu tun, nichts, Max sei alldem nur aufgesessen, sie hätten ein teuflisches Spiel mit ihm getrieben. Ach ja, wir? rief Arnold. Dann ging der Mann zu seinem Platz zurück und besprach sich mit seinen Kollegen, woraufhin ein Teil der Babelsberger den Raum verließ. Heike hatte die ganze Zeit unbeteiligt am Rand gestanden und unter sich geblickt, jetzt setzte sie sich wortlos neben ihren Bruder und Alexej. Nach dieser Szene kehrte wieder Ruhe ein. Die beiden Geschwister tranken Bier und aßen eine Unmenge von Wurst- und Käsebrötchen, offenbar hatten sie großen Hunger. Auch das Mädchen machte einen verwahrlosten Eindruck. Die ganze Trauergesellschaft hatte diese Szene mitbekommen, aber die Potsdamer und Babelsberger winkten bloß ab und sagten, man solle darauf nichts geben, das hätten sie schon zu oft erlebt. Wo die beiden auftauchten, gebe es nichts als Unfrieden. Damit ging man wieder zur Tagesordnung über.

Gegen drei Uhr löste sich die Trauerversammlung auf. Frau Schmidt fuhr zum Bahnhof, um den nächsten Zug nach Berlin zu nehmen, die Babelsberger stiegen in ihre Autos, Merle fuhr bei ihnen mit, die anderen strebten nach verschiedenen Seiten davon. Alexej, der deutsche Pfarrer und Merles Freund liefen eine Weile die Eckenheimer Landstraße hinunter. Der Freund war nun gesprächiger als vorher und stellte sich als Lars Berlow vor. Der Pfarrer fragte, welchen Bezug er zu dem Verstorbenen gehabt habe. Einen nur sehr fernen, sagte Berlow. Seine Freundin sei zwar mit Hornung verheiratet gewesen, aber er sei ihm nur zweimal begegnet. Hornung sei ihm stets irgendwie desinteressiert erschienen. Seine Freundin sei jemand, der wirklich sehr polarisieren und die Menschen angreifen könne, aber Hornung sei darauf nie eingegangen. Das habe vermutlich daran gelegen, daß er so indifferent gewesen sei. Merle sei ihm völlig egal gewesen. Übrigens sei Merle unter Menschen sonst immer eher still und zurückhaltend. So wie eben habe er sie noch nie erlebt. Der Tod habe sie doch merklich aus dem Konzept gebracht. Morgen gehe sie zu einer Rechtsanwältin, vielleicht komme daher die Aufregung. Alexej fragte, in welcher Hinsicht seine Freundin die Menschen angreife. Er: In verschiedener Hinsicht. Sie ist sehr gegen das Autofahren, sie ist sehr gegen diese riesigen Nahrungsmittelkonzerne heutzutage, vor allem seit Jesus. Es ist für sie unvorstellbar, daß Menschen Fleisch essen. Solche Dinge. Sie ist da sehr ungewöhnlich. Ihrem Mann war das egal. Ihm war offenbar alles egal. Ich weiß überhaupt nicht, warum die beiden geheiratet haben. Das ist mir ein absolutes Rätsel. Eigentlich nenne ich ihn gar nicht »ihren Mann«. Ich nenne ihn immer nur Max

Hornung. Der Pfarrer: Und die anderen am Tisch? Diese Potsdamer oder Babelsberger, es waren ja mindestens ein Dutzend Leute, wovon haben die eigentlich geredet, als die beiden Jugendlichen erschienen? Berlow: Er habe keine Ahnung. Er komme nicht aus Potsdam, er wohne in Braunschweig. Merle sei übrigens aufgefallen, daß der Nachlaßverwalter nicht dagewesen sei, ein alter Freund Hornungs. Es gebe ja dieses Haus in Potsdam, und da müßte einiges vorhanden sein. Dieser Freund heiße Mai, wie die Jahreszeit. Merle kenne ihn irgendwoher.

Alexej erinnerte sich, diesem Mai einmal begegnet zu sein. Er erinnerte sich aber nur an den Namen.

Sie gingen bis Höhe Glauburgstraße, dann trennten sie sich. Der Pfarrer wohnte in der Nähe, Berlow stieg in die U-Bahn, und Alexej lief weiter. Er war nachdenklich und verwirrt. Einige Leute, die er auf der Beerdigung erlebt hatte, paßten überhaupt nicht zu Max. Vor allem war ihm die Rolle der beiden Jugendlichen unklar. Er hatte noch nie von ihnen gehört. Konnte es tatsächlich sein, daß Max einen siebzehnjährigen Sohn hatte? Beziehungsweise eine ebensolche Tochter? Das schien ihm völlig unmöglich. Und wie war diese Aggressivität unter den Leuten aus Ostdeutschland zu erklären? Wer waren überhaupt all diese Leute? Zu viele Fragen schossen durch Alexejs Kopf. Er lief die Eckenheimer Landstraße weiter, überquerte vorsichtig eine Kreuzung (seit er im Kloster lebte, war er im Straßenverkehr etwas unsicher geworden), blieb vor einem Antiquariat stehen und betrachtete im Schaufenster nachdenklich eine alte Weltkarte. Dann sah er Arnold und Heike auf der anderen Straßenseite.

Beide standen da und beobachteten ihn. Offenbar hatten sie ihn verfolgt. Sie musterten ihn mit unverhohlenem Interesse und hielten sich an der Hand. Arnold flüsterte seiner Schwester etwas ins Ohr, worauf sie in eine Seitenstraße verschwand. Dann kam Arnold über die Straße gelaufen. Herr Alexej, rief er ihm entgegen, warten Sie auf mich? Stehen Sie deshalb da? Ich begleite Sie ein Stück, wenn Sie wollen. Alexej sagte, er habe nicht gewartet. Er sei gedankenverloren gewesen und habe die Auslagen betrachtet. Arnold sah ins Schaufenster. Sie mögen alte Weltkarten? fragte er. Alexej schüttelte den Kopf. Er habe, wie gesagt, nur gedankenverloren in das Schaufenster geblickt. Ich weiß, sagte Arnold. Wir haben Sie beobachtet. Wir sind Ihnen nämlich nachgelaufen. Haben Sie meine Schwester gesehen? Ja, sagte Alexej, natürlich habe ich deine Schwester gesehen. Ich habe sie vorhin im hinteren Raum der Wirtschaft gesehen, und eben hier habe ich sie auch gesehen. Und, fragte Arnold plötzlich mit einem frechen und herablassenden Gesichtsausdruck, was hat sie an? Alexej sagte, er verstehe die Frage nicht. Was meine er? Er: Was sie anhat, was sie trägt. Ich will wissen, was sie trägt! Alexej dachte nach und erinnerte sich nicht an Heikes Kleidung. Arnold: Und ihre Haare? Was hat sie für Haare, wie sind sie geschnitten? Alexej antwortete, sie habe blonde Haare, sehr lang. Arnold: Sie trägt ein schwarzes Oberteil, schulterfrei, und einen schwarzen Rock, kaum bis zu den Knien. Hier, bis dahin, verstehen Sie? Und Flipflops. Jeder trägt heute Flipflops, ich nicht, sehen Sie, ich nicht! Arnold trug völlig ausgetretene Sandalen, die er im selben Augenblick auszog und, von plötzlicher Wut gepackt, in einen Garten schleuderte. Ich hasse diese Flipflops, rief er. Sonst ist sie im Juli immer barfuß gelaufen. Alexej schaute ihn fragend an. Nach einer Weile bekam der Junge wieder einen friedlicheren Gesichtsausdruck. Waren Sie einmal in Potsdam, fragte er. Was sind Sie überhaupt, sind Sie ganzer Russe oder halb und halb oder so ein Aussiedler oder was? Max hat viel von Ihnen erzählt, aber es ist mir nie ganz klargeworden, was Sie eigentlich für einer sind. Alexej: Warum redest du so? *Was ich für einer bin*, das ist eine herablassende Wendung. Warum sagst du das? Übrigens war ich noch nie in Potsdam. Ich kenne nicht viele Städte in Deutschland. Arnold wechselte nun plötzlich zum Du. Ich finde dich lustig, sagte er. Als ich vorhin in diese Scheißkneipe reinging, dachte ich, mal gucken, ob dieser Mönch Alexej da ist und man ihn auf Anhieb erkennen kann. Und du bist ja wirklich ein total echter Mönch! Ziehst du diese Kappe nie ab? Alexej verneinte. Übrigens sei er das heute schon mehrfach gefragt worden. Arnold wurde nachdenklich und schaute eine Weile vor sich hin. Dann: Weißt du, warum sie es fragen? Warum alle nach deiner Kappe fragen? Weil du dich von ihnen unterscheidest. Allein durch deine Kleidung. Weil dein Mönchsein für sie ausdrückt, daß du dich für etwas Besseres hältst. Du machst dich arm und unterwirfst dich Regeln, eigentlich das Gegenteil von Hochmut, aber gerade das ertragen sie nicht. Sie wollen nämlich, daß alles gleich ist. Sie können nicht ertragen, wenn sich jemand von ihnen unterscheidet. Letzten Endes wollen sie alles, was anders ist, ausmerzen …

Alexej schaute den Jungen an. Er wußte nicht, ob das Phrasen waren, die der Junge irgendwo aufgeschnappt hatte, oder ob Arnold sich das alles selbst ausdachte. Alexej sagte, in der Selbsterniedrigung liege eine große Gefahr, vielleicht die größte. Sie ist von der Selbstüberhebung nur ganz schwer zu unterscheiden. Aber es ist nicht ein und dasselbe. Ja, rief Arnold, ja, es ist nicht ein und dasselbe, aber sie glauben es einem ja nicht. Sie glauben es einem nicht! Er stampfte mit den nackten Füßen auf die Straße. Alexej entgegnete, man solle vielleicht nicht so sehr darauf achten, was andere über einen dächten. Auch darin liege eine Gefahr. Arnold, wieder ruhiger: Ja, ich weiß. Du bist echt ein kurioser Pfaffe. Du paßt zu Max. Er hat dich regelrecht geliebt. Es hat ihn nur gestört, daß man mit dir nicht trinken kann. Du bist zu asketisch für ihn gewesen. Alexej mußte nun unwillkürlich lachen. Dieser Arnold hatte Max Hornung wirklich gut gekannt. Wo gehst du hin? fragte er den Jungen. Sollen wir ein Stück zusammen gehen? Und wohin ist denn deine Schwester eben verschwunden? Er: Wo meine Schwester ist, ist egal. Ich habe auch nicht viel Zeit. Wir treffen hier gleich einen Freund. Am Abend, sehen wir uns diesen Abend, oder gehst du gleich wieder in dein Kloster? Wo ist denn dein Kloster? Ich weiß gar nicht, wie man sich so ein Kloster vorzustellen hat. Alexej sagte, sein Kloster sei in München. Er fahre heute zu seiner Mutter, die in der Nähe von Frankfurt wohne, und werde morgen nach München zurückreisen. Am Abend werde auch sein Bruder bei der Mutter sein, er habe ihn seit des Vaters Tod nicht gesehen. Arnold: Wann ist denn dein Vater gestorben? Sein Vater, antwortete Alexej, sei vor sieben Monaten gestorben, im Dezember, zwei Tage vor Weihnachten nach hiesiger Rechnung. Arnold: War er alt? Er war nicht jung, sagte Alexej, er war vierundfünfzig und sehr krank. Alexej fragte nun, was denn sein, Arnolds, Vater mache, und seine Mutter? Ob sie gemeinsam in Potsdam lebten? Arnold wirkte plötzlich angewidert und sagte, er habe wirklich keine Zeit jetzt, er müsse nach Heike schauen. Sie sei dahinten in der Straße, er habe sie viel zu lange warten lassen. Sie seien auch gar nicht mit einem Freund verabredet, das habe er bloß erfunden. Alexej ging nicht weiter darauf ein, sondern gab Arnold seine Telefonnummer. Irgendwie fühlte er sich für diesen Jungen verantwortlich. Vielleicht mußte man ihm helfen. Da er allerdings nichts über ihn wußte, konnte er auch nicht einschätzen, was der Junge erzählte. Für Alexej war sehr seltsam, was er heute erlebte.

Der Mönch aus der Bruderschaft des heiligen Hiob fuhr daraufhin nach Wölfersheim, einem kleinen Ort in der Wetterau, etwa fünfzig Kilometer von Frankfurt entfernt. Seine Mutter lebte dort seit einem halben Jahr. Alexej nahm die Bahn nach Friedberg und wartete bis fünf Uhr auf einen Bus. Eine halbe Stunde später stieg er in Wölfersheim aus und durchquerte den Ort. Er lief durch Gassen, die aus lauter Fachwerkhäusern bestanden, überquerte ein großes Tankstellengelände, kam an einer heruntergekommenen Turnhalle vorbei und gelangte in eine Straße mit meist dreigeschossigen Häusern aus den sechziger Jahren. In einem dieser Häuser wohnte seine Mutter Irina.

Seine Mutter war seit dem Tod ihres Mannes allein und fuhr jeden Abend nach Friedberg ins städtische Krankenhaus, um zu putzen. Dort war sie mittels einer lokalen Personalvermittlung beschäftigt, man nannte das indirekte Anstellung, Alexej hatte die rechtliche Konstruktion nie verstanden. Sie war kompliziert, wie überhaupt vieles in Deutschland für Alexej kompliziert war. So war zum Beispiel sein Studienabschluß nicht anerkannt worden, obwohl er in Rußland schon jahrelang als Deutschlehrer an der Universität gearbeitet hatte. Als er mit seinen Eltern nach Deutschland gekommen war, mußte er noch einmal anfangen zu studieren, mit dreißig Jahren, was er als Demütigung empfand, obgleich die deutschen Studenten um ihn herum teilweise genauso alt waren wie er. Ihn hatte dieses Studium gequält, es war ihm zu wenig schulmäßig und zu wenig diszipliniert erschienen, eigentlich lernte man nichts, ganz anders als in Rußland, man redete nur immerfort über das Lernen. Auf diese Weise wollte Alexej nicht seine Zeit vertun. Dann ging sein Vater nach Rußland zurück. Er hatte in Deutschland nie eine Arbeit gefunden und stand dem Land inzwischen sehr kritisch gegenüber. Alexej kehrte mit ihm zurück, weil er den Vater nicht allein lassen wollte.

Sie gingen in ihr altes Dorf Kubain, in dem Alexej als Kind gelebt hatte. Nach einigen Schwierigkeiten mit den dortigen Behörden nahm Alexej eine Stelle an einer Schule für elternlose Kinder an, und gemeinsam mit dem Vater bewirtschaftete er den Garten und das kleine Stück Land, das sie dort besaßen. Dann jedoch wurde der Vater krank, verlor seine Stimme und konnte nur noch flüstern.

In Begleitung seines Sohnes fuhr er in die Kreisstadt und ließ sich untersuchen. Wenige Tage später war Alexejs Vater wieder zurück in Bad Nauheim. Die Diagnose im russischen Krankenhaus hatte Kehlkopfkrebs gelautet. Alexej war nun in einer verzwickten Lage, denn er wollte das Häuschen in Kubain nicht aufgeben und die kleine Landwirtschaft, auf die er in den letzten Monaten so viel Mühe verwandt hatte, nicht erneut brachliegen lassen. Vor allem fühlte er sich der Schule gegenüber verpflichtet, nicht nur der Schüler wegen, die er sehr liebte, sondern auch in Hinsicht auf die anderen Lehrer und den Direktor. Er wäre sich fahnenflüchtig vorgekommen, wenn er wieder fortgegangen wäre. Der Vater war ja nicht allein, er hatte die Mutter und den anderen Bruder. Außerdem war sich Alexej immer mehr über die Probleme klargeworden, die auch er mit Deutschland hatte. Er war bereits während seines ersten Aufenthalts in Bad Nauheim ein glühender Anhänger der russisch-orthodoxen Kirche gewesen und hatte sich schon damals an die Fastenanweisungen im Jahreskalender gehalten. Damit hatte er kurz vor seiner Abreise aus Rußland begonnen. Wann immer er konnte, hatte er Gottesdienste aufgesucht, wofür er nicht selten bis Darmstadt oder Wiesbaden gefahren war. Im Bad Homburger Erzpriester Dimitrij hatte er einen Mentor gefunden, der ein eingefleischter Nationalist war und die Idee Rußlands als wahrer Kirche Gottes vertrat. Auch Alexej entwickelte eine immer nationalistischere Rußlandidee und sah gewisse Verhältnisse in seinem Heimatland, die andere kritisierten, bald mit einem eigenen Blick. In der Armut der Menschen auf dem russischen

Land steckte für ihn eine Wahrheit. Den Konsum und die Schnelligkeit, mit der alles in Deutschland vonstatten ging, hielt er, mit einem Wort, für gottlos. Außerhalb der Kirche war Max Hornung der einzige, mit dem Alexej über seine Ansichten sprechen konnte. Alexej wußte, daß die anderen Deutschen seine religiösen Bestrebungen entweder für lächerlich oder für gefährlich hielten. Kurzum, Alexej fand im Leben auf dem russischen Land eine größere Wahrheit und eine größere Gottesnähe als im Leben hierzulande. In Kubain füllte er Öl in seine Lampen, aß Gemüse aus dem Garten, schlachtete seine Hühner, und alles das ohne Geld und ohne jede soziale Absicherung. Niemand in dem Dorf hatte eine soziale Absicherung, und Alexej vermißte sie auch nicht. In Deutschland waren ihm zu viele Menschen auf einem Fleck, man sprach fast nie über die Familie, dafür unterhielt man sich über Fernsehen oder Politik und dergleichen. Politik hatte aber nichts mit Wahrheit zu tun, sondern mit Steuern, Straßen, Konsum, Wirtschaft. Die Menschen in Deutschland dachten an ihre Steuern, ihre Abgaben, ihre Bezüge, ihre Urlaubsreisen, vor allem dachten sie an ihre Autos, aber die meisten hatten nicht einmal Gemüse im Garten, niemand durfte einem anderen das Dach reparieren (man nannte es Schwarzarbeit), und von allem war Geld die Grundlage. Auf dem russischen Land dagegen funktionierte das Leben fast ohne Geld. Rußland ist ein Wald, und Deutschland ist ein Park, das hatte Alexej Max bei ihrer ersten Begegnung im Schwimmbad kurz nach der Hochzeit gesagt. Im Wald ist es gefährlich, aber man braucht dort kein Geld, im Park dagegen kostet alles Eintritt. Alexej unterstrich den Begriff »Wald« damals durch ein eigentümliches Beispiel. Er sagte: Wenn du in Rußland mit einem Mädchen zusammen bist, zum Beispiel gehst du mit ihr spazieren, dann mußt du bereit sein, sie zu verteidigen, hiermit. Und er wies auf seine Fäuste.

Sein Vater hatte in Deutschland die meiste Zeit nur ferngeschaut. Der größte Augenblick für ihn war die Befreiung der Geiseln aus dem Moskauer Dubrowka-Theater (26.10.2002). Die gesamte Familie hatte sich über die Darstellung der Befreiung im westlichen Fernsehen aufgeregt. Sie waren stolz auf diese Befreiung. Sie waren Russen und stolz auf ihr Land, aber aus irgendwelchen Gründen weckte das bei den Deutschen Spott und teilweise Verachtung. Sein Vater hielt die Deutschen für ein fleißiges Volk, aber für lächerlich und rückgratlos. Für Alexej waren die Deutschen in erster Linie gottlos, womit er weniger die einzelnen Menschen als vielmehr das ganze Land, oder besser gesagt, die Gesellschaft, die Kultur meinte (er dachte hierbei eher in nationalen Begriffen). Als es dem Vater in Deutschland immer schlechter ging, verließ Alexej sein Dorf und fuhr nach Bad Nauheim zurück. Monatelang hatte er wie ein Einsiedler gelebt, jetzt saß er zwei Tage lang unter achtzig Menschen in einem Bus nach Frankfurt am Main. Er hatte sich inzwischen ein Bärtchen wachsen lassen und war ziemlich abgemagert, weniger durch die anstrengende Arbeit auf dem Feld als vielmehr durch das strenge Fasten. Nach seiner Rückkehr war er verzweifelt. Wieder an die Universität gehen wollte er keinesfalls. Er plante allen Ernstes, einen Gabelstaplerführerschein zu machen, um von der Firma, bei der seine Mutter beschäftigt war, in einem Warenlager eingesetzt zu werden. Der Vater wurde operiert, hatte nun keinen Kehlkopf mehr und konnte gar nicht mehr sprechen. Sein Zimmer mußte ständig mit einem Apparat feucht gehalten werden, die Wunde am Hals quälte ihn, zudem wurde er immer ungeduldiger.

Alexej machte zu der Zeit einige Reisen. Manchmal war er eine Woche weg, manchmal länger. Wohin er fuhr, sagte er niemandem. Die Familie war inzwischen in eine kleinere Wohnung umgezogen, mit Blick auf ein riesiges, neugebautes Einkaufszentrum, dessen bunte Leuchtreklamen bis nachts in die Fenster der Familie hineinleuchteten. Tagsüber war ein ständiger Verkehr auf dem riesigen Parkplatz. Da konnten sie die Deutschen studieren. Den Markt betraten sie nie, sie kauften in einem kleinen russischen Laden namens »Matröschka« im Untergeschoß eines nahegelegenen Hochhauses ein, das seit zwei, drei Jahren nahezu ausschließlich von Russen bewohnt war ... Eines Tages, Alexej war wieder verreist, rief er bei seiner Mutter in Bad Nauheim an und sagte: Mutter, ich bin in München, schon seit einer Weile, bitte mach dir keine Sorgen, ja? Er blieb drei Wochen aus und rief auch nicht mehr an. Dann stand er eines Tages in seiner Kutte mitsamt der Kappe und einem länger gewordenen Bärtchen vor der Tür. Denen, die Alexej gut kannten, schien einerseits völlig verrückt, was er nun getan hatte, andererseits konnten sie sich nicht des Eindrucks erwehren, daß Alexej nach seinem Eintritt ins Kloster plötzlich mehr in sich ruhte. Es schien ihnen so, als sei Alexej vorher verpuppt gewesen, ohne daß es irgendwer begriffen hätte. Jetzt war er geschlüpft. Man brachte ihm sofort eine fast ehrfürchtige Hochachtung entgegen, gegen die er sich aber höflich zu wehren wußte. Einiges hatte sich bei ihm wirklich schnell verändert. Er hatte bald nach seinem Eintritt ins Kloster begriffen, daß viel Unglück und Falschheit in die Welt kommt durch Unmäßigkeit im Reden. Er sah im Reden eine ähnliche Verlockung wie im Trinken oder in der geschlechtlichen Liebe. Also hielt er sich beim Reden zurück und erlegte sich Enthaltsamkeit auf, wodurch er auf seine Umwelt außerhalb des Klosters zwar nicht schweigsam, aber doch zurückhaltend, unaufdringlich und manchmal geradezu weise wirkte. Alles, was er sagte, war plötzlich einfach und hatte Hand und Fuß. Ansonsten schwieg er und hörte um so mehr zu. Als Zuhörer war er verständnisvoll, aber bisweilen zeigte sein Gesicht Mitleid, wenn die anderen zuviel redeten und sich deshalb ständig verwirrten. Er begriff, daß die meisten Menschen überhaupt nicht wußten, warum sie auf der Welt waren. Sie hatten keine klare Idee und spürten keine Wahrheit in sich. Er selbst hatte nun drei Leitlinien: erstens sich an die Regeln des Klosters zu halten, zweitens streng enthaltsam zu leben und drittens, das war der gefährlichste Punkt, sich für den Geringsten von allen zu erachten. In nichts steckte so sehr die Gefahr der Hybris. Das hatte auch Arnold klar erkannt.

Alexej verbrachte den späten Nachmittag mit seinem Bruder Roman, seiner Mutter und einer Freundin der Mutter bei Tee, Gebäck und Trockenobst. Seine beiden Neffen spielten zwischen den Stühlen und wunderten sich über die seltsame Kleidung des Onkels. Gegen Abend ging er mit Roman am Wölfersheimer See spazieren. Sie liefen zu einer Stelle, an der Alexej einmal mit Max und Freunden aus Blagowestschensk gegrillt hatte. Das war zu der Zeit gewesen, als er noch keine Kutte getragen hatte. Alexej blieb dort nachdenklich stehen und betrachtete die Sonne, die bald untergehen würde. In diesem Augenblick klingelte das Telefon. Es war Arnold.

Die Engel

Als Arnold Meurer den Mönch verlassen hatte, ging er zu dem mit seiner Schwester verabredeten Treffpunkt. Sie hatten ausgemacht, daß Heike in eine Straße hineinlaufen sollte, etwa hundert Meter weit, auf jeden Fall außer Sichtweite, um dort zu warten. Auf dem Straßenschild stand *Zeißelstraße*. Heike war nicht da. Arnold begann herumzulaufen. Es ärgerte ihn nicht, daß er Heike nicht fand, diese Regung wäre ihm völlig fremd gewesen. Er wäre an ihrer Stelle auch nicht stehengeblieben, um zu warten. Heike und er waren sich in solchen Sachen sehr ähnlich. Nach einer halben Stunde fand er Heike ganz von selbst. Erst holte er sich an einer Trinkhalle Bier, dann überquerte er eine kleine Grünanlage, lief durch die Straße oberhalb der Zeißelstraße, ging in eine Wirtschaft und gelangte schließlich zur Glauburgstraße. Arnold erinnerte sich daran, daß sich hier der Mönch von den beiden anderen, dem deutschen Priester und dem Freund Merle Johanssons, getrennt hatte. Heike bewegte sich immer eher rückwärts als vorwärts. Also lief er die Straße entlang, kam zur Stalburg und fand dort seine Schwester. Sie hatte an einem Klapptisch vor der Wirtschaft Platz genommen, neben ihr saß ein Mann Mitte Zwanzig. Heike und der Mann unterhielten sich sehr angeregt. Arnold bewunderte seine Schwester, sie hatte ein auffälliges Talent, den Leuten nach dem Mund zu reden, und schaffte es auch in diesem Augenblick ohne weiteres, dem Mann an ihrem Tisch zu suggerieren, sie habe absolut Ahnung von der Sache, über die sie gerade sprachen, und daß diese Sache sie zudem überaus begeistere. So ein Gesprächsverhalten konnte natürlich nur dann funktionieren, wenn dem anderen ganz egal war, was geredet wurde, weil es für ihn um etwas komplett anderes ging. Und in der Tat, der Mann interessierte sich ausschließlich dafür, wie Heike ihre Beine hielt oder ob sie sich vornüberbeugte und er vielleicht unter dem schwarzen Spaghettitop ihre Brüste sehen könnte. Und er schaute ihr natürlich auf die Lippen, denn Heike hatte eine perfekte Art, ihre Lippen zu schürzen, das machte alle Männer wahnsinnig, ausnahmslos alle. Augenscheinlich hatte Heike dem Mann bereits völlig den Kopf verdreht. Sie hob ihre Augenbrauen, schlug immer wieder die Beine übereinander oder spreizte sie unter ihrem kurzen Rock wie bei einer Lockerungsübung, der Mann wußte nicht, wo er noch hinschauen sollte. Arnold setzte sich zu den beiden, ließ sich und Heike einen Becherovka bringen, hörte aber nicht zu, sondern versank in Gedanken und betrachtete den Mann, mit dem Heike sprach. Er trug längere Koteletten und eine Brille mit schwarzem Rand. Bestimmt ein Student. Oder eben mit seinem Studium fertig. Er sah nicht unangenehm aus. Was er wohl für Vorlieben hatte? Nach einer Weile begann Arnold dem Gespräch zuzuhören und stellte fest, daß es nichtssagend war. Der Mann redete völlig normal, wie alle, über ganz beliebige Dinge. Arnold spürte Widerwillen und eine grenzenlose Überlegenheit in sich aufsteigen, aber er biß sich auf die Lippen und sagte sich: Wenn er wüßte, daß sie unter ihrem Rock gar nichts trägt, würde er vermutlich auf der Stelle durchdrehen.

Irgendwann entschuldigte sich der Mann für einen Moment, ging in die Wirtschaft hinein, und Heike und Arnold standen auf und verließen den Gastgarten, ohne zu bezahlen. Arnold machte seiner Schwester Vorwürfe, daß sie solchen Leuten immer erlaube, sich an ihren Tisch zu setzen. Heike entgegnete trotzig, nicht er habe sich zu ihr an den Tisch gesetzt, sondern sie sich zu ihm.

Später liefen sie die Friedberger Landstraße hinunter, kamen am Friedberger Platz vorbei, die Straße war jetzt sehr breit und das Trottoir eng, aber das bemerkten sie nicht, beide waren in Gedanken versunken und hielten sich an der Hand. Weiter unten betraten sie den chinesischen Garten, liefen immer noch wortlos über die Wege, den kleinen Bach entlang, einmal um die Pagode herum, dann nahmen sie von ihrem letzten Geld ein Taxi und fuhren zum Hauptbahnhof. In der Bahnhofshalle klauten sie zwei kleine Fläschchen Sekt und stiegen in den nächsten ICE Richtung Berlin. Im Zug setzten sich die beiden Geschwister in den Gang, obgleich der Zug nur halb voll war. Heike rauchte. Sie wurde darauf hingewiesen, daß Rauchen hier verboten sei, also machte sie ihre Zigarette vorsichtig aus und zündete sie sofort wieder an, als sie allein waren. Als sie die Sektfläschchen ausgetrunken hatten, beschlossen sie, ins Bordbistro zu gehen und weiterzutrinken. Im Bordbistro fiel ihnen allerdings ein, daß man bei Bestellung gleich zahlen mußte. Also gingen sie lieber ins Restaurant und bestellten dort zwei Portionsflaschen Weißwein. Der Kellner wollte die Annahme der Bestellung zunächst verweigern, weil die beiden ihm zu jung erschienen, aber Heike lächelte ihn an und beugte sich ein wenig vor, in den Blickwinkel des Kellners, was diesen augenscheinlich überzeugte, so daß er den Wein brachte.

Die Fahrkartenkontrolle kam erst nach einer Weile, da waren sie schon kurz vor Kassel. Arnold verwies den Schaffner darauf, daß seine Schwester die Fahrkarten eingesteckt habe. Heike lächelte, machte Sportübungen mit ihren Beinen und griff nach ihrer Handtasche, um verwundert festzustellen, daß ihre Handtasche gar nicht da war. Wo war denn ihre Handtasche? Darin befanden sich doch die Tickets! Und nun war sie weg … Vielleicht agierte Heike dem Schaffner gegenüber ein wenig zu kokett, auf jeden Fall glaubte er den beiden kein Wort und benachrichtigte die Beamten in Kassel, daß sie die beiden Schwarzfahrer in Empfang nehmen sollten. Er ließ sich auch nicht wirklich davon beeindrucken, daß sich Heike ihm gegenüber in den richtigen Blickwinkel brachte. Die Rechnung im Bordrestaurant zahlte niemand, in Kassel wurden die Zwillinge anderen Bahnbeamten ausgehändigt, Heike bekam daraufhin einen vorbildlich geschauspielerten Verzweiflungsanfall, hatte aber keinen Erfolg.

Dennoch war Heike für die Beamten im Kasseler Bahnhof atemberaubend. Jeder wollte irgend etwas für sie tun, fragte, ob sie eine Cola wolle, ob sie etwas essen wolle, ob sie jemanden anrufen wolle ... Heike sagte, sie wolle eine Zigarette und einen Jägermeister. Beides wurde ihr sehr schnell gebracht. Arnold saß daneben und ließ seine Schwester gewähren, wie immer in solchen Situationen. Er kannte ihre Fähigkeiten. Heike brauchte einfach nur dazusein, und schon lagen ihr die Männer ausnahmslos zu Füßen. Einigen konnte man den Widerstand noch ansehen, aber nur eine Weile, und dann wurden auch sie schwach. Heike war das Schlimmste, was es für Männer geben konnte.

Später kam er auf den Gedanken, den Mönch anzurufen, und kramte in seiner Hosentasche, bis er die Nummer des Russen gefunden hatte. Am Telefon meldete sich der Anrufbeantworter. Arnold hinterließ keine Nachricht. Dann kam ein Polizist zu der Szene hinzu.

Da die Schwarzfahrer weder Geld hatten noch sich ausweisen konnten, ihren eigenen Angaben nach minderjährig waren und zudem die Nennung ihrer Adresse verweigerten, hatte man die Polizei verständigt. Es kam ein eigens für solche Fälle psychologisch geschulter Beamter, ein Nordhesse. Das sind also die beiden Schwarzfahrer, sagte er. Und ihr habt also keine Ausweise? Nein, haben wir nicht, sagte Arnold. Ich laufe nicht ständig mit einem Ausweis herum, und meine Schwester bräuchte schon eine Handtasche, um einen Ausweis zu transportieren. Sehen Sie, wie sie angezogen ist! Sie hat ja fast nichts an. Der Beamte sagte, seine Schwester könne vielleicht auch für sich selbst reden. Tatsächlich streckte Heike ihrem Bruder nun die Zunge heraus, und der Beamte war damit recht zufrieden, aber nur so lange, bis sie auch ihm die Zunge herausstreckte. Dem Polizisten fiel auf, daß das junge Mädchen ausnehmend hübsch war. Er sagte, es interessiere ihn nicht, wie seine Schwester angezogen sei, es interessiere ihn mehr, wie sie heiße. Heike, sagte Arnold, und sie bestätigte: Heike. Der Beamte: Und gibt es auch einen Nachnamen? Heike: Natürlich gibt es einen Nachnamen. Der Beamte: Und wie lautet der? Sie: Warum wollen Sie das denn wissen? Der Beamte erläuterte nun ganz sachlich, was auch die Bahnbediensteten vorhin mehrfach erklärt hatten: daß sie schwarzgefahren seien, daß sie das erhöhte Beförderungsentgelt nicht gezahlt hätten und man deshalb jetzt ihre Personalien feststellen müsse. Andernfalls würde er sie mitnehmen, und dann kämen sie so lange unter Aufsicht, bis ihre Vormünder festgestellt seien. Sie: Wir sind Waisenkinder. Der Beamte schaute teilnahmsvoll. Arnold sagte, sie solle nicht so einen Scheiß reden. Heike prustete los, machte unter ihrem kurzen Rock ein bißchen Beingymnastik und sah den Polizisten aufmunternd an. Dieser kaute in seinen Mundwinkeln und versuchte, nicht auf Heikes Beine zu achten. Also gut, sagte Arnold nach einer Weile. Sie hießen Heike und Arnold Müller und kämen aus der Schmidtstraße zehn in Hamburg. Hamburg, wiederholte der Polizist tonlos, sprach die Adresse in sein Funkgerät hinein und bat um Überprüfung. Das ist doch Quatsch, sagte Heike. Wir müssen die Wahrheit sagen. Das finde er auch, sagte der psychologisch geschulte Beamte. Es bringe doch sowieso nichts. Sie: Sie hießen Hornung und wohnten in der Gregoriusstraße in soundsoviel soundsoviel Potsdam. Genauer gesagt Potsdam West. Na bitte, sagte der Polizist und gab auch diese Adresse durch. Wie denn ihre Eltern hießen? Max, sagte Arnold. Es gebe nur den Vater, er heiße Max, die Mutter ... die Mutter kennten sie gar nicht. Der Polizist schaute auf. Das tue ihm leid, sagte er. Heike: Na aber uns erst! Diese Floskeln können Sie sich sparen, Herr Wachtmeister. Er: Ich bin kein Wachtmeister. Ich bin Polizist. Über Funkgerät kam nun die Nachricht, daß die erste Adresse inexistent sei, die zweite aber existiere. Seht ihr, meine Engel, sagte der jetzt freundlich und jovial blickende Nordhesse, jetzt können wir euch wenigstens nach Hause schicken, das ist doch für alle besser. Über Funkgerät bat er um die Überprüfung der Angaben zum Vater. Gibt es hier irgendwo eine Toilette, fragte Arnold. Er habe zuviel Sekt getrunken. Der Polizist fragte, ob er denn nicht zu jung sei, um Sekt zu trinken. Arnold runzelte kurz die Stirn und wiederholte seine Frage. Ein Bahnbediensteter sagte, die Toilette sei draußen auf dem Gang links, die dritte Tür. Nun stand aber nicht Arnold, sondern Heike auf, um den Raum zu verlassen und die Toilette aufzusuchen. Was soll denn das jetzt, fragte der Polizist. Arnold legte den Kopf schief, zuerst nach rechts, dann nach links, verzog das Gesicht und wiederholte wie ein Papagei, was soll denn das jetzt, was soll denn das jetzt ... Sie hat auch Sekt getrunken. Er musterte den Polizisten. Dieser wirkte plötzlich sehr müde.

Nach einer Weile stand auch Arnold auf und ging hinaus. He, Moment, rief der Polizist und lief ihm nach. Was ist denn, fragte Arnold, ich möchte doch nur nach meiner Schwester schauen. Sie ist schon seit zehn Minuten weg, da sollte man sich Gedanken machen. So lang kann kein Mensch pinkeln. Der Polizist reagierte nicht. Sie pinkelt oft, sagte Arnold. Er sah den Polizisten aufmunternd an. Der Polizist reagierte wieder nicht, sondern schaute angestrengt vor sich hin. Sie standen inzwischen vor der Toilettentür. Der Polizist wartete noch zwei, drei Minuten, dann betrat er gemeinsam mit Arnold, den er am Arm festhielt, den Vorraum der Damentoilette. Lassen Sie mich los, sagte Arnold, Sie tun mir weh. Das ist nicht meine Absicht, meinte der Polizist. Wie heißt deine Schwester noch mal, fragte er. Heike, sagte Arnold. Der Polizist rief im Vorraum: Heike, wir warten auf dich. Ist schon gut, sagte Arnold und löste sich aus dem Griff des Polizisten. Der Polizist machte Anstalten, die einzelnen Kabinen in Augenschein zu nehmen. Arnold schaute währenddessen in den Spiegel. Er sah im Spiegel, wie der Polizist in jede Kabine hineinschaute. Eine war besetzt, der Polizist klopfte, eine Stimme meldete sich. Der Mann sagte, die Polizei sei da. Arnold schüttelte den Kopf und dachte, warum ist das immer so leicht? Warum ist alles auf dieser Welt immer so leicht? Er glitt durch die Tür, lief zum Ausgang und traf dort seine Schwester, mit der er in ein kleines, nahegelegenes Waldstück rannte. Das hat aber gedauert, sagte sie. Arnold entgegnete, der Polizist habe unbedingt noch auf die Damentoilette gehen wollen. Er lachte … Als sie aus dem Wäldchen wieder herauskamen, hatten sie die Situation mit dem Polizisten bereits wieder vergessen. Langsam begann der Abend zu dämmern.

Als sie an eine große, verkehrsreiche Straße kamen, rief Arnold abermals bei Alexej an. Diesmal nahm der Russe den Anruf entgegen. Arnold sagte, sie seien unterwegs nach Potsdam. Er wünsche ihnen einen guten Heimweg, antwortete Alexej. Aha, entgegnete Arnold, er wünsche ihnen einen guten Heimweg. Haben Sie weiter nichts zu sagen? Wir scheinen Ihnen ja gänzlich egal zu sein! Hat Max nie etwas von uns erzählt? (Arnold siezte den Mönch jetzt wieder.) Alexej antwortete, Max habe nie etwas erzählt, er selbst habe bis vorhin überhaupt nichts von ihnen gewußt. Er müsse auch hinzufügen, daß er nicht verstanden habe, was während der Beerdigung passiert sei. Ach, sagte Arnold, und warum fragen Sie nicht? Warum fragen Sie denn nicht, was da passiert ist? Und warum fragen Sie uns nicht, wer wir sind? Alexej entgegnete, er sei sich nur in einem sicher, nämlich daß sie mit Gewißheit keine Nachkommen von Max scien. Arnold: Haben Sie Max viel gesehen in der letzten Zeit? Alexej: Nein. Seitdem er im Kloster lebe, habe er Max nur noch einmal gesehen, bei der Mutter. Arnold: Bei wessen Mutter? Alexej: Bei meiner. Es war im letzten Winter. Wir trafen uns auf der Straße. Er sah mich zum ersten Mal in meiner Kutte. Aber das ist, kurz gesagt, nicht wichtig. Ja, sagte Arnold, jaja. Arnold wollte das Gespräch weiterführen, er wollte sich in etwas verbohren, damit der Mönch das Gespräch nicht abbrach, aber es gelang ihm nicht, und er wußte auch gar nicht, warum er das wollte. Der Mönch war wie Wachs, er gab überall nach. Jetzt wünschte er ihnen noch einmal alles Gute. Hm, machte Arnold, verabschiedete sich und beendete das Gespräch … Ich glaube, er durchschaut uns völlig, sagte er zu Heike. Sie: Ich weiß nicht, warum du da anrufst. Was willst du denn von ihm? Er: Keine Ahnung. Weiß ich nicht.

Sie gingen in eine Bar, ließen sich Leitungswasser geben, dann streunten sie durch die Stadt. Beide verspürten keinen Hunger, obwohl sie seit der Beerdigung am Mittag nichts mehr gegessen hatten. Arnold und Heike waren daran gewöhnt, das Gefühl von Hunger zu unterdrücken, sie nahmen es gar nicht wahr. Sie lebten so ohne jede Ordnung, daß sie fast allen Dingen ohne weiteres entsagen konnten. Wären sie ein paar Jahre älter gewesen, hätte man sie vielleicht *catilinarische Existenzen* genannt. Aber sie waren jung, lebten vor sich hin und schienen für überhaupt keinen bestimmten Zweck zu existieren. Dennoch ging es ihnen wie Catilina: Im Ertragen von Hunger, Kälte und langem Wachsein waren sie auffällig geübt. Sie liefen aus der Stadt hinaus, es wurde dunkel, sie kamen in einen Wald, suchten sich eine Stelle, machten kein Feuer, redeten noch eine Weile unter dem Licht des Mondes, dann kuschelten sie sich aneinander und schliefen ein.

Jene Nacht

Am nächsten Morgen sahen beide noch zerzauster aus, aber in ihren Blicken dort im Wald lag eine Ruhe, als gäbe es nur sie beide auf der ganzen Welt. Was Außenstehende so an Heike und Arnold Meurer beängstigen und verärgern konnte, war genau das: nämlich daß sie die Welt um sich herum nicht zu brauchen schienen. Überdies sagte man ihnen ein Liebesverhältnis nach.

Sie liefen aus dem Wald, fragten nach einer Autobahn und trampten gen Osten. Abends gegen sieben Uhr waren sie in Potsdam, wurden am Bahnhof herausgelassen und gingen über die Lange Brücke. Sie liefen die Friedrich-Ebert-Straße entlang, bogen links in einen Hof und betraten über eine Treppe das Hafthorn, eine ziemlich heruntergekommene Kneipe, in der sie immer irgendwelchen Bekannten begegneten. An einem Tisch im hinteren Bereich des langgestreckten, dunklen, holzverkleideten Raums saß Maja Pospischil, die mit den beiden Geschwistern früher einmal dieselbe Schulklasse besucht hatte. Heute waren sie lose befreundet, trafen sich bisweilen und zogen dann durch die Gegend, saßen am Ufer, wohnten den Mittsommernachtsfeuern auf dem Pfingstberg bei und so weiter. Maja sah auf, als die beiden den Raum betraten, musterte Heike, betrachtete ihre Kleidung und kniff unmerklich die Augen zusammen. Sie selbst trug wie gewohnt ein auffällig orangefarbenes Oberteil, die zu dieser Zeit überall modische Tunika, eine Kette mit Holzringen und hatte ihr ebenfalls orangerotes Haar hochgesteckt. Ihre Augen waren grün. Maja war sehr schön, erinnerte Arnold aber manchmal an einen Kürbis.

Unweit von ihr, ohne Blickkontakt zu Maja Pospischil, kauerte Nils Ebert an einem niedrigen Holztisch und schrieb auf Papierzettel. Er saß schon eine ganze Weile so da. Wenn ihn jemand ansprach, schaute er nicht auf, sondern winkte nur mit einer beiläufigen Handbewegung ab, wie man eine Fliege verscheucht. Arnold sah das und lächelte. In der Schule galt Nils als Streber, allerdings war er das genaue Gegenteil. Alles fiel ihm sehr leicht. Arnold setzte sich zu ihm. Bei Arnold schaute Nils sofort auf (denn in Wahrheit beobachtete er alles aus seinen Augenwinkeln heraus und überblickte das Hafthorn die ganze Zeit genau, wie ein General, der von einem erhöhten Punkt aus das Schlachtfeld studiert). Und, wie war euer Ausflug, fragte er. Arnold: Das war kein Ausflug, das war, wie du weißt, eine Beerdigung. Nils: Wie die Beerdigung vonstatten gegangen ist, kann ich mir vorstellen. Armer Max Hornung. Den Rest kann ich mir allerdings nicht so ganz vorstellen. Gab es die Katastrophe? Wenigstens Streit? Haben sie dich mitgenommen? Arnold: Wohin mitgenommen? Nils: Hierher zurück. Bist du mit den Malkowskis gefahren? Arnold: Du bist ja verrückt! Warum sollte ich mich zu denen in den Wagen setzen? Die würden mich am Ende noch zur Polizei bringen. Nils: Ich kann dir sagen, warum du dich zu ihnen in den Wagen setzen würdest. Weil das Opfer immer eine seltsame Bindung zum Täter entwickelt. Ich glaube sogar, nur deshalb seid ihr nach Frankfurt gefahren. Weil es euch nicht in Ruhe läßt. Arnold zögerte. Aha, sagte er langsam. So habe ich das noch gar nicht gesehen. Wer ist das Opfer? Nils: Du, Heike, Max, wer weiß? Der Malkowski kommt sich natürlich selbst als Opfer vor. Arnold: Es sei die Höhe, daß wir auch noch bei der Beerdigung erscheinen, irgend so etwas haben sie gerufen. Die eigentliche Beerdigung haben wir gar nicht erlebt. Wir waren zwar auf dem Friedhof, aber wir blieben immer mindestens fünfzig Meter entfernt. Nils: Ich halte diesen Malkowski für eine absolut normale und gewöhnliche Person. Eine, die das, was sie für normal und gewöhnlich hält, als ein Weltgesetz ansieht und mit hundertprozentiger Brutalität durchsetzt. Ganz ähnlich, wie wir es für natürlich halten, auf Insekten zu treten. Nur deshalb konntest du so mit ihm spielen. Übrigens habe ich eine Theorie. Diese Theorie läßt sich am besten an dem demonstrieren, was ich die letzten drei Tage gemacht habe, als ihr in Frankfurt wart. Am Sonntag waren wir (du, Heike, ich) noch gemeinsam am Havelufer, dann saß ich eine Zeitlang auf einer Bank, und zwar in der Lindenstraße, ich hatte mir diese Bank vorher ausgesucht, sie war mir schon seit Tagen aufgefallen. Auf dieser Bank saß ich eine Weile, ich tat, genau gesagt, gar nichts. Ich beobachtete nicht einmal die Menschen, oder doch, ich beobachtete sie, aber weniger ihr Aussehen, sondern vielmehr den Rhythmus ihres Erscheinens, es hatte etwas von Ballett oder von einer inszenierten Filmszene mit Fußgängern, vorbeifahrenden Autos und so weiter. (Arnold nahm die zwei Bücher in die Hand, die Nils neben sich auf der Bank liegen hatte. In beiden steckten Zettel, auf dem Deckel des einen stand *Angelologia S. Thomae Aquinati*, das andere war ein gelbes Reclambuch, *Wilhelm Raabe, Stopfkuchen*.) Mein Kopf formulierte Regieanweisungen, und in der Tat, sie wurden befolgt. Potsdam befolgte sie. Oder zumindest wurden sie in der Lindenstraße befolgt, direkt vor meiner Bank. Wie bei einem unsichtbaren Theaterregisseur. Ich glaube, daß alles, auch wenn die Menschen einzeln handeln (aus ihrer eigenen Perspektive) … daß alles dennoch nach einem bestimmten Rhythmus vonstatten geht, der überpersönlich ist. Das stützt übrigens meinen Gedanken, daß es ganz egal ist, was man tut …

Aber es ist ganz unwichtig, was ich da auf der Bank beobachtete. Später schlief ich eine Weile auf der Insel, traf den alten Baron, der mich ein paar Minuten vollquatschte, dann fuhr ich nach Bornstedt auf den Sportplatz und lief ein paar Runden. Abends war ich hier im Hafthorn. Am nächsten Morgen ging ich über die Ebertstraße, ich traf verschiedene Leute, dann war ich wieder zu Hause, dann war ich wieder in der Stadt, traf Leute, dann war ich wieder im Hafthorn, und heute, dreimal darfst du raten, passierte genau dasselbe, bis zu dem Punkt, an dem du jetzt eben ins Hafthorn getreten bist. Aha, sagte Arnold, indem er das Angelologiebuch befremdet betrachtete, und was ist dabei deine Theorie? Er: Meine Theorie ist, daß sich die Welt hauptsächlich in Kneipen abspielt, oder auf Wiesen, oder wenn man so am Ufer sitzt, verstehst du? Die Dinge, die ansonsten vorkommen, kommen eigentlich nicht vor, sie kommen nur in der Kneipe vor, oder auf der Wiese, oder am Ufer. Hm, machte Arnold, der nicht ganz begriff, was Nils damit sagen wollte. Nils: Die Welt ist hauptsächlich etwas, das ich selbst nie erlebt habe. Ich weiß, der Gedanke ist banal, aber das Zentrum meiner Theorie ist nicht das, sondern daß im Grunde die Welt in der Kneipe oder auf der Wiese oder am Ufer *entsteht*. Ohne Reden fände das alles nicht statt. Weißt du, was ich meine? Weißt du, was ohne Reden von der Welt übrigbleibt? Arnold: Na, sag schon, was bleibt von ihr übrig? Nils: Meines Erachtens bleibt von der Welt ohne

Reden übrig: Potsdam, das Hafthorn, oder zum Beispiel der Sportplatz in Bornstedt.

Heike kam zu ihnen, sie hatte vorher bei Maja gesessen. Auch sie betrachtete das lateinische Buch *Angelologia*. Auf jeder Seite standen drei oder vier Zeilen Text, darunter war die ganze Seite mit Fußnoten aufgefüllt. Wie konnte Nils das lesen? Heike sagte, daß ihr dieses Buch bekannt vorkomme. Ja, klar, sagte Nils. Es gehört ja Max. Es lag auf seinem Schreibtisch. Arnold: Warst du in den letzten Tagen in seinem Haus? Nils: Gestern in der Nacht bin ich da gewesen. Arnold: Hast du wen getroffen? Nils schüttelte den Kopf. Er sei seit jenem Tag zum ersten Mal im Haus gewesen. Arnold: Seit zwei Monaten nicht mehr? Nils: Jene Nacht ist sechs Wochen her, nicht zwei Monate.

Alle drei schauten daraufhin eine ganze Weile vor sich hin, ohne etwas zu sagen.

Nils: Es ist wie in meiner Theorie. Wäre ich in jener Nacht nicht dabeigewesen, sagen wir, wie Maja, die von alldem nichts weiß, dann würde diese Nacht für mich folglich gar nicht existieren. Selbst wenn mir bloß davon erzählt worden wäre, wäre es etwas ganz anderes. Es wäre mehr wie ein Satz aus einer Zeitung. Es wäre unanschaulich, falsch, es hätte mehr etwas mit allgemeinen Maßstäben zu tun, wie sie eben immer in den Zeitungen zugrunde gelegt werden, aber nicht mit Wahrheit. Nicht mit der Wahrheit des Augenblicks und der Wahrheit der anwesenden Personen. Er wies auf Heike und sagte zu Arnold: Stell dir mal vor, wie die Rolle, die sie bei alldem gespielt hat, in den Zeitungen erscheinen würde.

Für uns war Heike in den Tagen danach ja geradezu eine Heilige, eine Unantastbare, aber in den Zeitungen wäre sie als Bestie erschienen, nicht einmal als Richtgöttin, nein, als kleine, dreckige Potsdamer Schlampe. Uns selbst hätte man allesamt verteufelt, und Malkowski hätten sie höchstwahrscheinlich einfach als Opfer hingestellt. Als pervers zwar, aber als Opfer. Heike: Immerhin hat er den Keller eingerichtet. (Lächelnd:) Extra für uns. Arnold: Meinst du? Der Keller hat mit dir nichts zu tun. Das ist allein meine Sache. Du warst da nie und gehst da auch nie hin.

Er rieb sich die Stirn, stand auf und holte tief Luft. Hört mal zu, Leute, sagte er. Ich will nicht, daß das immer mehr zum Zentrum unseres Lebens wird. Wenn irgend etwas über diese Nacht herauskommt, könnte auch alles genau andersherum dargestellt werden. Schließlich sind wir minderjährig, und Malkowski hat sich (er schaute auf seine Schwester) dem Gesetz nach strafbar gemacht. Er, nicht wir. Er glaubt, wir hätten ihn in der Hand. Aber wie auch immer, wir denken zuviel darüber nach. Es war nur dieser eine Tag, das heißt diese eine Nacht, in ihr ist vieles, wie soll ich sagen, so konkret geworden, und wir haben es benutzt, wir haben uns alle gegenseitig in die Falle gelockt, und jetzt ist es so, als sei jeder mit dem, was dort geschehen ist, auf eine bestimmte Weise behaftet. Als könne man das alles nicht mehr abwaschen. Ich glaube das auch manchmal. Aber es ist definitiv Unsinn. Übrigens war es notwendig, und wir hatten es genau so gewollt. Ich bin genau derselbe, der ich vorher auch war. Nils: Max Hornung ist tot. Heike: Ach ja, aber das hat doch gar nichts damit zu tun. Arnold: Ich habe eben gesagt, daß ich nicht will, daß diese Nacht als Zentrum unseres Lebens dasteht, und diesen Vorsatz habe ich gefaßt, als ich am Grab von Max stand, nein, vielmehr, ich habe diesen Vorsatz urplötzlich in einem Gespräch gefaßt, das ich mit jemandem geführt habe, einem russischen Mönch. Dieser Mönch hat mir gefallen. Als ich mit ihm sprach, war es, als legte er mir die Hand auf, es war total beruhigend. Er strahlte so etwas aus, wißt ihr, wie ein Licht in einer dunklen, schummrigen Kammer. Geradeso wie ein Licht vor einem Heiligenbild in einer Kirche.

Die drei Freunde hatten während des Gesprächs die Köpfe immer näher zusammengesteckt. Nun aber schauten sie um sich und merkten, daß die anderen im Hafthorn sie eigenartig ansahen. Arnold schüttelte unmerklich den Kopf und widmete sich wieder dem Gespräch mit Nils und Heike.

Nils: Ich versuche mir oft auszumalen, was wäre, wenn es die Sprache nicht gäbe. Früher habe ich gedacht, das Geld sei so etwas wie die Urschuld der Menschen. Inzwischen glaube ich, vielleicht ist es die Sprache, und das Geld ist vielleicht nur eine Konsequenz aus ihr, eine andere Form für sie, eine entsprachlichte Form von Sprache. Schaut, für Maja wird es diese ganze Geschichte nie geben. Es wird keinen Keller geben, und alles andere auch nicht. Das ist gut so, und so soll es auch bis zum Schluß bleiben.

Maja Pospischil kam jetzt an den Tisch. Mit Nils ging eine merkliche Veränderung vonstatten. Er wurde rot und schwieg.

Maja fragte, wo sie denn die letzten Tage gewesen seien? Heike: Sie seien in Frankfurt am Main gewesen, bei einer Beerdigung. Nils, unter sich schauend: Sie hätten es doch schon längst erzählt. Sie: Ja, genau, sie hätten es erzählt. Sie hätten aber nicht erzählt, wieso er nicht mitgefahren sei. Nils: Wieso hätte ich denn mitfahren sollen? Maja sagte, sie könne diese Geheimniskrämerei langsam nicht mehr ertragen. Hier sei neuerdings alles vergiftet, sie möchte gern einmal wissen, warum eigentlich. Arnold starrte sie an. Heike zündete sich eine Zigarette an und blickte zur Decke. Kann es sein, fragte sie, daß du auf alles das ein wenig neidisch bist? Wenn du mir jetzt auch noch sagst, was *alles das* meint, entgegnete Maja, dann könnte ich dir vielleicht eine Antwort geben. Heike schwieg. Nils wurde zusehends verschämter. Die kürbisfarbene Maja: Ich dachte, wir wären Freunde. Ehrlich gesagt, ihr nehmt mich offenbar nicht mehr ernst. Warum? Was entfernt mich denn so von euch? Was ist so anders an mir? Nils, der noch immer unter sich schaute, rief, das sei doch Mist, was sie da rede. Dann blickte er plötzlich auf, seine Augen sahen fast triumphierend aus. Mist, sage er, es sei Mist. Sie: Dann redet ihr aber auch Mist. Entschuldigung. Sie stand auf und verließ den Tisch. Nils war krebsrot. Blöde Kuh, sagte er.

Heike und Arnold nahmen erstaunt zur Kenntnis, daß Nils Ebert offenbar seit neuestem bis über beide Ohren in Maja Pospischil verliebt war.

Die drei Freunde blieben nicht mehr lange im Hafthorn. Gegen Viertel vor neun verließen sie das Lokal und liefen noch eine Weile gemeinsam durch die Straßen. Vor dem Park von Sanssouci trennten sie sich. Nils, der kaum noch ein Wort gesagt, sondern nur vor sich hin gestarrt hatte, ging nach links, die beiden Zwillinge nach Westen in die Gregoriusstraße. Der Himmel war noch nicht ganz dunkel, es herrschte nach wie vor Leben in der Straße, einige Potsdamer saßen in ihren Gärten, grillten und tranken Bier. Manche trugen Unterhemden. Auf einem Treppenabsatz saß ein verwahrloster Mann, ebenfalls mit Unterhemd und Bierflasche, der alte Baron. Er schaute den Zwillingen mürrisch entgegen und wirkte auf den ersten Blick, als sei er betrunken. Dann aber, als er die beiden erkannte, hellte sich sein Gesicht auf. Der alte Baron (niemand von den Freunden kannte seinen wahren Namen) wohnte in einer Hütte, einer Art Schuppen, am Ufer der Havel, es zog ihn jeden Tag in die Gegend unterhalb des Parks, dort kaufte er sich das billigste Bier und saß herum. Übrigens bettelte er nicht, sondern versah manchmal kleine hausmeisterliche Tätigkeiten bei einem Spediteur, er fegte den Hof oder versorgte die zahlreichen Kaninchen, die der Spediteur in Ställen auf seinem Hinterhof hielt. Der alte Baron hatte Probleme mit seinem Knie. Manchmal ging er an Krücken. Seinen Namen trug er, weil er hin und wieder an Festtagen vor dem Neuen Palais im Park saß, offiziell Hof hielt (er trug dann eine Kapitänsmütze) und Baron genannt werden wollte.

Ansonsten mied er den Park komplett, er war nicht sein Terrain.

Als die beiden Zwillinge herankamen, hob er die Flasche. Die Engelein singen auf Erden, rief er. Was soll das heißen, fragte Heike und blieb stehen. Immer, sagte der Baron, wenn jemand stirbt, dann singen die Engelein. Und zwar hier unten. Sie singen sonst nicht auf Erden. Hört ihr sie nicht? Der alte Baron drehte den Kopf, schaute lauschend in eine undefinierbare Ferne, als hörte er die Engelein genau dort singen, und wies mit der Bierflasche in die Richtung. Dann griff er Arnold an den Arm und meinte: Es kommen hier neuerdings ganz schön viele Fremde vorbei. Was die bloß wollen? Ich kenne mich hier ziemlich gut aus, nicht nur in der Lennéstraße, sondern auch bei eurem Hornung in der Gregoriusstraße. Euer Freund war heute nacht auch da, der kleine, dieser Schüchterne, wie heißt er? Heike: Nils Ebert. Der Baron: Genau, den habe ich heute nacht gesehen. Ich habe nur einmal durchs Fenster hineingeschaut, euer Freund kramte im ganzen Haus herum, ich weiß nicht, was er da gemacht hat. Er schien etwas zu suchen. Es brannte auch nur eine Kerze, er machte das Licht gar nicht erst an. Vielleicht wollte er nicht gesehen werden? Arnold: Baron, was hat das zu bedeuten? Woher weißt du das alles? Der alte Baron grinste. Er wisse noch einiges mehr. Da waren noch andere Leute heute nacht. Heike: Warst du wieder bei Max im Garten? Übernachtest du da inzwischen ständig? Der Baron schwieg. Offenbar schämte er sich.

Die beiden Zwillinge machten keine Anstalten weiterzugehen. Heike wollte auch ein Bier haben. Arnold merkte, daß der Baron ihm die ganze Zeit auf die Füße starrte. Sie waren schmutzig, denn Arnold trug seit der Begegnung mit Alexej keine Sandalen mehr. Heike sagte nun sehr laut: Aha, der Baron schämt sich. Offenbar ist er, seitdem Max nicht mehr da ist, in den Garten gezogen, und jetzt schläft er dort, weil es viel näher als seine Hütte ist. Der Baron: Nein, nein nein. Nur gestern habe ich dort übernachtet. Ich war ein wenig betrunken. Man muß aufpassen da im Garten, wegen der Nachbarin, dieser Schmidt, die ist ein Zerberus, ich habe neulich versucht, mit ihr Schnaps zu trinken, hehe, sie hat mich aber vom Grundstück gejagt.

Moment, rief Heike, denn ein Passant kam heran. Sie wandte sich an den Passanten und fragte ihn, ob er einen Euro habe. Der Passant beachtete sie nicht und lief weiter. Der Baron: Ich sage euch, die Schmidt hat nichts mitbekommen. Das Haus ist zu weit weg von ihrem Gartenzaun. Sie begreift gar nicht, wer da alles ein und aus geht.

Wieder kam ein Passant, ein Mann Mitte Dreißig. Heike stellte sich etwas lasziver hin als eben noch, bekam zwei Euro, und Arnold ging an einem Kiosk auf der gegenüberliegenden Straßenseite Bier kaufen. Dann setzten sie sich zu dem alten Mann auf die Treppe, tranken und schwiegen. Der alte Baron wurde melancholisch und meinte nach einer Weile, er habe Max gemocht, er sei ein feiner Mensch gewesen, und daß es idiotisch sei, wie er habe sterben müssen. So blöd! Ein Unfall! Jetzt heiße es, daß er das mit den Frauen nicht unter Kontrolle hatte und daß das vielleicht der Kern des Verderbens gewesen sei.

Heike und Arnold sahen sich überrascht an. Beide runzelten die Stirn.

Heike, an den Alten gewandt: Wie meinst du das? Er: Wie ich das meine? Ich meine gar nichts. Das wird hier in Potsdam so gesagt. Über euch hat man ja auch Dinge gehört. Heike: Was hat man gehört? Er: Dinge hat man gehört. Heike: Kannst du das näher ausführen? Er: Dinge eben. Was so gesagt wird. Hornung war ihnen zu sauber. Dahinter haben sie einen ganzen Haufen vermutet, der stinkt. Doppelleben. Allerlei Unzüchtiges, in die verschiedensten Richtungen. Verbotenes. Da sind schon ganz andere darüber gestolpert. Man soll niemanden verurteilen. Wer kann schon etwas für sich? Wir sind alle arme Sünder vor dem Herrn. Aber was soll man darüber reden? Nein, ich will nicht darüber reden. Alles, was ich rede, steht doch gleich wieder in der Zeitung. Ich habe da einen Trick: nichts bestätigen, nichts leugnen. Kennt ihr die Geschichte von dem russischen Freund, der Mönch geworden ist? Heike: Woher kennst denn du den schon wieder?

Der Baron schaute teilnahmslos vor sich hin. Dann lächelte er, als sei ihm gerade etwas eingefallen. Heike, sagte er, du bist ein kluges Mädchen. Hehe. (Er trank, sah selig aus und legte Heike seinen Arm um die Schulter. Sie stieß ihn fort.)

Der alte Baron war ein Schwätzer, der ständig irgendwelche Geschichten erfand. Meistens erzählte er vom Krieg. Er hatte in den verschiedensten Ländern in den verschiedensten Waffengattungen gekämpft, von Italien bis Übersee. Mal erzählte er, was er mit den Stallmägden im italienischen Gefangenenlager angestellt habe, mal erzählte er, er sei Bomberpilot gewesen, dann erzählte er von Amerika, Kriegsgefangenschaft dort, und alles zusammen schloß sich gegenseitig natürlich vollkommen aus. Im übrigen war der alte Baron nicht alt genug für den Krieg. Man schätzte ihn auf Mitte Siebzig. Die beiden Zwillinge wußten aber auch, daß der Alte ein Gespür für Menschen, Zusammenhänge und überhaupt alles hatte, was in Potsdam geschah. Vielleicht war es die Wahrheit, was er sagte, vielleicht wurde über Hornung und sie gesprochen, vielleicht nicht. Der Baron: Es wird ja sogar behauptet, er habe euch Asyl gegeben, er habe euch das Haus zur Verfügung gestellt. Und was die Leute meinen, wie es im Haus so zuging, könnt ihr euch ja wohl denken. Alles eine Sache der Phantasie. Was ihr aber über den Malkowski erzählt, kann ich mir nicht vorstellen. Ich glaube, der ist ein ganz langweiliger Mensch. Dem würdest du nicht mal im Bordell begegnen, der hat doch vor allem Angst. Wißt ihr, was der tut? Der sitzt im Weinkontor herum, geht in den Delikatessenladen und kauft sich französische Salami, hundert Gramm für vier Euro fünfzig. So einer ist das. Mir übrigens hat er nicht mal ein Bier ausgegeben. Sie: Hast du für ihn gearbeitet? Er: Hm, ja, ich war mal bei ihm auf dem Grundstück. Er hatte jemanden für den Garten gesucht. Aber er war mir nicht sympathisch. Jemand, der Geld hat und so aufs Geld schaut, das paßt mir nicht zusammen. Jetzt hat er den Russen, diesen Hofmann, er kommt aus Sibirien, kennt ihr den? Völlig unglücklicher Mensch. Hat eben noch ein Kind von seiner Frau bekommen, und jetzt ist die Familie ganz auseinander. Das heißt, er wohnt immer noch zu Hause, aber er hat sein Bett in die Garage geräumt, da hält er sich die meiste Zeit auch auf, er hält das Geschrei des Kleinen nicht aus. Übrigens hat er eine bildhübsche Tochter, dieser bestimmte russische Typ, wißt ihr, so ein Täubchen, sechzehn oder siebzehn, hehe, genau in eurem Alter, das ist seine Tochter. (Der Baron schnalzte unappetitlich mit den Fingern und steckte seine Zunge zwischen die Lippen.) Arnold: Von wem redest du? Er: Ich rede von dem Russen, dem Hofmann. Der war übrigens auch da. Arnold: Wo? Er: Na, heute nacht, im Garten. Arnold: Wirklich? Das erfindest du doch. Nils hat behauptet, er sei die ganze Nacht allein gewesen. Der Alte: Das kann er gern behaupten, aber es stimmt nicht. Allerdings muß er von dem Russen nichts mitbekommen haben, der war nur im Garten, nicht im Haus. Aber allein war euer schüchterner Freund nicht. Um zwei verließ er das Haus, blies die Kerze aus, gegen drei war er wieder da, diesmal hatte er jemanden dabei. Arnold: Wen? Wer war dabei? Der Baron: Wer war wohl dabei? Ein Mädchen war dabei. Die Kerze zündete er übrigens gar nicht mehr an. Arnold: Das erfindest du! Er: Ich erfinde nichts, so wahr ich der alte Baron bin. Ich bin der einzige Mensch, der immer die Wahrheit sagt. Arnold: Blödsinn. Du lügst wie gedruckt. Kanntest du das Mädchen? Er: Nein. Es war auch ziemlich dunkel. Nur einmal, als euer Freund die Tür aufmachte, drehte er kurz das Licht an, da sah ich etwas. Aber ich konnte sie nicht erkennen. Rote Haare hatte sie.

Arnold und Heike standen jetzt auf und wollten weiter. Der Baron blieb sitzen, der Mann vom Kiosk hatte ihm noch eine Flasche Bier versprochen. Arnold meinte zum Baron, er müsse sich keine Sorgen machen, es sei ihnen egal, ob er sich in Hornungs Garten herumtreibe oder nicht. Der alte Mann nickte. Dann gingen die beiden Zwillinge zu Hornungs Haus.

Unterwegs waren sie in Gedanken. Ihnen stand wieder jene Nacht vor Augen, eine Nacht, für die sie keine andere Bezeichnung gefunden hatten als »jene Nacht«. Auch untereinander sprachen sie nur in Andeutungen über das, was geschehen war. Jeder hatte diese Nacht auf eine andere Weise verlebt, Heike zum Beispiel war die meiste Zeit allein in einem Raum gewesen, Malkowski hatte sich nur eine halbe Stunde in ihrem Zimmer befunden. Was in den anderen Räumen passiert war, wußte sie nicht. Einmal war auch Arnold kurz hereingekommen, aber das war, glaubte sie, von Malkowski gar nicht bemerkt worden. Malkowski war in einem eigenartigen Zustand gewesen, vielleicht hatte Arnold ihm etwas gegeben, Alkohol oder irgendeine andere Droge. Malkowski hatte auf sie den Eindruck gemacht, als habe er gerade etwas erlebt, das ihn vollkommen überrascht hatte. Vielleicht hing es mit Arnold zusammen. Arnold sprach aber nicht darüber, denn sie vermieden das Thema, soweit es ging.

Hinsichtlich dessen, was Malkowski mit ihr getan hatte, war sie vollkommen ruhig. Sie machte sich diesbezüglich keine Gedanken, auch wenn Arnold ihr das nicht glaubte. Eine Zeitlang hatte Arnold behauptet, daß sie in jener Nacht Mitleid mit Malkowski gehabt und sich sogar für ein paar Minuten auf eine geheime, seelische Weise mit ihm verbunden habe ... Er behauptete, Malkowskis Gesicht, das Minuten vorher noch angsterfüllt gewesen sei, habe, als er, Arnold, das Zimmer betrat, einen völlig beruhigten Ausdruck gehabt und sei wie das eines kleinen Kindes gewesen, und Heike, behauptete er, sei ebenso ruhig gewesen …

Arnold lief wuterfüllt neben seiner Schwester her. Er wollte seine Schwester unbedingt gegen alles verteidigen, glaubte aber dennoch, sie benutzt zu haben. Manchmal hatte er ein so schlechtes Gewissen, daß er dachte, er müsse sich auf der Stelle umbringen. Unwillkürlich betrachtete er seine Arme, die auf der Innenseite mit zahlreichen Schnitten übersät waren. Jetzt mußte er lächeln. Da Arnold diese eigentümlich sandfarbene, fast braune Haut hatte … wie seine Schwester … waren die Schnitte kaum zu sehen, obgleich er damals sogar noch Chemikalien hineingegossen hatte, um sie zu verewigen in seiner grenzenlosen Eitelkeit, die er wie einen Rausch gefühlt hatte, als sei ihm alles möglich … alles! Das war die erste Einübung. Es war ihm ganz leicht gefallen, und seitdem kannte er das Gefühl von Macht. So war der Anfang gewesen.

Sie kamen zu Hornungs Haus und öffneten das Gatter. Arnold sagte, daß er überhaupt nicht begriffen habe, wovon der Baron die ganze Zeit geredet habe. Was soll denn dieser Russe hier gewollt haben? Und Nils soll mit einem Mädchen hier gewesen sein? Nils mit einem Mädchen? Das ist doch nicht …

In diesem Moment sah Arnold im Licht der Straßenlaterne einen Schatten im Garten. Der Schatten war eben über die Eingangstür gehuscht und nun hinter die Hecke neben dem Türvorbau entwichen. Hast du das gesehen, fragte er. Heike: Nein, was? Er: Es ist jemand im Garten. Sie: Wer denn? Er: Keine Ahnung, woher soll ich das wissen? Es war der Schatten eines Mannes. Heike: Wenn wir den Schatten fangen wollen, sollten wir leiser sein. Geh du links um das Haus, ich gehe rechts herum, dann kann er uns nicht entkommen, es sei denn, er landet bei Frau Schmidt. Arnold: Nein, wir bleiben zusammen, ich lasse dich nicht allein ums Haus gehen. Komm! Arnold nahm Heikes Hand und zog sie hinter sich her. Mein Gott, das ist doch bescheuert, flüsterte sie.

Beide blieben eng an der Hauswand und schauten zuerst hinter die Hecke, die dort gepflanzt war. Niemand war da. Arnold tastete mit seinen Händen im Dunkeln bis zur Wand. Er tastete alles genau ab, Meter für Meter, dann drehte er sich um und stellte fest, daß seine Schwester nicht mehr hinter ihm stand. Er wollte nach ihr rufen, besann sich dann aber anders. So ein Mist, dachte er. Vielleicht treibt sich der Russe hier herum, von dem der alte Baron gesprochen hat? Wenn Heike ihm in die Arme läuft? Kommen inzwischen eigentlich dauernd Leute in den Garten hier? Arnold verließ den Schutz der Hauswand, schaute sich um und wollte nun um das Haus herumgehen, um von der Garage aus Licht im Garten anzuschalten. Dann aber hörte er Stimmen und lauschte. Heike, rief er. Ja? rief sie zurück. Er: Was ist? Sie: Was soll sein? Er trat um die Hausecke und sah in einiger Entfernung Heike mit Frau Schmidt am Gartenzaun stehen.

Es ergab sich ein kurzes Gespräch zu dritt. Da die Zwillinge auf Frau Schmidt einen abgezehrten Eindruck machten, bot sie ihnen an, bei ihr etwas zu essen. Sie sprachen über Hornungs Beerdigung, aber als die alte Frau fragte, wie es denn mit ihnen beiden überhaupt weitergehen solle, verabschiedeten sich Heike und Arnold freundlich und setzten ihren Gang um das Haus fort. Heike lief zur Gartenhütte, sperrte die Tür auf, schaute hinein, Arnold rief, ob da wer sei. Niemand antwortete, niemand war zu sehen. Dann liefen sie wieder vor das Haus, warteten noch einige Minuten und schlossen dann auf. Im Vorraum machte Arnold Licht. Alles sah aus wie immer, abgesehen davon, daß in der Küche aufgeräumt war. Soweit sie sich erinnern konnten, hatte hier vor einigen Tagen noch völlige Unordnung geherrscht, hauptsächlich durch sie selbst verursacht (sie hatten in den Tagen vor der Beerdigung die Vorräte im Haus geplündert). Heike sagte, sie sei müde wie eine Tote, und ging sofort in den ersten Stock hinauf. Arnold sagte, er wolle noch etwas trinken.

Er streunte eine Weile durch das Erdgeschoß, dann warf er sich auf die Couch im Zimmer neben der Küche, dachte an gar nichts mehr und schlief ein, ohne das Licht zu löschen.

Gegen drei kam Heike herunter. Sie sah ihren Bruder schlafen und hockte sich längere Zeit neben ihn. Die Rolläden waren nicht geschlossen, sie ließ sie herunter, Arnold wachte davon nicht auf. Dann hockte sie sich wieder zu ihrem Bruder. Arnold kam zu sich, rieb sich die Augen und sah seine Schwester verkniffen an. Komm hoch, sagte sie. Schlaf nicht auf der Couch! Er: Ihm komme es so vor, als sei jemand an der Tür gewesen, aber vielleicht habe er das nur geträumt. Sie liefen hinaus und öffneten die Haustür. Vor der Tür stand eine mit Alufolie bedeckte Platte. Arnold nahm die Folie ab, darunter befand sich ein falscher Hase. Frau Schmidt mußte ihn vor Stunden vor die Tür gestellt haben. Er war in der Mitte halbiert, man sah ein hartgekochtes Ei im Hackfleisch stecken. Heike und Arnold gingen in die Küche und begannen, gierig das kalte Fleisch zu essen. Dazu tranken sie den nächsten greifbaren Schnaps. Dann holten sie sich noch Leitungswasser, gingen hinauf und legten sich gemeinsam hin.

II

Eine neue Bekanntschaft

Der Morgen war dunstig. Alexej saß im Zug und betrachtete die Landschaft. Das Zugfahren in Deutschland war anders als in Rußland. Man fuhr hierzulande immer nur wenige Stunden (spätestens nach sechs, sieben Stunden stieß man auf eine Grenze), und in dieser Zeit veränderte sich die Landschaft sehr viel schneller als in Rußland. In Rußland war er oft acht Tage lang gefahren, von Moskau bis Blagowestschensk.

Hinter Frankfurt kam ein landwirtschaftliches, hügeliges Stück, dann war man in Fulda. Fulda war bereits eine andere Welt. Dann kam Kassel, es wurde wieder flacher …

Der Zug fuhr dahin. Göttingen, Hildesheim … In Hildesheim stiegen eine junge Frau und ein Mann in Alexejs Abteil. Der Mann war vielleicht so alt wie er. Alexej sah die beiden freundlich an, dann schaute er zum Fenster hinaus. Der Tag war jetzt hell und klar, er wußte, daß er unter seiner Kutte und seiner Kopfbedeckung schwitzen würde, aber daran hatte er sich längst gewöhnt.

Am Bahnhof Zoo kam es zu einer eigenartigen Begebenheit. Alexej ging zum Bahnsteig fünf, um auf den Regionalzug nach Potsdam zu warten. Dort sah er den Mann aus seinem Abteil wieder. Der Mann rauchte und musterte ihn, ging dann an einen Kiosk und holte sich ein Fläschchen Kümmerling. Er trank nachdenklich, und Alexej hatte plötzlich das Gefühl, jemanden vor sich zu haben, für den es gerade Winter war. Das mit dem Winter war freilich ein komischer Einfall. Alexej setzte sich auf einen Steinvorsprung.

Bald fiel er in ein Gebet. Alexejs Gebete waren oft die Fortsetzung eines Gesprächs mit Gott, das er eben noch geführt hatte. Er redete oft mit Gott, manchmal ganz unbewußt, und immer wenn er sich darüber Rechenschaft ablegte, überfiel ihn eine tiefe Dankbarkeit. Seine Seele verwandelte sich dann aus einem Gesprächsteilnehmer in ein Gebet, das demütig dankte für das einfache Dasein in und mit Gott. Dieses einfache Dasein, das ganz einheitlich war und alles umfaßte, vergaß Alexej nach wie vor oft, auch in den Gesprächen mit Gott schied er ja in »sich« und »Gott«, denn wo es ein Gespräch gab, mußten zwei sein. Erst wenn er sich ganz und gar erinnerte an diese Gewißheit der Einfachheit und der Einheit und des Guten von allem, was war, fiel seine Seele wie von selbst in ein Gebet. Dieser Zustand konnte Alexej seit einiger Zeit überall ereilen, wie zum Beispiel eben im Bahnhof Zoo auf Gleis fünf beim Warten auf den Regionalzug nach Potsdam. Daraus hatte sich ein gewisses Problem ergeben, weil Alexej in diesem Zustand, ohne es zu merken, eigenartig auf seine Umgebung wirkte. Er wirkte neuerdings sowieso eigenartig, allein schon wegen seiner Kutte. Wenn er wieder zu sich kam, dann schämte er sich immer ein wenig, und der Grund dafür war, daß er sich nach wie vor der Eitelkeit zieh. Immer wieder sah er in den Augen der anderen seine eigene Selbstüberhebung (er sah sie besonders dann, wenn die anderen ihn für einen »einfachen, andächtigen Mönch« hielten).

Während er betete, trat der Mann auf ihn zu und sprach ihn an. Entschuldigung, sagte der Mann, es ist … vielleicht etwas seltsam, daß ich Sie jetzt anspreche, denn wir haben ja vorhin die ganze Zeit gemeinsam im Zug gesessen … (Alexej begriff erst nach einem Moment, daß jemand mit ihm sprach, er war gerade von einem hellen Licht, einer Liebe zu allen Dingen und einer Dankbarkeit für die Richtigkeit dieser Dinge, auch der Steine, auch der herumliegenden Papierfetzen, durchströmt) … aber dennoch möchte ich Sie fragen, heißen Sie zufällig Alexej Lipskij? Alexej stand auf, er hatte die Hände gefaltet. Der Mönch fühlte sich beim Aufstehen leicht wie eine Feder, als werde er nach oben gezogen. Er sah den, der ihn angesprochen hatte, zuerst gar nicht wirklich, sondern blickte durch ihn hindurch, sah seine Haare, sein Gesicht, seine Kleidung, schaute aber durch all das hindurch auf das, was dahinter lag, nämlich jene Einheit, deren Verlust jede Einzelerscheinung war, in der man aber gerade deshalb alles sah, immer alles. Die Welt war im Augenblick des Gebets ungeschieden. Sicherlich war der Mann verstört davon, wie Alexej ihn gerade anschaute, er mußte ja verstört sein … Übrigens, sagte sich Alexej, als er auf eine inzwischen schon routinierte Weise in den Zustand des Geteiltseins und der Unterschiedenheit zurückglitt (einfach aus Gründen der Höflichkeit, weil er kein »weiser Narr« sein wollte und auch nicht glaubte, einer zu sein), übrigens hat dieser Mann eben meinen Namen genannt. Woher kann er ihn wissen? Moment, jetzt begreife ich vielleicht, wen ich vor mir habe. Max Hornung hat oft von jemandem erzählt, einem guten Freund, den ich sogar einmal kennengelernt habe, aber nur wenige Sekunden, es war eine Begegnung auf der Straße, ich erinnere mich, aber ich erinnere mich an kein Gesicht, nur der Name ist mir nach wie vor geläufig, er lautete Mai, wie der Monat. Christoph Mai. Der Name fiel auch auf der Beerdigung.

Sie sind Christoph Mai, sagte Alexej. Ja, sagte dieser, schaute ihn mit hellem Gesichtsausdruck an und schüttelte ihm freudig die Hand. Mai: Sie sahen so versunken aus, ich muß mich entschuldigen, aber erst als ich Sie hier auf dem Bahnsteig nach Potsdam gesehen habe, war mir klar, Sie könnten Lipskij sein. Wir sind uns einmal begegnet ... Ja, ich weiß, sagte Alexej. Wir sind uns einmal in Frankfurt auf der Straße begegnet, eines Abends vor dem Theater bei einer Premiere, wir haben uns, glaube ich, sogar die Hände geschüttelt, aber ich hatte Ihr Gesicht vergessen, das heißt, vielleicht sollten wir uns nicht weiterhin siezen. Nein, sagte Mai, ich glaube, wir haben uns damals auf der Straße auch geduzt. Ich habe mir dein Gesicht damals zwar gemerkt, aber du hast dich verändert, ich hätte dich nie im Leben wiedererkannt, obgleich ich mir vorhin im Zug geradezu den Kopf darüber zermartert habe, ob du Lipskij bist ... also ob du Alexej bist. Stimmt es, daß du deinen Namen abgelegt hast? Alexej: Nein. Ich bin ja ein normaler Staatsbürger geblieben und habe einen Paß. In meiner Bruderschaft heiße ich allerdings nur Bruder Alexej. Auch meine Post wird adressiert an Bruder Alexej. Die Familiennamen wissen wir oft nicht voneinander.

Beide schüttelten sich noch einmal die Hand. Der Zug

kam, sie stiegen ein. Mais Reise hatte, wie Alexej erfuhr, zwei Gründe. Zum einen war er als Verwalter von Max' Nachlaß bestellt, und zwar durch ein Testament, das Max hinterlassen hatte. Zum anderen reiste Mai aus familiären Gründen nach Potsdam, zumindest nannte er das so und benutzte genau diese Formulierung, »familiäre Gründe«, ohne weiter auszuführen, was er damit meinte. Alexej wollte ihn auch nicht danach fragen.

Die Fahrt nach Potsdam dauerte kaum zwanzig Minuten. Christoph Mai war im Besitz eines Schlüssels für das von Hornung gemietete Haus. Er hatte ihn vom Notar bekommen. Mai wußte nicht genau, was auf ihn zukommen würde, er kannte das Haus nicht und hatte von Hornungs Nachlaß kaum eine Vorstellung. Weißt du, sagte er, ich kann mir nicht einmal vorstellen, wieso Max sich überhaupt um seinen Nachlaß kümmerte, das paßt nicht zu ihm. Er hat nie an ein »Nachleben« oder so etwas gedacht. Er hat auch den Rummel um seine Oststadt nicht ernst genommen. Alexej: Um seine Oststadt? Er: Ja, das ist die Vorabendserie, die er hier gemacht hat. Sie ist in der Stadt sehr umstritten, hat aber viele Fans. Wir kommen alle darin vor, ich auch. Ich weiß, wie Max gearbeitet hat. Er brauchte immer Vorbilder, die hat er eins zu eins in seine Serie hineingeschnitten. Es gibt eine Figur, Eduard von Mayerlingk, die trägt eindeutig Züge von mir.

Alexej sagte, daß er Max nur aus Bad Nauheim kenne und von seinem Potsdamer Leben gar nichts wisse. Er habe von dieser Serie nie etwas gehört. Sie, Max und er, sprachen nie über solche Dinge. Sie sprachen immer über ganz anderes.

So ging das Gespräch eine Weile, dann stiegen sie aus. Im Bahnhof tranken sie einen Kaffee. Das Thema wechselte nun zu dem, was Mai vorher als »familiäre Gründe« bezeichnet hatte. Mai redete immer mehr. Es fiel Alexej eine gewisse Nervosität an dem Mann auf. Mai erzählte etwas von einer Frau, von einer Frau aus Potsdam, aber er verstrickte sich in Andeutungen, so daß Alexej kaum etwas verstand. Er schaute Mai mitleidig an, denn es kam ihm in den Sinn, wie schwer es Mai gefallen sein mußte, in den ersten Minuten ihrer Begegnung seine Nervosität zu verbergen.

Weißt du, sagte Mai, ich reise ... schon dieses Wort, reisen, es ist eigentlich idiotisch, aber ich empfinde es so, denn diese Reise liegt mir eigentlich fern, und dennoch bin ich eigenartigerweise getrieben dazu, aber, entschuldige ... wie solltest du das verstehen? Max war in einigem entschlossener als ich, das heißt, er entschloß sich zu Dingen, und die hielt er dann auch durch, und vielleicht waren es nicht einmal Entschlüsse. Alexej, wir kennen uns eigentlich gar nicht, soll ich wirklich fortfahren, über diese Dinge zu sprechen?

Alexej sagte, er könne gern weiterreden, wenn er wolle. Vorher habe er aber selbst eine Frage. Kenne er, Christoph, zwei Zwillingskinder im Alter von siebzehn Jahren namens Heike und Arnold? Den Nachnamen wisse er nicht, aber sie kämen aus Potsdam. Er habe sie auf der Beerdigung kennengelernt.

Mai: Ich war nicht auf der Beerdigung, ich weiß es nicht. Ich kenne sie nicht. Obwohl ich hier (er schaute aus dem Cafeteriafenster) eine Zeitlang gewohnt habe.

Kannst du dir das vorstellen? Mai lachte abgründig und sprach nun immer seltsamer. Fahrradfahren von Eiche nach West, jeden Morgen, ja ... Ich bin mit einem Postfahrrad gefahren, weißt du, so ein altes Postfahrrad, wie ich es im Westen gar nicht mehr erlebt habe, mit einem herunterklappbaren Bügel vorn, die waren in gewissen Kreisen hier sehr in Mode. Für uns hat es zuerst sogar etwas Erfrischendes ... diese alten Fahrräder ... aber nur eine Zeitlang ... Haha, ich kannte sogar Menschen, die unbedingt in einer Wagenburg wohnen wollten, sie gaben Anzeigen auf und versuchten Leute kennenzulernen, nur damit sie aufgenommen würden in einer solchen Wagenburg. Weißt du überhaupt, was das ist, eine Wagenburg? Wie schwer es ist, da hineinzukommen? Eine Art Faschismus. Aber die Menschen dort fühlen sich frei, ungeheuer frei, sie fühlen sich jedoch auf eine so eigenartige Weise frei, auf eine Weise, an der etwas nicht richtig ist ... nicht nur nicht richtig, sondern völlig falsch. Sie kennen sich überhaupt nicht selbst und halten sich fast immer für das Gegenteil von dem, was sie sind. Die anderen halten sie auch für das Gegenteil. Entschuldige, das wird ein Vortrag ohne Gegenstand ... Aber laß mich bitte weitererzählen ... einmal war ich sogar in einer solchen Wagenburg, aber es ging mir damals nicht gut, eine Frau führte mich dorthin, sie haßte mich, diese Frau ...

Alexej trank von seinem Kaffee, schaute auf den Gang vor dem Fenster und war überrascht, dort Heike zu sehen. Er wollte hinauslaufen, sah dann aber, wie ein Mann auf Heike zutrat. Der Mann war Mitte Dreißig, vielleicht etwas älter. Heikes Haltung drückte diesmal nicht die übliche Laszivität aus, sondern etwas Sachliches, geradezu Geschäftsmäßiges. Der Mann wollte Heike ein Bündel Geldscheine geben, aber Heike wies mit einer Geste darauf hin, daß sie das Geld nicht einstecken könne. Sie trug dieselbe Kleidung, die sie einige Tage zuvor in Frankfurt getragen hatte. Vielleicht hatte sie nur diese Sachen und sonst nichts. Sie wirkte noch abgemagerter. Alexej konnte beobachten, wie sie die Blicke aller Passanten auf sich zog.

Mai redete unterdessen weiter. Er redete, als müsse er sich zwanghaft etwas vergegenwärtigen, wie ein Getriebener. Er habe damals auf dem ehemaligen Stasi-Gelände gewohnt, nicht direkt auf ihm, aber am Rand. Er sei immer auf einem Waldweg in die Stadt gefahren, an einem verrotteten Haus vorbei, dann an einem Sportplatz entlang, dann an der Universität, wo sie studierte, dann an den Communs, jeden Tag derselbe Weg. Kennst du den Park? Kennst du die Communs? Ihr Vater war dort tätig, als ... als eine Art Forstwirtschaftler. Mehr als das, glaube ich, er war ein Beamter in der Schlösserverwaltung, für die Grünanlagen, für die Bäume, Charlottenhof, Cecilienhof ... ich glaube, er ging sogar auf die Jagd. Ich habe ihn nie kennengelernt. Ich habe niemanden aus diesen Kreisen kennengelernt, ich habe hier immer nur eine ganz gewisse Gruppe angetroffen, von allem anderen hielt man mich fern ...

Plötzlich schwieg Mai. Alexej sah, wie Heike mit dem Mann in Streit geriet. Sie gestikulierte heftig. Der Mann, der unauffällig gekleidet war wie ein ganz normaler Passant, ging einige Schritte weg, dann kam er zurück. Beide setzten sich auf eine Bank. Der Mann erhob sich aber schon nach kurzem wieder, ging an einen Stand und holte eine Bratwurst, die er Heike geben wollte. Heike nahm sie aber nicht an. Daraufhin aß der Mann die Wurst selbst.

Alexej sah jetzt am Ende des Gangs auch Arnold stehen. Arnold wirkte wie jemand, der sich über eine Situation zu orientieren versucht. Dann war er auch schon wieder verschwunden.

Nun geschah noch etwas. Ein alter Mann trat auf die Bank zu, auf der Heike und der andere Mann saßen. Der alte Mann sah zerlumpt aus und hatte ein rotes, unrasiertes, von der Sonne gegerbtes Gesicht wie ein langjähriger Trinker, der auf der Straße lebte. Alexej kannte ihn nicht, es war der alte Baron. Der Alte ging auf den Mann zu, der neben Heike saß, und streckte seine Hand aus, wie um Geld zu erbetteln. Der Mann auf der Bank machte ein angewidertes Gesicht und versuchte, den Baron zu verscheuchen. Alexej sah, wie der alte Mann grinste. Er ließ sich nicht von seinem Tun abbringen, stand in großer Seelenruhe da und streckte weiterhin seine Hand aus.

Irgendwann reichte es dem Mann, er stand auf, warf seine halbgegessene Wurst weg und verließ die Szene. Es dauerte keine zehn Sekunden, dann lachten Heike und der Alte miteinander. Alexej begriff, daß die beiden sich kannten. Heike wirkte jetzt völlig anders als noch wenige Minuten zuvor, als der andere Mann bei ihr gesessen hatte. Sie wirkte jetzt jünger, ausgelassen, fast kindlich. Als sei eine Last von ihr abgefallen.

Mai hatte die ganze Zeit geschwiegen und irgendwann ebenfalls begonnen, in den Bahnhofsgang hinauszuschauen. Auf die Szene auf der Bank verwendete er keinerlei Aufmerksamkeit, sie ging für ihn im allgemeinen Bahnhofsgetümmel unter.

Dann begann er wieder zu sprechen. Sein Aufenthalt hier liege drei Jahre zurück. Wußtest du, sagte er, daß in dieser Stadt eine sehr aggressive Stimmung herrscht? Ich habe in einer mittelgroßen, sogenannten guten Wohnung gelebt, in einem Neubaugebiet, direkt am Stadtrand. Es sah aus wie aus einem Katalog. Vieles sieht hier aus wie aus einem Katalog. Übrigens ist es besser, wenn ich jetzt gehe. Weißt du, wo du übernachten wirst? Nein, sagte Alexej, das wisse er nicht. Vielleicht fahre er schon heute wieder nach München zurück. Mai sagte, er übernachte im Haus von Max. Wenn er am Abend noch da sei, könne er gern dorthin kommen, falls ihm daran gelegen sei. Danke, sagte Alexej. Mai zahlte für sie beide und ging, er wirkte verzweifelt. Vor der Glasscheibe der Cafeteria stand er noch einige Sekunden unschlüssig herum, schaute nach links und rechts, dann sah er noch einmal zu Alexej, lächelte angestrengt, anschließend ging er nach rechts davon, und hinter ihm wurde wieder die Bank sichtbar, von der Heike gerade aufstand.

Alexej nahm seine Tasche, ging hinaus und lief zu der Bank. Heike starrte ihn für einige Sekunden sprachlos an. Was machen Sie denn hier, fragte sie. Der alte Baron rief: Sie sind der Mönch! Sie sind der russische Mönch! Hier, ich habe einen Euro, er wurde mir heute morgen durch eine besondere Fügung zuteil, möchten Sie ihn segnen? Oder können Sie ihn vielleicht sogar vermehren? Alexej lachte und sagte, nein, er habe nichts zu segnen, er sei noch kein Priester. Und auch wenn er einer sein werde, werde er nicht auf den Gedanken kommen, ein Geldstück zu segnen. Da haben Sie recht! rief der alte Mann, ging zu einem Kiosk, holte von dem Euro eine kleine Flasche Schnaps und trank sie. Währenddessen standen sich Alexej und Heike gegenüber. Alexej sagte, er habe seit einer halben Stunde dort drüben im Café gesessen. Sie: Sie haben mich beobachtet? Er: Ja, ich habe dich beobachtet, aber es ließ sich gar nicht vermeiden, ich habe dort einen Kaffee getrunken. Sie: Wenn Sie jetzt auch noch sagen, Sie seien wegen uns nach Potsdam gekommen, kotze ich. Das heißt, nein, ich würde es nicht glauben. Ja, genau, ich würde es nicht einmal glauben. Hören Sie, lassen Sie uns in Ruhe. Sie haben von nichts eine Ahnung und wissen überhaupt nicht, worum es geht.

Der alte Baron kam zurück und setzte sich. Dann wandte er sich plötzlich an Alexej und sagte: Ich habe Sie die ganze Zeit gesehen. Sie saßen mit einem Mann zusammen. Sie saßen schon da, als ich kam, aber ich habe Sie sofort gesehen. Alexej: Ja, ich habe Sie auch gesehen. Ich sah Sie, wie Sie den Mann angebettelt haben, der hier vorher gesessen hat. Ach so, angebettelt, sagte der Baron, machte eine abfällige Handbewegung und wandte sich ab.

Heike nahm den Mönch am Arm und begann, im Spaziertempo durch den Bahnhof zu laufen. Du hast ihn beleidigt, sagte Heike. Aber wieso, fragte Alexej. Sie: Du hast etwas gegen Bettler. Er: Nein. Ich habe gar nichts gegen Bettler. Nicht im eigentlichen Sinn. Sie: Er ist überhaupt kein Bettler. Alexej: Er sah aber so aus. Sie: Mann,

Mönch, das weißt du doch: Du sollst dir kein Bild machen. Der Baron säuft wie ein Loch und lungert immer draußen herum, er wäscht sich auch seit Jahren nicht mehr (er riecht zumindest so), aber er bettelt nicht. Alexej: Ist er wirklich ein Baron? Er hat den Mann vorhin mit ausgestreckter Hand nach Geld gefragt. Heike: Das hat er aus ganz anderen Gründen gemacht. Er wollte ihn vertreiben. Übrigens ist er natürlich kein Baron, er wird nur so genannt.

Alexej wurde in diesem Moment bewußt, welches Bild sie abgaben. Er trug wie immer sein Mönchsgewand, und an seinem Arm lief ein junges Mädchen, das ebenso hübsch wie spärlich bekleidet war. Ausnahmslos alle schauten sie an. Einige machten sogar Bemerkungen, so daß Alexej bemüht war, sich wieder von Heike zu lösen. Bald kehrten sie zur Bank zurück und nahmen das Gespräch mit dem alten Baron wieder auf. Alexej merkte, daß der Baron eine jener Personen war, die immer ausnahmslos über alles Bescheid wissen und die es in jeder Stadt und in jedem Dorf gibt. Der Baron behauptete nämlich, daß jener Mann in der Cafeteria, mit dem Alexej zusammengesessen hatte, ein Freund von Hornung sei. Er habe ihn mit Hornung gesehen, einmal sei er dagewesen, sie hätten eng zusammengesteckt. Heike: Wo willst du denn die beiden gesehen haben? Der Baron: Natürlich habe er sie gesehen. Er erinnere sich genau, einmal habe er sie gesehen, in der Gutenbergstraße, es war im Winter, morgens um acht. Hehe, er habe auf einer Bank gesessen und alles gesehen. Sie trugen Mäntel und taten ganz unauffällig. Er erinnere sich, es war ein kalter Tag, sehr kalt. Alles das habe er gesehen. Heike: Was du so alles siehst! Der Baron: Sie gingen zu einem Rechtsanwalt hinein. Deshalb erinnere er sich ja daran, weil sie zu einem Rechtsanwalt hineingingen! Und Hornung gab ihm, dem Baron, später Geld. Heike: Wofür hat er dir denn Geld gegeben? Der Baron: Wofür soll er mir wohl Geld gegeben haben? Für ein Glas Wein natürlich, es war kalt, das habe ich doch gesagt. Da habe ich den Freund von Hornung gesehen, diesen ... diesen ... Heike seufzte und winkte ab. Alexej: Er heißt Christoph Mai. Ich kannte ihn bis eben nicht, er hat eine Weile in Potsdam gelebt. Der Baron: Da bist du aber gut informiert. Alexej: Er hat es mir eben erzählt. Der Alte: Was hat er denn noch erzählt? Alexej, den die Frage verblüffte: ... Was noch? Hm ... er hat ... er hat von einer Frau erzählt. Er muß sehr unter dieser Frau gelitten haben. Er hat sich offenbar bis heute nicht davon erholt, er steht wie unter Schock ...

Alexej hielt inne. Der alte Baron hatte jene Fragetechnik an sich, die er in Rußland öfter an Betrunkenen auf der Straße erlebt hatte. Diese Leute wissen einfach deshalb über alles Bescheid, über die ganze Stadt, weil sie wahllos jeden zum Reden verführen wollen und sich auf alles einen Reim machen. Alexej verstummte.

Jetzt redet er nichts mehr, sagte der Alte.

Nein, entgegnete Alexej, machen Sie so bitte nicht weiter. Ich kenne Ihre Fragen. Und daß Sie, nachdem ich eben verstummte, sagen würden »Jetzt redet er nichts mehr«, das wußte ich ebenfalls vorher, weil ich das schon öfter erlebt habe. Dabei kommt bloß Geschwätz heraus. Ich bitte Sie, hören Sie damit auf. Es ist für niemanden gut.

Er ist wahrhaft ein Prediger! Ein Prediger! rief der alte Baron und streckte Alexej seine Hand hin. Alexej lächelte.

Der Baron: Mai sei von einer dieser Taranteln gestochen worden. Die kenne er genau. Er, der Pfarrer, solle sich glücklich preisen, daß er gar nicht erst in die Gefahr komme. Heike: Von wem redest du? Der Baron: Von dieser Frau rede ich, dieser Tarantel. Heike: Welche Frau? Er: Die Tarantel! Der Pfarrer hat doch selbst gesagt, wie sie ihn gequält hat. Die meine ich. Heike: Du scheinst die Frau ja gut zu kennen. Wer ist sie denn? Nenne mir doch mal ihren Namen! Der Alte (plötzlich schlecht gelaunt, als habe man ihn beleidigt): Du weißt schon, wen ich meine. Heike: Wen denn? Er, schweigend, dann nach einer Weile: So rede ich nicht weiter. Nein, nein! Laßt mich doch in Ruhe! Was wollt ihr denn immer von mir? Immer wollt ihr etwas von mir. Ich komme mir ja vor wie ein Mülleimer, in den ihr alles hineinwerft. Ich habe mit alldem doch nichts zu tun! Selbst der Pfarrer hier erzählt mir alles, dabei hat er doch sein Schweigegelübde, aber ich sehe doch, wie sich alles in ihm danach drängt, den Mund aufzumachen und zu plappern. Ich gehe jetzt, laßt mich ein für allemal in Ruhe.

Tatsächlich stand der Baron schwerfällig auf und ging, augenscheinlich unglücklich darüber, daß keiner versuchte, ihn zurückzuhalten. Heike: Er hat Sie nur »Pfarrer« genannt, um Sie zu provozieren. Er weiß natürlich, daß Sie kein Pfarrer sind. Aber er kann es nicht ertragen, wenn er nicht reden darf. Er will immer reden, aber wenn jemand so schweigt wie Sie und ihm dann auch noch den Mund verbietet, das hält er nicht aus.

Alexej sagte, das tue ihm leid, er habe dem Mann nicht den Mund verbieten wollen.

Sie verließen den Bahnhof. Heike machte keine Anstalten, sich von dem russischen Mönch zu trennen. Sie fand Alexej hübsch, auch wenn ihr sein Bärtchen grotesk erschien, noch grotesker als seine Mönchskleidung. Alexej hatte ein schlankes Gesicht, seine Wangenknochen traten infolge seiner asketischen Lebensweise etwas hervor, sein Mund war fein, die Lippen schmal, und er bewegte diese Lippen auf sehr angenehme Weise. Seine Haltung war aufrecht, aber zugleich entspannt, und in seinen Augen lag etwas Unverstelltes, das gefiel Heike, ohne daß sie sich darüber Rechenschaft ablegte (sie betrachtete Alexej ganz unbewußt).

Sie liefen eine halbe Stunde durch die Stadt, Heike zeigte ihm das Havelufer, das Grüne Gitter am Eingang zum Park, das Glockenspiel an der Stelle der ehemaligen Garnisonkirche … Sie spazierten durch kleine Straßen, gelangten erneut ans Ufer, dann kamen sie an einem Kindergarten vorbei, aus dem gerade Mütter ihre Kinder abholten. Einen Augenblick schien es Alexej, als erkenne er die Frau mit dem Kind namens Jesus wieder, aber die betreffende Frau verschwand gerade mit dem Kinderwagen hinter einer Hausecke. Er schüttelte den Kopf.

Heike blieb stehen, beide betrachteten eine Weile den Kindergarten. Genauer gesagt handelte es sich um zwei Kindergärten, den städtischen und den direkt angrenzenden Waldorfkindergarten. Der Spielplatz des städtischen Kindergartens war bestückt mit allerlei bunten Rutschen und Schaukeln, der des Waldorfkindergartens war davon durch einen Holzzaun abgetrennt und bestand ausschließlich aus hölzernen Spielgeräten. Alexej gefielen die Holzgeräte. Er mußte an seine Schule bei Kubain denken, dort hatten sie ähnliche Geräte gehabt.

Dann verließen sie den Platz mit dem Kindergarten, liefen zurück zur südöstlichen Seite des Parks, kamen noch durch einige Straßen und trennten sich schließlich. Alexej war sich sicher, Heike im weiteren Verlauf des Tages erneut zu begegnen. Es war gegen zwei Uhr, und Alexej überlegte sich, was er nun tun sollte.

Bei Grigorij

Erst einmal ging Alexej zu Hornungs Haus. Alle Leute auf der Straße schauten ihm nach. Hornungs Haus war verschlossen. Mai war nicht da.

Alexej machte sich klar, daß nicht so einfach auszuführen sein würde, was er in Potsdam wollte. Er wollte etwas über die beiden Jugendlichen in Erfahrung bringen, für die er sich seit der Beerdigung verantwortlich fühlte, ohne daß er sich Rechenschaft über den Grund ablegen konnte. Aber er hatte weder einen Plan noch eine Aussicht und war sich bewußt, daß er sich wahrscheinlich blamieren würde (er wußte nur noch nicht, in welcher Hinsicht). Allerdings war ihm das egal.

Alexej rief daraufhin einen Bekannten an, einen Bulgaren, der in Potsdam wohnte und mit dem er vor drei Jahren gemeinsam im Übergangswohnlager gelebt hatte. Alexejs Familie war damals drei Wochen in Winsen an der Luhe einquartiert gewesen, ebenso wie der Bulgare, der Grigorij hieß. Alexej hatte ihn seit einem Jahr nicht mehr gesprochen. Grigorij war erfreut, von ihm zu hören, und lud Alexej zu sich nach Hause ein. Er wohnte am Rande eines Plattenbaugebiets. Alexej suchte ihn auf und fragte, ob er bei ihm übernachten könne. Sie tranken Tee, aber während des Gesprächs konnte sich Alexej nicht gut konzentrieren. Er dachte zuviel nach. Die Abwesenheit vom Kloster und von der dortigen Zeitlosigkeit (jeder Tag war dort immer ein und derselbe Tag) griff ihn an. Eine kleine Reise nach Moskau vor vier Wochen eingeschlossen, hatte er das Kloster nun schon zum dritten Mal innerhalb kurzer Zeit verlassen.

Die Begegnung mit Grigorij war freundlich, aber formell. Er hauste unglaublich beengt und hatte sich in Potsdam, wie Alexej sehr bald auffiel, nicht zu seinem Besseren verändert. Ihm stand lediglich ein Zimmer mit einem kleinen Kocher zur Verfügung. In solchen Zimmern, das wußte Alexej aus eigener Erfahrung, war es nur dann auszuhalten, wenn man jeden Tag peinlich genau auf Ordnung achtete. An der Wand hing ein kleines Madonnenbild aus Papier, davor hatte Grigorij ein winziges Tischchen mit einer Kerze gestellt. Es war keine Andachtskerze, wie man sie vor den Heiligenbildern entzündete, sondern eine Grableuchte. Möglicherweise hatte Grigorij nichts anderes auftreiben können und sie von einem Friedhof mitgenommen. Diese Ecke des Zimmers war einigermaßen sauber, aber ansonsten lagen überall Kleidung oder Essensreste herum.

Grigorij war orthodoxer Christ wie Alexej. In Winsen

waren sie noch gemeinsam auf der Suche nach Andachtskerzen unterwegs gewesen, mehrfach waren sie deshalb bis Lüneburg gefahren und hatten für die Zugfahrten ihr letztes Geld ausgegeben. Grigorij hatte sich ebenso wie Alexej an den kirchlichen Kalender gehalten und dem Priester assistiert. Beide, Alexej und er, hatten in Winsen allerdings wenig über religiöse Dinge gesprochen. Alexej befand sich damals in einer Phase, in der er seinem Glauben noch nicht traute. Er wußte, was seine russischen Freunde vor seiner Abreise nach Deutschland über ihn gesagt hatten. Er komme mit seiner Rolle als Rußlanddeutscher nicht zurecht, deshalb verrenne er sich in seinen Glauben wie in eine Ideologie. Konnte er das ausschließen? Er selbst war oft erstaunt, in welche Euphorie ihn die neue Lebensweise versetzen konnte, mit der er übrigens nicht von einem auf den nächsten Augenblick angefangen hatte. In Blagowestschensk waren zwei Dinge für ihn entscheidend gewesen, nämlich der nähere Anschluß an die Gemeinde, besonders an den Priester, dem Alexej ein halbes Jahr vor seiner Abreise zu assistieren begann, und vor allem der kirchliche Kalender, an den er sich damals schon hielt. Gerade aufgrund der oft eintretenden Euphorie mißtraute er sich aber. Als der Plan, aus Rußland zu emigrieren, Gestalt gewann, war ihm stets gegenwärtig, was seine Freunde sagten. Sie konnten nicht glauben, daß er, ein normaler, gewöhnlicher Studentenkollege von früher, der eine ordentliche Stelle als Lehrer hatte, sich plötzlich in so etwas verrannte. Einige hielten ihn sogar für feige, und hier und da wurde der Vorwurf laut, er halte sich (weil er sich aus der normalen Gesellschaft herausnehme) für etwas »Besseres« oder »Besonderes«. Damals war jenes Thema schon ganz da: daß die Selbsterniedrigung von der Selbstüberhöhung kaum zu unterscheiden ist. Seltsamerweise begriff niemand diesen Gedanken. Die einen sahen in Alexej einen demütigen, die anderen einen anmaßenden Menschen. Daß beide Phänomene eng zusammenhingen, fiel keinem auf. Alexej beschäftigte das lange. Auch, ob er in seiner Askese eine große Willensleistung sehen sollte oder etwas, das ihm lediglich sehr leichtfiel, konnte er lange nicht entscheiden. Heute wußte er auf manches eine bessere Antwort. Er überlegte sich gar nicht mehr, ob sein vergleichsweise asketisches Leben nach dem Kalender und der Klosterregel für ihn »schwer« oder »leicht« war. Er wußte einfach, daß es richtig war, und insofern fiel es ihm »leicht«. Ebenso leicht, wie es ihm beispielsweise fiel, keinen Mord zu begehen (er benutzte das Beispiel mit dem Mord öfter, man konnte an ihm viel verdeutlichen; er benutzte es vor allem, um zu erläutern, daß das, was man als richtig erkennt, nie eine Mühe beinhalten kann). Aber in Winsen an der Luhe war Alexej noch nicht soweit gewesen. Damals war er täglich damit beschäftigt, zu prüfen, ob das, was er tat, tatsächlich Glaube oder nur eine Art private »Mode« sei. Deshalb hielt er sich an die kirchlichen Praktiken und sprach nicht über seinen Glauben, da ihn Einspruch von außen noch mehr verwirrt hätte. Übrigens fand er Grigorij schon damals ein bißchen seltsam. Aber er akzeptierte alle in der Gemeinde, wie er selbst akzeptiert werden wollte, nämlich einfach so, ohne Grund. Und in der Tat: es gab ja keinen spezifischen Grund, warum man zum Glauben kam, und es gab keine eindeutige Weise, wie man Glauben anderen vermitteln konnte, »wahren« Glauben, »echten« Glauben, »richtigen« Glauben. Er akzeptierte an Grigorij, daß er glaubte, ebenso wie er wünschte, daß man es bei ihm selbst akzeptiere. Zugleich sagte er sich: Ehrlich gesagt möchte ich auch gar nichts Näheres über Grigorijs Glauben wissen. Am Ende würden wir uns vielleicht streiten, das wäre nicht gut, und wenn wir im Gegenteil ein gemeinsames, großes Einverständnis erkennen würden, wäre es wahrscheinlich sogar um so schlimmer.

Kurzum, Grigorij verrichtete damals ebenso wie Alexej seinen Dienst und hielt sich an den Kalender, und über nichts anderes hätte Alexej ein Urteil gefällt.

Grigorij hielt sich jetzt offenbar nicht mehr an den Kalender. Sie saßen gemeinsam in seinem Zimmerchen, und Grigorij aß ein herumliegendes Wurststück, obgleich das heute nicht erlaubt war. Natürlich machte Alexej ihm das nicht zum Vorwurf, er vermerkte es lediglich, so wie man eine Tatsache notiert wie etwa die, daß es regnet oder die Sonne scheint oder man noch in den Stadtteil soundso zu gehen hat. Grigorij schien auch angetrunken zu sein. Er redete sehr begeistert von den Evangelien, insbesondere von Jesus, aber vielleicht tat er das nur wegen Alexej ... vielleicht war er in seinem Glauben an einer ganz anderen Stelle als damals in Winsen angekommen und suchte jetzt bloß einen allgemeinen Anknüpfungspunkt, weil er glaubte, sich Alexej eigentlich nicht mehr mitteilen zu können, genau wie er umgekehrt vielleicht davon ausging, daß auch Alexej sich ihm nicht mehr mitteilen konnte, weil er ebenfalls völlig woanders angekommen war.

Alexej betrachtete Grigorij immer nachdenklicher. Der Bulgare war bleich und aufgedunsen, auf seiner Wange zeigten sich ungesunde Flecken, die Barthaare wucherten ihm im ganzen Gesicht, von einem Ohr zum anderen. Der Bart war rot, aber zugleich seltsam fahl. In seinem Gesicht steckten zwei graugrüne Augen, die freundlich zu blicken versuchten. Aber in Wahrheit schauten sie ziellos umher. Alexej bemerkte, daß das, was Grigorij über Jesus sagte, befremdlich und leblos war. Grigorij stellte einzelne Handlungen Jesu aus der Bibel heraus und sprach davon, daß alles das wahr sei, daß das alles historische Tatsachen seien, aber die meisten es wahrscheinlich doch nicht glaubten, obgleich sie das Gegenteil behaupteten. Nach einer Weile zog Grigorij sogar einen Zettelkasten hervor, in dem er irgendwelche Hinweise gesammelt hatte, die belegen sollten, wo die Evangelien die Worte der Propheten jeweils einlösten. Zugleich erweckte Grigorij den Eindruck, als sei die Hauptaufgabe seines Glaubens, die historische Existenz Jesu als unbezweifelbar hinzustellen. Das schien für ihn ungeheuer wichtig zu sein. Alexej fühlte sich unwohl dabei. Grigorij redete wie ein Kranker. Und er hatte auch die Augen eines Kranken, unruhig, mit flatterndem Blick und eigentümlichem Glanz.

Alexej hörte sich Grigorijs Ausführungen geduldig an. Grigorij redete davon, wie »negativ« (so sein Ausdruck) Jesus auf viele Mitglieder der Gemeinde gewirkt haben müsse. Er erklärte, daß er selbst, Grigorij, nie so eindeutige, mächtige Dinge wie Jesus behauptet habe und auch nirgendwo »so triumphal empfangen« worden sei wie Jesus Christus (diesen Gedanken fand Alexej besonders seltsam). Aus Grigorijs Worten sprach fast ein Haß gegen den jesuanischen Glauben, als halte er Jesus für anmaßend. Aber Grigorij merkte das offenbar nicht. Fünf Minuten später weinte er sogar, die Tränen kamen dem Bulgaren einfach so, mitten beim Sprechen, aber er sprach weiter über Jesus, ohne seine Tränen zu bemerken. Alexej wußte nicht, wen er vor sich hatte, einen verzweifelten Menschen oder jemanden, der sehr tief glaubte und deshalb die Form, in der Menschen hier und jetzt lebten, völlig außer acht ließ und daher wie ein Geisteskranker wirkte. Alexej wurde traurig und merkte, wie sich bei ihm ein gewisser Mißmut einstellte. Wahrscheinlich war Grigorij in einer nicht näher begreifbaren Form verkümmert. Er war hier in Potsdam womöglich so an ein Ende mit sich und allem gekommen, daß er einfach nur noch vor sich hin redete, nicht mehr auf einer sinnvollen Grundlage, sondern nur noch aufgrund des eigenen Leids.

Irgendwann sprang Grigorij auf, legte seinen Schlüssel auf den winzigen, abgeschabten Tisch, der in der Mitte des Zimmers neben dem Bett stand, öffnete das Fenster und lief mit einem begeisterten Gesicht und fast glühend enthusiasmierten Augen aus dem Zimmer hinaus, augenscheinlich ohne jeden Grund. Dann stand er auf der Straße unter dem Fenster und rief hinauf, er gehe spazieren. Er gehe immer spazieren, er sei heute aber noch nicht spazierengegangen, er gehe täglich nach Sanssouci, einmal jeden Tag mindestens, wie jeder hier, er, Alexej, soll es sich nur recht gemütlich bei ihm machen, aber nicht auf ihn warten, er freue sich sehr, ihn zu sehen, sehr, das sei … das sei großartig!

Dann war Grigorij verschwunden, und Alexej stand allein in der Wohnung seines ehemaligen Wohnheimkollegen. Er war völlig ratlos, denn das hätte er am wenigsten erwartet. Es dauerte nicht lange, dann verließ auch er das Zimmer, denn er wollte keinen weiteren Blick auf Grigorijs Sachen werfen, er wollte das ganze Zimmer nicht mehr sehen. Er wollte nicht irgendwelche Dinge entdecken, sondern ein gutes Bild von Grigorij zurückbehalten, ein Bild ohne Tatsachen und Fakten. Nun ging er den Flur entlang in Richtung Etagenausgang. Linkerhand befand sich eine Küche, in der ein junger Mann saß und Kartoffeln schälte. Alexej trat ein und fragte, ob er ein Glas Leitungswasser haben könne. Der Mann zuckte mit den Schultern und sah Alexej nicht weiter an. Alexej nahm ein herumstehendes Glas, spülte es unter dem Hahn aus, füllte es mit kaltem Wasser und trank. Währenddessen fiel sein Blick auf ein Brett, an dem Zettel, Postkarten, Fotos und ähnliche Dinge angeheftet waren. Auf einem der Fotos war Heike abgebildet. Heike war auf dem Foto von hinten zu sehen, sie stand in einer bestimmten Weise da, trug einen sehr kurzen roten Rock, der wie zufällig ein wenig hochgerutscht war, und schaute lächelnd über ihre Schulter in die Kamera, als freue sie sich gerade über etwas und wolle den Betrachter auf eine völlig natürliche Weise verlocken. Das Bild war gestellt und hatte einen eindeutig erotischen Charakter. Alexej löste es vom Brett und fragte den Mann, der in der Küche herumsaß, ob er wisse, wem dieses Bild gehöre. Der Mann sagte, ohne aufzuschauen, er habe keine Ahnung. Alexej hielt ihm das Bild hin und fragte, ob er das Mädchen kenne. Der Mann verneinte, er kenne das Mädchen nicht, leider. Dann pfiff er. Gar nicht schlecht, sagte er und schaute Alexej an. Als er dessen Kleidung, Bart und Kappe erblickte, stand er unwillkürlich auf. Was wollen Sie denn, fragte er. Sind Sie ein Religiöser oder was? Alexej verließ wortlos den Raum, lief die Treppe nach unten und trat auf die Straße. Diesmal schaute er sich genauer um (auf dem Hinweg war er in Gedanken gewesen). Das Viertel befand sich auf der Babelsberger Seite, man blickte auf Hochhäuser. Das Haus, in dem Grigorij wohnte, war dreigeschossig und vielleicht fünfzig Jahre alt. Alexej lief an der Hauswand entlang und bemerkte neben der zweiten Eingangstür eine Tonne, in die eine zerlöcherte Regenrinne mündete. Die Tonne war zur Hälfte mit Wasser gefüllt, es stank, einige Taubenfedern trieben auf dem Wasser. Alexej dachte erneut an Kubain. Dann lief er über die große Brücke in die Innenstadt zurück, fest entschlossen, lieber zurück nach München zu fahren, als bei Grigorij zu übernachten. Er hatte Mitleid mit ihm und hätte ihn durch seine Anwesenheit vielleicht in einen noch schlimmeren Zustand versetzt.

Als er wieder über die große Brücke lief und die für ihn völlig fremd gewordene Welt der Autos betrachtete, fiel ihm noch etwas ein. Wieso, sagte er sich, habe ich Grigorij eigentlich nicht nach der hiesigen Kirche gefragt? Wir hätten zum Protopopen Klein gehen sollen. Vielleicht wäre es besser gewesen, Grigorij dort wiederzusehen, statt mit ihm auf seinem Zimmer herumzusitzen wie früher. Aber vielleicht bleibt er der Gemeinde inzwischen fern. Er hat dieses Thema nicht angesprochen … und dabei war es früher doch fast die Grundlage unserer Bekanntschaft. Jetzt weiß ich übrigens auch, wohin ich als nächstes gehen werde.

Beim Erzpriester

In der Alexander-Newski-Kapelle zelebrierte Erzpriester Klein gerade eine Messe. Es waren nicht mehr als drei Leute zugegen. Alexej hatte die Kapelle noch nie gesehen, aber einiges von ihr gehört. Sie machte einen sehr hellen Eindruck auf ihn an diesem sonnigen Tag. Alexej mochte dunkle Kirchen lieber. Er verglich liturgische Räume immer mit der Uspenskij-Kathedrale in Smolensk, die er, seitdem er als Jugendlicher dort gewesen war, für einen vollendeten, von langer Geschichte geprägten Andachtsraum hielt. Für Alexej lag das Wesen des orthodoxen Christentums nicht zuletzt in einem Sich-Versenken. Das Licht, die Dunkelheit, der Glanz und der Gesang, der sich immer wiederholte, waren Mittel dazu. Tolstoj schimpfte in seinem Roman *Auferstehung* sehr über diese Mittel und hielt sie für das Gegenteil dessen, was Jesus als das klare Wort Gottes verkörpere. Aber Tolstoj war Aufklärer, er war ein Utopist … er hielt den Vegetarismus am Ende seines Lebens für eine stärkere Idee als den christlich-orthodoxen Glauben. Überdies wollte er nichts in ein klareres Licht rücken, nein, da war sich Alexej sicher,

Tolstoj wollte zum Schluß nur noch zerstören, wie ein Feldherr, der in eine Schlacht zieht, von der er weiß, daß sein Heer darin aufgerieben wird. Solche Leute sind entschlossen, keine Gefangenen mehr zu machen. Für Alexej hatte Tolstoj einen Teil der russischen Seele verraten.

Alexej nahm an der Messe teil, später saß er mit dem Erzpriester auf einem Bänkchen neben der Kapelle im Schatten einer Ulme. Alexej kannte den alten Erzpriester von einer Begegnung in Wiesbaden vor einem Jahr. Der Erzpriester zeigte sich erstaunt, daß der blasse, gläubige junge Mann, den er vor einem Jahr kennengelernt hatte, sich jetzt mit großer Entschlossenheit und einer gewissen bereits herangereiften Selbstsicherheit dem Leben in Gott widmete. Das geschehe nicht oft, sagte er (beide redeten russisch). Es geschah bei Ihnen, entgegnete Alexej, und bei mir ist es auch geschehen. Der Erzpriester sagte, daß er Alexejs Mentor in Bad Homburg gut kenne, den Erzpriester Dimitrij. Er wisse, daß Dimitrij ihm weder abgeraten noch zugeraten habe, den Schritt in das mönchische Leben zu tun. Er habe öfter von diesem jungen Burschen aus Blagowestschensk gesprochen, der von einer auffälligen Gläubigkeit sei. Übrigens, so der Erzpriester auf der Bank, hat ihm deine Gesellschaft gefallen. Sie gefällt auch mir. Du hast etwas von denen, die Wahres glauben und einfach werden.

Alexej sagte, er sei leider nicht einfach. Er strebe es an, aber das sei sehr schwer.

Gott, sagte der alte Geistliche, schaut jedem auf den Grund.

Alexej lachte freundlich. Ja, ich weiß, sagte er. Einfachheit verkleinert unsere Person. Das ist ganz unabdingbar, nur fällt es schwer, darüber zu reden. Es ist ein Gedanke, der eine eigene Erfahrung im Glauben voraussetzt. Ohne die Erfahrung ist er bloß ein Wortlaut, man kennt ihn, aber begreift ihn nicht, und führt ihn einfach so im Mund herum. Ich sehe das oft und habe es früher auch manchmal an mir beobachtet. Ich glaube, es gibt unter den Menschen eine Art zu sprechen, die von unseren Riten und täglichen Glaubenshandlungen abgelöst ist, für diese Menschen ist der Glaube nicht mehr als ein Gespräch, eine Unterhaltung. Man redet so dahin und benutzt die Begriffe achtlos. Viele tun das, vielleicht sind es sogar mehr als die, die wirklich glauben. Sie machen sich sogar oft einen eigenen Reim auf die Dinge, die sie gar nicht begriffen haben. Der Glaube braucht keine Worte. Das heißt, der Glaubende braucht keine Worte. Keine eigenen.

Der Erzpriester: Das kann dir ganz egal sein. Wie sie reden, muß mit deinem Herzen nichts zu tun haben. Es ist vielleicht das einzige, was ihnen bleibt. Laß dich davon nicht quälen. Aber dafür ist deine Wunde vielleicht noch zu frisch, Alexej.

Alexej: Welche Wunde?

Er: Entschuldige, ich rede etwas blumig. Die Wunde, die du dir selbst geschlagen hast und aufgrund deren du plötzlich stärker wurdest im Glauben und diesen als dein Leben zu begreifen begannst. Denn als du, sagen wir, fünfzehn Jahre alt warst, hast du in alldem wahrscheinlich noch überhaupt kein Problem gesehen. Du hast ein ganz normales Leben geführt, wie sie es nennen. Ich übrigens auch.

Ja, ja, rief Alexej plötzlich erregt. Das ist ein Gedanke, von dem ich mich nicht trennen kann. Wissen Sie, es gab vielleicht Gründe, Motive ganz anderer Art, ich habe mich lange selbst geprüft und nie eine Antwort gefunden. Mein Glaube wurde stärker, das hat die Frage nach den Gründen zwar zurückgedrängt, aber es waren mit Sicherheit auch weltliche Gründe, durch die ich zum Glauben kam. Wissen Sie, ich denke oft über folgendes nach. Ist es die soziale Stellung, die einen für den Glauben bestimmen kann, ist es soziales Unglück, ist es eine Niederlage, die man verbergen will? Ich rede nicht davon, daß das wirklich ein Glaubensgrund sein kann oder hieraus eine Glaubensgewißheit entstehen könnte. Aber alles das, was ich genannt habe, trifft auf mich zu, oder zumindest kann man es so sehen. Als Rußlanddeutscher war ich für die anderen kein Russe, sondern ein Deutscher, und jetzt denke ich oft: Hast du eine so starke Idee von Rußland und dem russischen Glauben bekommen, weil du ausgeschlossen warst? Das sagen sie hierzulande über Hitler: Er hatte eine so mächtige Idee von Deutschland, weil er aus der Gesellschaft ausgeschlossen war. Die Deutschen reden zwar nicht von einer Idee, aber er hatte eine mächtige Idee, eine falsche, aber doch eine Idee, nur deshalb konnte er so viele Menschen erreichen. Und weiter: Vielleicht war ich nicht einmal ausgeschlossen, und es kam mir nur so vor? Wir sind nach Deutschland gegangen. Hier war ich nun für alle, was ich in Rußland nie gewesen bin: ein Russe. Vor meinem Eintritt ins Kloster dachte ich wochenlang darüber nach, ob ich nicht in Wirklichkeit nur fliehe. Ich tue es nicht. Aber diese Motive sind nicht auszuschließen.

Du begreifst sehr viel, sagte der alte Erzpriester, du siehst es nur noch nicht richtig an. Schau, du hast doch eben selbst die Spur Gottes aufgewiesen. Sie war die richtige Spur in den Motiven, die vielleicht selbst falsch waren oder zumindest auf den ersten und zweiten Blick nichts mit der Wahrheit zu tun haben. Den wirklichen Weg beginnst du erst mit der Zeit zu sehen, aber er war schon immer in deinem vorigen Weg enthalten. Eine Spur, die du noch nicht gesehen hast, die dich aber bereits führte. Deshalb frage nicht in dieser Schärfe nach dir selbst, sondern vertraue auf Gott, und erzähle mir von München, und vor allen Dingen, gehen wir in mein Haus und trinken wir ein Gläschen, sonst werden wir am Ende noch von der Idee des heiligen Rußland ergriffen, wovor uns Gott heute bewahren möge. (Schelmisch:) Denn, Alexej (er nahm ihn am Arm), Rußland ist die Idee, ich stimme darin Dimitrij ganz zu. Aber sie wird durch ein Gläschen noch leuchtender.

Tatsächlich saßen sie fünf Minuten später in der Wohnung des Erzpriesters, hatten Gebäck und ein Schälchen Pilaw vor sich stehen und tranken ein Gläschen ... das war an diesem Tag erlaubt. Alexej hörte dem, was Klein sagte, aufmerksam zu und sog es in sich ein. Er fühlte sich wie stets, wenn er bei einem Priester war, wohl wie ein Fisch im Wasser. Auch der Erzpriester war munterer Stimmung.

Weißt du, Alexej, sagte der Erzpriester (das Gespräch ging inzwischen um die Gemeinde in Potsdam), wir werden von der Stadt gepflegt. Schau dich um. Wir sind mitten in der russischen Siedlung, Potsdam ist stolz auf diese

Siedlung, obgleich sie alle, auch der Bürgermeister, das Areal etwas … museal verstehen. Der Kontakt zu den Deutschen ist nicht wirklich lebendig, es sei denn, sie sind selbst orthodox. Sie kennen uns nicht. Wann warst du zuletzt in einem katholischen Gottesdienst? Von den evangelischen möchte ich gar nicht reden. (Er lachte.) Sie haben den Gottesdienst zu einem Kindergartenfest gemacht, aber Gott ist nicht nur für die Kinder da, und man sollte die Erwachsenen nicht zu Kindern machen. Auffällig finde ich auch die Predigten. Intelligent sind sie nicht. Eigentlich ähneln sie unseren Repetitionen. Aber sie tun so, als redeten sie frei und führten ein wirkliches Gespräch. Das tun sie nicht. Vielmehr lullen sie ihre Gemeinde ein, und zwar gerade durch die Predigt. Ich habe einmal einen weisen Mann kennengelernt, einen katholischen, der sagte, das eigentliche Wesen der westeuropäischen Gemeindeführungen bestehe darin, den Menschen nicht Wahrheit, sondern recht zu geben. Er sagte, in unserem orthodoxen Glauben sei die Wahrheit eine Flaschenpost, die ungeöffnet durch unsere Zeremonie zu jedem hingetragen wird, während im Westen die Flasche immer schon geöffnet und die Postnachricht immer schon ausgelegt, interpretiert, benutzt und instrumentalisiert ist. Ich traf diesen Mann in Sankt Petersburg. Er sagte auch etwas über Gesellschaften, er sagte, Diktaturen verbieten die Wahrheit, Demokratien dagegen vernichten die Wahrheit. Übrig bleibt nur das Volk und was es will. Mit Wahrheit hat das nichts zu tun. In einer Diktatur existiert die Wahrheit, weil sie umstellt wird. Sie ist ein großer Gefangener. In der Demokratie existiert sie nur wie ein schlechtes Gewissen, mit dem keiner etwas zu tun haben will und das man einfach abstreitet. Dadurch wird sie völlig aufgelöst. Übrigens, mein Sohn, nimm noch vom Pilaw, und sage mir, wo wohnst du in der Stadt? Und wo ist dein Gepäck? Hast du keines bei dir?

Alexej hörte aufmerksam zu und war ein wenig versunken. Erst nach einigen Augenblicken bemerkte er, daß der Erzpriester das Thema gewechselt hatte.

Gepäck? wiederholte er. Natürlich habe ich Gepäck, ich habe eine ... eine Tasche ... ich habe sie, wie ich eben erst bemerke, allerdings bei einem Bekannten stehenlassen. Hm, über diesen Bekannten wollte ich ohnehin mit Ihnen sprechen, er kommt aus Sofia. Entschuldigen Sie, ich hätte vielleicht mein Kommen ankündigen müssen, ich hätte es unter normalen Umständen auch getan. Ich bin heute morgen erst angereist. Es war interessant, was Sie eben erzählten ... Ich mußte darüber nachdenken. Kennen Sie Grigorij Natchev? Das ist der Bekannte, von dem ich eben gesprochen habe.

Klein: Natchev, Grigorij? Nein. Es gibt, soweit ich weiß, nur drei bulgarische Familien in Potsdam, die in der Gemeinde sind. Aber keine heißt Natchev. Ich müßte meinen Sekretär fragen, jedoch ist der leider schon seit einiger Zeit krank. Wer ist dieser Natchev?

Alexej: Es ist ein früherer Zimmergenosse aus einem Wohnheim in Norddeutschland. Wenn Sie ihn nicht kennen, dann vergessen Sie bitte meine Frage. Vielleicht kennen Sie ihn aber doch, und er war einmal oder mehrfach bei Ihnen, ohne Sie anzusprechen. Wenn ich mehr darüber sagen kann, dann werde ich Ihnen ausführlicher davon erzählen. Vielleicht werde ich sehr bald noch einmal mit ihm sprechen. Nur eines: Er hat einen roten Bart, das ist auffällig an ihm, und er ist offenbar sehr verzweifelt, vielleicht sucht er Sie bald auf. Ich zumindest möchte ihn gern dazu bewegen ... Wir haben früher gemeinsam dem Mönchspriester in unserem Übergangswohnheim assistiert. Reden wir nicht weiter davon. Er wohnt in Babelsberg.

Klein: Nein, ich glaube nicht, daß ich ihn kenne.

Sie kehrten nun zum vorherigen Thema zurück, redeten noch ein halbes Stündchen über die verschiedensten Dinge, und schließlich wollte sich Alexej verabschieden. Er war bester Laune. Klein sagte, er werde seine Frau anweisen, ihm ein Bett zu richten. Natürlich stehe ihm seine Wohnung zur Verfügung, das Zimmer des Sekretärs sei derzeit leer, er, Klein, würde sich über seine Gesellschaft freuen, und seine Frau sicher ebenso.

Alexej dankte dem Erzpriester, beide verabschiedeten sich herzlich voneinander. Dann marschierte Alexej weiter, fast konnte er nicht glauben, daß er sein Gepäck bei Grigorij stehengelassen hatte. Er lief aus der Alexandrowka heraus, gelangte auf die Friedrich-Ebert-Straße, kam am Rathaus vorbei, sah dort eine kleine Wagenkolonne losfahren und bog in die Brandenburger Straße Richtung Potsdam West.

Die Brandenburger Straße war eine Fußgängerzone, links und rechts befanden sich Geschäfte, Restaurants und Dönerläden. Die Häuser sahen nicht anders aus als in Smolensk oder ähnlichen kleinen russischen Städten, es waren alte Häuser mit Giebelfassaden, manche drei-, manche nur zweigeschossig. Nach etwa einhundert Schritten sah Alexej eine große Menschenmenge vor sich, die über die ganze Straßenbreite versammelt war. Er bemerkte auch die Autos, die er fünf Minuten zuvor am Rathaus hatte abfahren sehen. Sie fuhren langsam durch das Getümmel in eine Seitenstraße und blieben dort stehen. Alexej lief näher heran. Die Menschen auf der Straße waren vor einem großen alten Haus versammelt, das glänzend und prächtig aussah, mit einer frisch renovierten, völlig sauberen Fassade. Das Haus war das größte in der Straße und als einziges viergeschossig. Eine Kapelle war aufgeboten und spielte, man aß Würstchen, unterhielt sich oder stand einfach herum, es war wie auf einem Volksfest. Alexej versuchte, auf der gegenüberliegenden Seite vorbeizugehen, und bemerkte einige von den Babelsbergern, die er auf Hornungs Beerdigung gesehen hatte. Sie standen um eine Kamera (einer von ihnen hielt einen Reflektor) und filmten das Geschehen … Der Mann, der Arnold auf der Beerdigung gefragt hatte, wie er nach Frankfurt gekommen sei und ob ihn jemand begleitet habe, machte dirigierende Bewegungen und besprach sich mit dem Kameramann. Als er den Mönch sah, wies er den Kameramann an, ihn zu filmen. Der Kameramann machte sofort einen

Schwenk auf ihn. Alexej glaubte auch den Mann hinter der Kamera wiederzuerkennen, es war, wie ihm schien, der, der bei der Beerdigung so rätselhaft gerufen hatte, alles das habe mit Max Hornung nichts zu tun, dieser sei einem teuflischen Spiel aufgesessen. Sie filmten Alexej, wie er an der gegenüberliegenden Hauswand vorbeilief. Alexej betrat ein Geschäft.

Es war ein Geschäft für Andenken und Töpferwaren. Hübsches Geschirr stand herum, klein und zierlich und mit schönen, ländlichen Mustern, es gefiel Alexej auf Anhieb. Er nahm eine kleine Teetasse in die Hand, fragte, was sie koste, und bezahlte. Hinter dem Tresen bediente eine Frau. Gegenüber werde das Kaufhaus eröffnet, sagte sie. Ja, entgegnete Alexej, das sehe er. Aber warum sind so viele Menschen anwesend? Sie sind ja auch gefilmt worden, sagte die Frau. Alexej: Deshalb habe ich Ihr Geschäft betreten. Haben Sie die Szene beobachtet? Sie: Natürlich. Wahrscheinlich sieht man Sie morgen im Kanal Potsdam. Bestimmt sogar. Sie sind so auffällig vorbeigelaufen, ich habe sofort gesehen, wie sich die Kamera auf Sie gerichtet hat. Drei Minuten vor Ihnen ist der Bürgermeister gekommen. Das ist doch eine Geschichte: »Auch Mönch bei Karstadteröffnung«. Solche Geschichten mögen die Potsdamer. Gehen Sie denn hinein? Er: Hinein? Wie meinen Sie das? Sie lachte. Ob Sie denn in das Kaufhaus hineingehen? Sie verpassen die Ansprache des Oberbürgermeisters. Das ist ganz wichtig, die Ansprache des Oberbürgermeisters. Das ist vielleicht sogar das wichtigste, der Höhepunkt des Ganzen ... die Ansprache. Alexej: Nein, er sei nur aus Zufall hier ... Sie: Der Oberbürgermeister hat ja jahrelang darauf hingearbeitet. (Die Verkäuferin trat näher an Alexej heran und stand nun mit ihm hinter dem Schaufenster.) Er wollte unbedingt, daß der Karstadt wieder eröffnet wird. Er behauptet, es würde die Brandenburger Straße wiederbeleben, überhaupt die Innenstadt. Seit der Vereinigung wollen sie die Innenstadt wiederbeleben. Wissen Sie, was ein Tourist am Tag in Potsdam ausgibt? Nein, entgegnete Alexej, das wisse er nicht. Sie: Drei Euro fünfzig. Soviel Geld wie für einen Milchkaffee. Er: Aha. Sie: Sie kümmern sich wohl nicht so viel um Geld? Er: Nein, er lebe in einem Kloster. Er komme mit Geld sehr wenig in Berührung, er benötige nicht viel. Sie: Aber ein Kloster braucht auch Geld. Er: Wir betreiben eine Buchdruckerei und eine Kerzengießerei. Sie: Alles kostet Geld. Sie können sich offenbar Ihre Naivität leisten. Dinge werden von Ihnen ferngehalten. Ich dagegen kann mein Geschäft bald zumachen, wegen des Karstadt da, schauen Sie doch, es werden ja immer mehr! (Sie wies auf die Leute auf der Straße.) Und dann gehe ich auch ins Kloster. Und wenn wir alle ins Kloster gingen, dann würden Sie schon sehen, was passieren würde, dann wäre nämlich alles gleich wieder wie hier, weil sich dann doch jeder um sich selbst kümmern müßte. Und Sie müßten dann auch wieder damit anfangen. Er: Möglicherweise. Vielleicht haben Sie recht. Nur … Sie: Was hat diese Stadt rotiert, um hier Leben hereinzubekommen. Erst die Bundesgartenschau, dann die Kulturhauptstadtbewerbung, Projekte haben sie ausgedacht, fremde Leute hergeholt, da gab es diesen Skandal mit Oststadt, dieser Serie, die hier inzwischen jedes Kind schaut. Mit diesem Regisseur, oder was er war, aus dem Westen. Oststadt, schon der Titel ist eine Unverschämtheit. Alexej: Er habe die Serie nie gesehen. Er schaue kein Fernsehen. Die Frau holte eine Zeitung vom Tresen und schlug sie auf; der Bericht über Maximilian Hornungs Unfall nahm eine ganze Doppelseite ein und war mit mehreren Bildern illustriert. Alexej war verblüfft.

Sie: Die Stadt hat uns weisgemacht, wir würden mit dem Regisseur den großen Potsdamfilm finanzieren, das wäre Stadtmarketing und würde Investoren anlocken. Der Film ist natürlich nie gedreht worden. Das hätte ich denen auch gleich sagen können. Wenn mir jemand im voraus Geld gibt und mich zu gar nichts verpflichtet, wissen Sie, was ich dann tun würde?

Alexej: Nun, was würden Sie tun?

Nichts, nichts würde ich tun. Das ist doch völlig klar. Niemand würde etwas tun. Wenn ich Geld auf der Hand habe, stecke ich es ein, und fertig. Das hat der Regisseur genauso gemacht. Das hätten sich die Stadtoberen denken können, meiner Ansicht nach.

Alexej schwieg und fuhr fort, die Szene vor dem Schaufenster zu betrachten.

Die Frau, ebenfalls wieder hinausschauend: Er war damals dauernd in der Zeitung, im nachhinein weiß ich eigentlich gar nicht mehr, warum. Alle reden von der Serie … Wie konnte diese Stadt sich selbst nur so erniedrigen? Aber (lachend), sagen Sie einmal, wieso erzähle ich das alles? Alexej lachte auch, aus Höflichkeit, und antwortete, er habe sie nicht danach gefragt. Während er das sagte, entdeckte er Heike und Arnold in der Menge.

Die Teetasse ist schön, wirklich schön, wiederholte er, danke. Dann verließ er den Laden und mischte sich unter die Menschen. Heike und Arnold waren inzwischen wieder in der Menge verschwunden. Alexej betrachtete die Leute. Sie sahen tatsächlich aus wie bei einem Volksfest, trugen Freizeitkleidung und waren offenbar einfach nur gekommen, um sich alles anzuschauen. Ein Reporter einer Potsdamer Zeitung trat auf Alexej zu und fragte ihn, ob er etwas für die Zeitung sagen könnte. Alexej zuckte mit den Schultern, es herrschte ein hektisches Treiben um ihn herum. Der Reporter fragte, ob sich auch die russische Gemeinde über die Neueröffnung des alten Kaufhauses freue, das so viel zur Stadtgeschichte beigetragen habe. Während er die Frage stellte, wurde Alexej fotografiert. Alexej war durch die vielen Gesichter und Bewegungen um ihn herum so verdutzt und abgelenkt, daß er den Reporter für einen Augenblick sprachlos anstarrte. Das könne er nicht sagen, sagte er. Entschuldigung, nein, wie solle er das beurteilen? Sie heißen, fragte der Reporter, die Wiedereröffnung also nicht gut, Sie stehen dem kritisch gegenüber? Alexej konnte nicht mehr antworten, weil der Reporter durch eine Welle von Menschen abgedrängt wurde.

Es wurde immer enger. Plötzlich entstand noch mehr Bewegung, ein Großteil der auf der Straße Versammelten drängte nun zum Kaufhaus, denn offenbar wurde es in diesem Augenblick geöffnet. Alexej kämpfte gegen den Strom an, um nicht in das Kaufhaus hineingezogen zu werden. Er kam neben einem Würstchenstand zu stehen, an dem einige Männer Bier tranken, Würstchen aßen und sehr guter Laune waren. Die Männer musterten ihn interessiert, einige lachten freundlich und prosteten ihm zu. Alexej sah Arnold am Rand der Gruppe stehen. Der Junge unterhielt sich mit einem der Biertrinker, beide schienen über irgend etwas zu verhandeln. Arnold wirkte ebenso sachlich und geschäftsmäßig wie seine Schwester einige Stunden zuvor im Bahnhof. Am Ende der Verhandlung gab der Mann Arnold einen Geldschein, und Arnold nickte. Als der Mann verschwand, hielt Arnold den Schein in die Höhe und schwenkte ihn hin und her. Die Umstehenden lächelten beifällig, achteten aber nicht weiter darauf.

Nun kam Heike zu der Szene hinzu. Die Biertrinker betrachteten sie aufmerksam mit vor Trunkenheit glänzenden Augen. Heike trug wie immer nur wenig schwarzen Stoff am Leib. Sie gesellte sich zu Alexej. Auch Arnold kam jetzt herbei.

Er hat mir Geld gegeben, sagte Arnold. Wieviel, fragte Heike. Arnold: Hundert Euro. Arnold hielt den Schein nach wie vor in der Hand. Hm, machte Heike. Dann blickte sie Alexej an und sagte: Vielleicht sollten wir nicht weiter davon reden. Alexej entgegnete, sie müßten sich keine Gedanken machen. Er wisse zwar nicht, um was für Geld es sich handle, aber Arnold habe es mit Absicht so entgegengenommen, daß es jeder habe sehen können. Er habe den Schein sogar in die Höhe gehalten, nur habe keiner darauf geachtet. Arnold lachte, er war begeistert von der Verhaltensweise des Mönchs und klatschte in die Hände. Dann rief er in Hörweite der biertrinkenden Gruppe, Heike habe immer Angst vor allem, aber man könne hier so laut reden, wie man wolle, und je lauter man rede, desto unauffälliger sei es. Schau zu (er wandte sich in Richtung der Biertrinker), ich kann diese Leute geradezu anbrüllen (laut): Er hat uns eben hundert Euro gegeben, wollt ihr nicht wissen, wieso er das getan hat und was wir dafür gemacht haben? ... und sie merken es gar nicht.

Tatsächlich schauten die Biertrinker in ganz verschiedene Richtungen, wobei sie mit ihrem Blick immer wieder an Heike haftenblieben und auch Arnold von neuem zulächelten. Ich könnte ihnen, rief Arnold, auch die Zunge herausstrecken, sie würden es ebenfalls nicht auf sich beziehen. Zu Alexej: Man kann nämlich mit den Menschen machen, was man will, es ist wie Magie. Man kann sie tanzen lassen wie Marionetten. Weißt du, wie man das macht? Nein, sagte Alexej. Er: Du mußt sie nur behandeln wie kleine Kinder. Wenn man kleinen Kindern freundliche Augen macht und ihnen gleichzeitig in liebevollem Ton sagt, daß man sie jetzt aufschlitzen wird, dann sind sie ganz berührt, weil sie, wie alle Menschen, nur auf den Ton hören, nicht aber auf die Worte. Die Worte interessieren nie jemanden. Du brauchst nur ein wenig Distanz zu allem, und du wirst ... ein Puppenspieler. Heike: Rede nicht so größenwahnsinnig daher!

Arnold wandte sich erneut zu den Biertrinkern: Seine Schwester, Heike, halte ihn für größenwahnsinnig, dabei sei sie viel schlimmer als er, sie kann (schaut nur her!) mit euch machen, was sie will, sie kann euch eine Kette um den Hals binden mit einer Hundeleine daran und euch auf allen vieren über die Straße laufen lassen, und ihr würdet es tun … mit einem von euch hat sie es vielleicht schon getan. Wollt ihr wissen, mit wem? Vielleicht ist er hier und steht unter euch! Und ich sage euch, es war ganz gewöhnlich. Es ist für euch alles ganz normal!

Wie vorher: Die Biertrinker lächelten freundlich, hoben ihre Biergläser und prosteten ihm zu.

Alexej sagte, ihm wäre es lieber, er würde das lassen. Es sei erniedrigend.

Arnold lächelte. Er war völlig aufgekratzt. Hast du eigentlich einmal Heiko Malkowski kennengelernt, fragte er. Max hat mit ihm zusammengearbeitet. Er war auf der Beerdigung, erinnerst du dich nicht? Ein Mitarbeiter von ihm wollte mich ohrfeigen, das hast du verhindert, dabei ohrfeigen sie gern. Die planen was über Max, vielleicht interessiert er sich für dich. Du könntest einen Fernsehauftritt haben! Willst du einen Fernsehauftritt? Den kann man sich in Potsdam ganz leicht besorgen. Es ist eine kleine Stadt. Man bekommt sogar noch Rollen in Oststadt. Komisch, daß du in der Serie bislang gar nicht vorgekommen bist. Wir kommen doch alle in dieser Serie vor. Komm, ich mache dich mit Malkowski bekannt!

Heike hielt ihren Bruder am Arm fest. Was ist denn mit dir los? fragte sie. Was soll das denn? Warum soll Alexej Malkowski kennenlernen? Arnold löste sich aus ihrem Griff. Das ist doch interessant, sagte er. Die beiden werden sich sowieso begegnen.

Eine Minute später stand Alexej mit Arnold und Heike vor dem Mann, der die dirigierenden Bewegungen neben der Kamera gemacht hatte. Malkowski blickte beiläufig auf. Heike, Arnold, was wollt ihr denn schon wieder? Na, filmt ihr, fragte Arnold. Er: Wie du siehst. (Zu seinem Kameramann:) Georg, geh ein bißchen da rüber, da ist die Kulturdezernentin, das heißt, gleich wird der OB herauskommen. (Zu den Zwillingen:) Interessiert euch das hier? Arnold: Nicht wirklich. Heike: Wir kamen nur vorbei. (Sie zeigte ihrem Bruder einen Vogel.) Arnold: Übrigens, wir wollten dir jemanden vorstellen. Er wies auf Alexej. Heiko Malkowski schaute den Mönch aufmerksam an. Guten Tag, sagte er, wir drehen hier für das Regionalprogramm. (Wieder zu Arnold:) Soll er etwas zur Karstadteröffnung sagen, oder warum stellst du ihn mir vor? Nein, entgegnete Arnold, das ist ein Freund von Max. Er: Sie sind ein Freund von Max Hornung? Wirklich? Wie heißen Sie denn? Ich wußte nicht, daß Max in der geistlichen Sphäre verkehrte. Ich heiße Alexej, sagte Alexej, Alexej ... Lipskij. Wir sind uns auf der Beerdigung von Max begegnet. Malkowski: Ja, jetzt erinnere ich mich. Liefen Sie nicht vorhin über den Platz und dort in dieses Geschäft hinein? Malkowski wirkte plötzlich sehr aufmerksam. Freunde von Max, sagte er, interessieren mich immer. (Mit Blick auf die Zwillinge:) Ich habe einige Zeit mit ihm zusammengearbeitet. Wäre es Ihnen recht, wenn wir morgen miteinander reden, das heißt, morgen bin ich gar nicht da, lieber übermorgen, sagen wir, am Vormittag um elf Uhr, würde es Ihnen da passen? Wir sollten uns sogar unbedingt sehen! Ich gebe Ihnen meine Karte. Wohnen Sie in der Stadt? Alexej sagte, er wohne in München, aber er werde über Nacht in Potsdam bleiben. Malkowski: Wissen Sie schon, wo Sie unterkommen? Kennen Sie hier jemanden? Alexej verneigte sich höflich und sagte, er werde beim Erzpriester Klein übernachten, er müsse sich nicht bemühen. Malkowski: Unser Sender hat nur geringe Möglichkeiten, aber wir können schon einen Weg finden. Alexej: Nein, wirklich, er müsse sich nicht bemühen, er sei bereits eingeladen und danke vielmals.

Malkowski wandte sich ab und gab dem Kameramann neue Anweisungen, da gerade Oberbürgermeister Friedrichsen durch die Menge lief. Der OB war von seiner Kulturdezernentin, dem Finanzausschußvorsitzenden und einigen anderen Politikern umgeben. Oberbürgermeister Friedrichsen wirkte gelöst und glücklich, es war offensichtlich, daß er das Bad in der Menge genoß. Die meisten Menschen waren allerdings nicht seinetwegen gekommen, sondern weil sie die Pracht des wiedereröffneten Kaufhauses bestaunen wollten. Der Oberbürgermeister grüßte in die Menge, unterhielt sich mit dem einen oder anderen, aber plötzlich stand Arnold Meurer vor ihm und rief so laut, daß die Umstehenden verstummten: Herr Bürgermeister, was hatten Sie sich eigentlich dabei gedacht, als Sie meinten, daß die Stadt gern eine Beerdigung von Max Hornung in Potsdam sehen würde? Hatten Sie schon einen bestimmten Friedhof im Sinn?

Der Oberbürgermeister sah den Jungen erstaunt und ein wenig mißmutig an, ohne dieser Störung größere Beachtung zu schenken, vielleicht hatte er ihn gar nicht verstanden. Er wandte sich an seine Kulturdezernentin, die aber nur mit den Schultern zuckte. Die Gruppe der Politiker und Magistratsmitglieder lief weiter, jedoch nur wenige Schritte, dann rief Arnold erneut: Sie scheinen den Unfall von Max Hornung offenbar sehr zu bedauern. Er muß Ihnen ja fast gelegen kommen. Soll man da einen Zusammenhang sehen? Oder haben Sie noch gar nicht darüber nachgedacht?

Einige aus der Menge riefen: Welcher Unfall? Was kommt gelegen? Was hat er gerufen? Wer ist dieser Junge? Was will er von unserem Oberbürgermeister? Alexej und Heike kamen näher an das Geschehen heran. Auch Alexej glaubte, nicht genau verstanden zu haben, was Arnold gerufen hatte. Als es Heike ihm wiederholte, begriff er aber, daß er in der Tat alles Wort für Wort verstanden hatte. Nur daß es für ihn keinerlei Sinn ergab.

Jetzt wies Heike Alexej auf einen Jungen hin, der plötzlich aufgetaucht war, einige Meter von der Gruppe mit dem Oberbürgermeister entfernt. Es wurde lauter um sie herum. Das ist Nils, rief Heike gegen den anschwellenden Lärm der Leute. Alexej betrachtete den Jungen. Er war ebenso schlank wie die beiden Geschwister, hatte aber schwarzes und wesentlich kürzeres Haar. Der Junge musterte die Szene angespannt, als warte er auf etwas. Offenbar bemerkte das aber niemand außer Alexej, denn die Menge geriet in Erregung. Viele Leute riefen jetzt durcheinander. Man nahm Arnolds Einwürfe und die Anwesenheit des Oberbürgermeisters zum Anlaß, sich insgesamt lautstark über die Karstadteröffnung zu äußern. Einige störten sich an der Eröffnung und hielten den Pomp der Veranstaltung für Augenwischerei. Damit wolle, riefen sie, der Oberbürgermeister von seiner schlechten Politik ablenken. Er mache die Stadt kaputt, riefen einige. Andere riefen, sie selbst machten die Stadt kaputt, wenn sie gegen alles seien, man könne nicht gegen alles sein. Es ging hin und her. Da, da ist wieder so einer von den Chaoten, hieß es plötzlich, und mehrere wiesen auf Nils, in dessen Erscheinung sie etwas Auffälliges auszumachen meinten. Nils wartete, bis der Bürgermeister auf Hörweite an ihn herangekommen war, dann rief er: Sie holen Leute in die Stadt und lassen zu, daß sie ruiniert werden, Herr Oberbürgermeister Friedrichsen, aber das ist Ihnen egal! Sie sind ja gar nicht verantwortlich dafür, Ihrer eigenen Logik nach, weil Sie es ja nicht einmal bemerken. Der Oberbürgermeister blieb völlig erstaunt stehen, ging zu Nils Ebert hin und fragte, was er denn damit meine. Kaum war der OB auf den Jungen zugetreten, waren mehrere Kameraleute da, die das Geschehen, das sich jetzt ankündigte, unbedingt filmen wollten. Zwei Ordnungshüter kamen von hinten an Nils heran und packten ihn an den Schultern. Da aber Gedränge herrschte, konnten sie Nils nicht sogleich aus dem Umkreis der Kameras herauszerren. Während dieser, so an den Schultern gepackt, dastand, rief er in Richtung des Oberbürgermeisters, der keine zwei Meter von ihm entfernt verharrte: Es ist Ihre Stadt, es ist Ihr Staat, denn Sie sind hier Politiker ... (die Ordnungshüter zerrten kräftiger an ihm, Nils verzog das Gesicht unter Schmerzen) ... und Sie tun das alles aus *bloßer Laune heraus*. Dann wurde er weggeschleppt, aber nur bis an den Rand der Straße, wo man ihn gegen eine Wand stieß und sich von ihm abkehrte. Was bedeutet denn das, fragte Alexej. Heike gab keine Antwort, sondern lief zu Nils, der unterdessen in die Menge zurückstrebte. Hier und da wurde er mit ausgestreckten Händen geschubst, es entstand immer mehr Gedränge um ihn. Malkowskis

Kamera filmte alles. Alexej wandte sich um und sah, daß eine zweite Kamera bei Arnold war und ein Journalist mit dem Jungen zu reden versuchte. Arnold achtete allerdings nicht auf die Fragen des Mannes, sondern suchte Nils mit dem Blick, lächelte zufrieden und hob seine rechte Hand zu einem V-Zeichen. Auch diese Geste wurde gefilmt. Immer mehr Leute umringten Arnold und begannen eine erregte Diskussion mit ihm. Die Biertrinker befanden sich nach wie vor bei ihrem Würstchenstand und hatten von dem Trubel, der zwanzig Meter von ihnen entfernt stattfand, nichts mitbekommen.

Nils und Arnold standen allein gegen die Menge, die sich zusehends erhitzte und deren Gesichter maßlose Empörung zeigten. Der Oberbürgermeister war inzwischen um die Ecke zu den Wagen gegangen, die dort auf ihn und seine Magistratsmitglieder gewartet hatten, und war davongefahren. Aus der Menge wurden Rufe gegen die Jugendlichen laut. Man hielt sie für Randalierer. Man rief unter anderem: *Geht doch woandershin, wenn ihr Radau machen wollt!* Man werde sich hier nicht die Eröffnung des Kaufhauses kaputtmachen lassen von solchen Brüdern. Arnold hörte sich das begeistert an und lachte allen ins Gesicht, was die Menge endgültig aggressiv machte. Nils bekam von einem älteren, erregten Mann eine Ohrfeige ins Gesicht (besser gesagt, einen Klaps) und wehrte sich mit einem Fußtritt. Alexej schaute sich hilfesuchend um. Die Lage wurde immer bedrohlicher, es begann eine Schubserei, die Masse schob sich immer mehr zusammen. Nils, Heike und Arnold standen mittendrin …

III

Wieder in Sanssouci

Christoph Mai verbrachte die Nacht in Hornungs Haus. Es war unaufgeräumt, im oberen Stock lagen Kissen, Decken, Gläser, Teller und Wäschestücke durcheinander auf dem Boden herum. Mai achtete kaum darauf, so benommen war er von der Tatsache, wieder in Potsdam zu sein. Schon seitdem er am Bahnhof angekommen war, schwankte ihm der Boden unter den Füßen. Er erlebte alles wie in einem Rausch.

Auch am folgenden Morgen konnte er keinen klaren Gedanken fassen. Seiner ihm vom Notar übertragenen Aufgabe, dem Sichten und Ordnen der Hinterlassenschaft, konnte er in diesem Zustand nicht nachkommen. Er saß den ganzen Vormittag am Fenster und starrte hinaus, ging dann in den Garten, fand im Schuppen ein Fahrrad und fuhr los. Es geschah wie automatisch: Kaum hatte er das Fahrrad im Schuppen entdeckt (war er tatsächlich zum Schuppen gelaufen, um dort ein Fahrrad zu suchen?), fuhr er los, in eine ganz bestimmte Richtung, als hätte er sich das schon lange vorgenommen. Er nahm kaum etwas wahr und beachtete die Potsdamer nicht, die wie eh und je auf den Trottoirs herumliefen und herumstanden ... genau wie vor drei Jahren. Er beachtete auch weder die Läden (einige kannte er noch von damals) noch die Häuser. Als er aber durch den Park von Sanssouci fuhr, merkte er auf ... Ah, Sanssouci! sagte er sich. Jetzt bist du also wieder in Sanssouci, schau an! Er fuhr die

Wege im Park wie von selbst, ohne nachzudenken, als sei er sie sein ganzes Leben lang gefahren und habe sie erst gestern zum letzten Mal benutzt. Als er an einer Bank vorbeikam, einer ganz bestimmten Parkbank, hielt er an, denn es fiel ihm etwas ein, das mit dieser Parkbank zu tun hatte. Aber er sagte sich: Nein, Christoph, keinesfalls, unter keinen Umständen wirst du jetzt an das denken, was mit dieser Bank zu tun hat. Eine halbe Minute betrachtete er angestrengt eine Blaumeise und summte irgendeine Melodie vor sich hin, nur um sich unbedingt davon abzubringen, über diese Bank nachzudenken. Dann gab er sich einen Ruck und fuhr weiter. Er verließ jetzt die Wege von damals, fuhr auf die große Allee, die den Park in Richtung Neues Palais durchschneidet, und kam an einem protestierenden Wächter vorbei (man durfte auf der Allee nicht mit dem Fahrrad fahren). Mai ließ den Wächter unbeachtet. Er war jetzt in den Anblick des Neuen Palais vertieft, das immer riesiger heranwuchs. Dann bog er nach links, fuhr um das rote Gebäude herum, betrachtete die Attikafiguren, wurde absurderweise für einen winzigen Augenblick von der Idee angeweht, *vielleicht sei alles normal und er könne mit einem wirklich touristischen Interesse einfach absteigen und sich für mehrere Minuten in den Anblick des vielbesuchten Palais vertiefen* … aber dann fuhr er einfach weiter auf einem der Kieswege aus dem Park heraus und bremste abrupt, als er an den beiden Communs vorbeikam. Für eine ganze Weile bewegte er sich nun gar nicht mehr.

Was in seinem Kopf vorhanden war, hätte man schwerlich als Gedanken bezeichnen können. Es war mehr eine

Art dunkler, rudimentärer Wille. Dieser Wille raunte ihm zu, daß er den Weg keinesfalls weiterfahren dürfe. Keinesfalls diesen Weg weiterfahren! Langsam kam Mai wieder zu sich. Du mußt dich disziplinieren, sagte die Stimme in seinem Kopf, hörst du? Du mußt dich disziplinieren! Du hast in der letzten Viertelstunde einen Anfall gehabt. Es war ein Anfall! Genau davor, sagte die Stimme, mußt du dich schützen. Du mußt dich vor diesen Anfällen schützen, unter allen Umständen. Du hast immer noch kein Gleichgewicht gefunden ... vielleicht hast du ohnehin nie eines besessen ... deshalb bist du ja in all das hineingeraten ... fahr also nicht dorthin ... nein, fahr nicht hin!

Christoph Mai wußte nicht einmal, ob Merle Johansson noch in Eiche wohnte. Möglich, daß ihre Eltern (sie hatte damals vom Geld ihrer Eltern gelebt) weiterhin die Wohnung für sie hielten, als Fluchtpunkt und zur ewigen Sicherheit *der von den Gefahren des Lebens bedrohten Tochter*. Mai stand noch immer da, die Gedanken folgten in seinem Kopf nun in rascher, allzu rascher Folge aufeinander. Stelle sie dir nur nicht vor! Keinesfalls bildlich vorstellen! Ich will dieses Gesicht und diese Gestalt nicht vor mir haben, nicht in Wirklichkeit und nicht vor meinem inneren Auge. Ich habe davor eine bis zum Ekel gesteigerte ... nein, nicht zu Ende denken! Dauernd denkst du zwanghaft diese widerlich langweiligen Gedanken, du ekelst dich schon dabei, es ist wie den Finger in eine Wunde hineinzustecken, tief hinein, grauenhaft ... oder es ist vielmehr etwas, auf das dein Leben zielstrebig zugelaufen ist, und in dem Augenblick, als du den ersehnten Kelch angesetzt hast, wurde dir klar, daß du einen

Giftkelch an den Lippen hast. Und du hast sogar noch eine Weile weitergetrunken, mit voller Absicht. Er wiegte seinen Kopf hin und her und zog eine Fratze, bis er auch das wieder sein ließ, vor Wut auf den Boden stampfte, das Fahrrad herumriß und in den Park zurückfuhr. Dabei sagte er sich: Es ist natürlich völlig absurd, daß du nach Eiche fahren wolltest, aber schon daß du noch einmal durch Sanssouci fährst, obgleich du dir doch geschworen hattest, niemals mehr nach Potsdam, geschweige denn in diesen Unglückspark, zurückzukehren, zeigt, was für ein absoluter Armleuchter du bist. Du hast das Unglück immer gesucht, mit ausgebreiteten Armen hast du danach gesucht, damit es dir nur nicht entwischt, du wolltest immer ein möglichst großes Glück und ein möglichst großes Unglück, und am Ende hast du dem Teufel doch in eine ganz andere Fratze geschaut als erwartet …

Er fuhr nicht zu Hornungs Haus zurück, sondern nahm beliebige Querwege, kam am Schloß Charlottenhof vorbei, das wie immer fast keine Besucher hatte, fuhr über das Hippodrom zum Ökonomieweg, umfuhr den Freundschaftstempel, der geradezu lächerlich einsam herumstand, obgleich er nur wenige Meter vom Hauptweg entfernt war (er war noch verrotteter als vor drei Jahren), dann fuhr er zurück zum Chinesischen Teehaus, das wie üblich massenhaft fotografiert wurde. Heute waren sehr viele Russen da. So, sagte er sich, jetzt will ich doch einmal genau auf die *Schönheiten dieses Parks* achten, dieses vielbesuchten und vielgerühmten Parks, in dem ich damals jeden Tag war, obgleich ich von diesem Park fast nichts mitbekam, da wir ja immerfort anderes in ihm taten, und das natürlich nachts und auch im Winter bei Schnee, wo es nachgerade hell war und dazu völlig menschenleer. Mit der Tochter des Schloßförsters von Sanssouci! (Er lachte.) Das war geradezu ein Zwang bei ihr: immer im Park. Aber jetzt will ich unbedingt auf die Schönheiten dieses Parks achten, und dafür, allein dafür bin ich aufs Fahrrad gestiegen. Deshalb fahre ich jetzt zum Marlygarten, auch wenn der Parkwächter, der übrigens aussieht wie ein DDR-Grenzbeamter, oder vielmehr wie ein Walroß, etwas dagegenhat, ja, Herr Wächter, freilich, absteigen, sofort, aber vorher muß ich noch zu den Neuen Kammern, und zum Reiterstandbild muß ich auch noch, und vor allem muß ich zum Marlygarten …

Im Marlygarten stieg er ab, ließ das Fahrrad an einer Hecke stehen, lief durch den Garten und kam zur Friedenskirche. Er ging ins Atrium, weil er einen bestimmten Platz auf einem Steinmäuerchen wiedersehen wollte, auf dem er oft allein gesessen hatte, mit Blick auf den Marlygarten und die Rosen und den Jasmin darin. Nun, da er den kleinen Vorhof wiedersah, überkam ihn fast eine idyllische Stimmung. Er saß eine ganze Weile da, dann lief er um den kleinen Hof herum und sah einen Mann. Der Mann stand unter einem Arkadenbogen, schaute in den Innenhof und bog seinen Oberkörper immer wieder vor und zurück. Mai blieb stehen. Der Mann war ärmlich gekleidet, er trug eine alte, gestreifte Stoffhose, in die er nachlässig sein Hemd gesteckt hatte. Der Mann mochte um die dreißig sein, sein Haar war rotblond, dicht, ungepflegt und notdürftig zu einem Zopf zusammengebunden, er hatte einen roten, ihn verunstaltenden Bart über das ganze Gesicht. Das Hemd stand zur Hälfte offen. Mai sah, daß der Mann Augen und Mund weit aufriß. Die Augen traten ihm fast aus den Höhlen. Er hatte beide Hände erhoben und hielt sie, die Handflächen nach vorn gekehrt, neben sein Gesicht, während er irgend etwas Undefinierbares anstarrte. Dabei schnappte er so heftig nach Luft, daß dadurch das Vor- und Zurückbiegen erfolgte, das Mai zuerst beobachtet hatte. Der Rothaarige fixierte Christoph Mai, ohne mit seinem panischen Atmen aufzuhören. So starrte er Mai vielleicht fünfzehn oder zwanzig Sekunden an. Als Mai weiterging, verschwand der Mann plötzlich aus der Arkade. Was für eine eigenartige Erscheinung, dachte Mai. Er hatte den Rothaarigen nie zuvor gesehen.

Mai ging zu seinem Fahrrad zurück, drehte aber auf halbem Weg um, weil ihm einfiel, den Roten zu fragen, ob er Hilfe brauche.

Der Mann stand wieder im Arkadenbogen, hatte seine Augen aufgerissen und erweckte überhaupt genau denselben Eindruck wie vorher. Er verfolgte Mai mit dem Blick, ohne mit dem heftigen Atmen aufzuhören. Mai stand nun vor ihm und sah, daß er Wasser in den Augen hatte. Er sah aus wie jemand, der weint, ohne es zu bemerken. Vielleicht, dachte Mai, kommt der Wasserfluß zustande, weil er derart heftig atmet und die Augen so panisch aufreißt. Es scheint psychisch bedingt zu sein. Geht es Ihnen nicht gut, fragte er. Der Mann (er war etwas kleiner als Mai) sah ihn mit aufgerissenen Augen und aufgerissenem Mund an, er schaute ihn einfach an und atmete weiter, es war eine absurde Situation. Es war der Blick eines Menschen, der sich ausschließlich aufs Überleben konzentriert. Was ist denn mit Ihnen los, fragte Mai erneut. Der Mann ließ seine Augen nicht von Mai, dann trat er zwei Schritte zurück und lief den Arkadengang hinab. Kann ich Ihnen irgendwie helfen, rief Mai. Der Rothaarige wollte einer Begegnung offenbar um jeden Preis entgehen, er beschleunigte seinen Schritt und geriet dabei fast in ein Hüpfen. Dabei drehte er seinen Kopf nach hinten und ließ Mai immer noch nicht aus den Augen. Dann war er um eine Ecke verschwunden. Mai sah aus dem Atrium in den Garten. Der Mann rannte zwischen den Blumenbeeten davon, etwa hundert Meter, was ihn viel Mühe kostete, dann verfiel er plötzlich in einen langsameren Schritt und blieb nach einigen weiteren Metern stehen. Er war nun fast jenseits des Friedensteichs. Nach einer Weile drehte er um, ging zur Kirche zurück, betrat das Atrium und stellte sich wieder in den Arkadenbogen. Mai lief zu seinem Fahrrad zurück und verließ den Park.

Er fuhr direkt nach Eiche zum Haus von Merle Johansson. Es handelte sich um das Gebäude einer ehemaligen Ziegelfabrik, das zu Miet- und Eigentumswohnungen umgebaut worden war. Das Haus lag abseits der Straße. Auf dem Firmengelände war seit der Wiedervereinigung eine Siedlung entstanden, die bei den Potsdamern sehr beliebt war, da sie genau den Stadtrand bildete und nicht nur an den Wald, sondern auch an ein neu gebautes Frei- und Hallenbad grenzte. Das machte die Siedlung besonders für Familien attraktiv. Mai lehnte das Fahrrad gegen den Schwimmbadzaun. Man konnte durch die noch nicht ganz zugewachsene Hecke die Badegäste auf

Handtüchern lagern sehen. Direkt hinter dem Zaun saß eine Gruppe blonder Mädchen in schwarzen Bikinis, gepierct und Zigaretten rauchend. Auf dem Gehweg kamen zwei alte Potsdamer an Mai vorbei, blieben stehen und schauten durch die Hecke. Na, Erwin, gehst du heute mal zum Karstadt? fragte der eine den anderen, während sie die Mädchen betrachteten. Er sprach starken Brandenburger Dialekt. Auf jeden Fall gehe er nachher mal zum Karstadt, sagte der andere im selben Dialekt. So was habe man noch nicht gesehen, sagte der erste. Es war nicht klar, ob er damit die Gruppe der Bikinimädchen oder den Karstadt meinte. Eines der Bikinimädchen saß im Schneidersitz und leckte sich gerade die Unterlippe. Als sie Mai sah, zog sie an ihrer Zigarette, lächelte herausfordernd und leckte sich erneut die Unterlippe.

Mai ging weiter. Er lief hinter die Fabrik. Merle hatte im ersten Stock gewohnt, in einer Dreizimmerwohnung mit hinterem Balkon. Es war nicht zu sehen, ob sie noch in der Wohnung lebte. Vielleicht hast du, sagte er sich, eben sogar damit gerechnet, daß sie auf dem Balkon liegt. Sie war immer recht blaß. Übrigens trug sie auch einen schwarzen Bikini. Sie hatte eine gepiercte Stelle an der unteren Lippe, etwas seitlich versetzt. Aber sie hatte sich dieses Piercing bereits vor mir entfernt, oder vielleicht auch wegen mir, keine Ahnung, weiß der Teufel ... Christoph, hör auf zu denken! Hör auf! Nein, ich bin hierhergefahren, obwohl ich es niemals hätte tun dürfen, und jetzt werde ich natürlich nicht aufhören zu denken, sondern ich werde all das weiterdenken und mich damit fürchterlich quälen, mit voller Absicht!

Auf dem Balkon regte sich nichts. Mai lief vor das Haus, blickte nach links und rechts und besah dann die Klingelschilder. Dort stand: Johansson.

Er zog einen Kümmerling aus seiner Hosentasche und trank ihn. In diesem Moment regte sich etwas hinter der Tür. Mai mußte unwillkürlich lächeln. Etwas in ihm wurde eiskalt. Für eine winzige Sekunde war er sicher, nun würde die Tür aufgehen und Merle Johansson herauskommen. Dann dachte er nach und sagte sich, wahrscheinlich werde irgendein beliebiger Hausbewohner herauskommen. Dann wiederum sagte er sich, es könne natürlich durchaus auch Merle Johansson sein. Er hatte keine Ahnung, was geschehen würde, wenn er ihr Angesicht zu Angesicht gegenüberstünde. Zwar hatte er sich in den letzten drei Jahren immer wieder zwanghaft vorgestellt, dieser Person zu begegnen, aber jedesmal, wenn er sich die Begegnung auszumalen versuchte, wurde es dunkel, die Vorstellung endete in diesem Augenblick.

Er zog sich hinter die Trennwand zurück, die die Hauseingangstür von der danebenliegenden Eingangstür trennte. Aus dem Haus kam eine Frau. Sie hatte schwarzes Haar, er sah sie von hinten.

Die Frau schob einen Kinderwagen und hatte ein Kind an der Hand. Das Kind löste sich und lief ein Stück vorneweg, es war etwa drei Jahre alt. Die Frau wartete, bis das Kind wieder herangekommen war, dann setzte sie das Kind in den Wagen, auf eine, wie Mai schien, sehr umständliche Weise. Das verstärkte seinen Eindruck, die Frau könnte Merle Johansson sein. Merle Johansson hatte immer alles mit großer Umständlichkeit getan.

Nachdem das Kind im Wagen verstaut war, lief die Frau los. Mai war sich nun sicher, Merle Johansson mitsamt Sohn vor sich zu haben. Sie bewegte sich ohne Eile. Mai vergrub die Fingernägel in den Handballen. Merle schob den Kinderwagen zum Schwimmbadzaun und unterhielt sich dort mit einem der Bikinimädchen. Das Bikinimädchen stemmte seine Arme in die Seiten, während es mit der Kindsmutter sprach. Die Kindsmutter bewegte sich wie Merle Johansson. Dennoch zweifelte Mai nun wieder, ob sie wirklich Merle Johansson sei. Eben war er sich noch vollkommen sicher gewesen. Aber vielleicht sah sie ihr nur ähnlich. Immerhin hatte er Merle seit Jahren nicht gesehen, wahrscheinlich sah sie inzwischen vollkommen anders aus. Jetzt dachte er sogar, daß diese Frau nicht einmal Ähnlichkeiten mit Merle hatte. Sie war nur etwa gleich alt wie sie und hatte ein gleichaltriges Kind. Mein Gott, sagte sich Mai, bin ich grenzenlos blöde.

Später fuhr Mai in die Stadt zurück. Die zwei, drei Minuten, in denen er Merle Johansson nicht gesehen hatte oder vielleicht doch (letztlich konnte er weder das eine noch das andere ausschließen), änderten seine Laune schlagartig. Er fühlte sich nun regelrecht ausgeglichen und lachte sogar auf seinem Fahrrad, weil er gerade alles so witzig fand.

Mai fuhr durch den Wald, an den Studentenhäusern vorbei, kam durch die Geschwister-Scholl-Straße, die Stadt mit ihren kleinen, alten, stilvollen Häusern (sie kamen ihm in diesem Augenblick bemerkenswert stilvoll vor) erschien ihm jetzt geradezu entzückend. Es war bei allem, sagte er sich, vielleicht doch eine schöne Zeit hier.

Du hättest nur nicht diese Frau kennenlernen sollen. Da hatte wirklich ein unseliger Geist seine Hand im Spiel. Hätte damals Max auf diesem Filmfest in Berlin nicht jenen Freund dabeigehabt ... hätte dieser Freund nicht später in Kreuzberg dieses Mädchen mitgebracht ... wir wären uns nie begegnet ... ja ... und vor allem: hätte ich nicht von Anfang an diese Assoziation gehabt ... diese Assoziation ... in jede Liebe, in jedwede, redet man sich hinein ... es ist eine Form der Autosuggestion ... und Leute wie ich betreiben diese Autosuggestion gern ... aber das erkennt man erst nicht ... ich habe lange gebraucht, um es zu bemerken ... mir kam alles immer natürlich vor ... obgleich ich den Begriff »natürlich« eigentlich abgelegt zu haben glaubte ... schon seit langer Zeit abgelegt ... der Teufel hat meine Lebensgeschichte analysiert und mir seinen Knecht geschickt. Da ist ja Maja Pospischil! Oder ist es nicht Maja Pospischil? Wenn sie es ist, dann ist sie aber sehr hübsch geworden!

Auf eine Bionade

Maja Pospischil saß auf einem alten Hollandrad und bog gerade in die Lennéstraße. Sie trug ein kürbisfarbenes Kleid und ein grünes Halstuch, auf ihrem Rücken hatte sie einen Rucksack. Christoph Mai war im selben Augenblick wie sie auf der Kreuzung und bremste ab. Maja sah das, legte ihren Kopf in den Nacken und rümpfte die Nase. Sie hatte sich in letzter Zeit daran gewöhnt, daß ihr Männer nachschauten.

He, rief Mai. Maja erhob sich aus dem Sattel und trat in die Pedale, um an ihm vorbeizukommen. Er rief noch einmal. Maja! Sie erkannte ihn und hielt an. Christoph, bist du das, echt? Was machst du denn hier? Ich wußte gar nicht, daß es dich noch gibt. Er: Und du? Wo fährst du hin? Sie: Ich fahre zur Waschbar. Er: Gehst du immer noch in die Waschbar? Sie: Ja, aber nicht mehr so oft. Eigentlich nur zum Waschen. Ich bin jetzt öfter im Kotz. Er: Wenn du waschen gehst, heißt das, du wohnst nicht mehr bei deinen Eltern? Sie: Ja, ich bin in die Gutenbergstraße gezogen. Im September werde ich achtzehn. Bornstedt ist einfach von allem so weit weg. Ich wollte unbedingt in die Stadt, ich wohne mit ein paar Leuten in einer WG. Wechselndes Publikum, normalerweise sind es eher so Studenten, alle älter als ich. Er: Und, wie ist es? Sie: Es macht total Spaß. Ich bin die Jüngste, aber das fällt überhaupt nicht auf. In Bornstedt wäre ich bald erstickt. Obwohl es mit meinen Eltern ja einigermaßen ging. Sie zahlen mir sogar das Zimmer. Er: Wie geht es deinem Bruder? Sie: Hast du keinen Kontakt zu ihm? Mai: Ich habe überhaupt keinen Kontakt mehr nach Potsdam. Sie: Mike wohnt immer noch in der Charlottenstraße. Und er arbeitet nach wie vor bei der Märkischen Allgemeinen. Schade, es würde ihn bestimmt freuen, dich zu sehen, aber er ist gerade in der Türkei. Woher hast du eigentlich dieses Fahrrad? Christoph: Das Fahrrad? Aus einem Schuppen, wieso fragst du? Sie: Weil ich das Fahrrad kenne. Es gehört Nils. Er: Welchem Nils? Sie: Das ist eine lange Geschichte. Aber du kennst ihn sowieso nicht. Komisch, daß du jetzt dieses Fahrrad hast. Warte mal, sagte sie, nahm ihren Rucksack ab, holte einen Aufkleber heraus und klebte ihn auf den Sattel von Christoph Mais Fahrrad. Das wird ihn ärgern, sagte sie lächelnd. Wen? fragte Mai. Sie: Na, Nils Ebert. Es ist das Zeichen der Buddhisten. Er: Aha, bist du Buddhist geworden? Sie: Also wenn schon, dann Buddhistin. Nein, sei sie nicht geworden. Aber sie finde das ziemlich gut. Erinnere er sich an das buddhistische Zentrum am alten Wasserwerk? Er sei dort nie gewesen, sagte Mai. Sie: Genaugenommen handle es sich nicht um das Zeichen der Buddhisten, sie wisse gar nicht, ob die überhaupt ein allgemeines Zeichen haben, so wie wir das Kreuz. Es handle sich vielmehr um den Aufkleber vom Gemeindezentrum. Hier … (sie wies auf ihre Brust, dort trug sie einen Anstecker mit demselben Zeichen) … ich gehe da schon seit Jahren hin. Es ist aber nicht religiös, man wird nicht bekehrt. Man kann immer hinkommen und gemeinsam essen und so; es ist schön. Jeder kann hinkommen, einfach so. Er: Aber dein Nils mag es nicht. Sie: Er ist nicht mein Nils. Nils hat Vorbehalte gegen die Buddhisten, ich glaube, er hat so ziemlich gegen alles Vorbehalte … übrigens kenne ich ihn eigentlich gar nicht. Er hält es für ideologisch, obgleich daran nichts ideologisch ist, gar nichts. Sie kochen toll vegetarisch, und wenn man will, kann man an den Gebeten teilnehmen, es ist völlig anders als bei uns in der Kirche, ich meine bei den Christen … Christoph, ich habe nicht viel Zeit. Ich muß echt zur Waschbar. Nachher ist ein Treffen wegen der Garnisonkirche, da will ich unbedingt hin, wir planen eine Demonstration. Er: Bist du in der Waschbar verabredet? Sie: Nein, wir sind später im

Kotz verabredet. Er: Dann komme ich in die Waschbar mit, wenn du willst. Sie: Klar, ich muß ja sowieso auf die Wäsche warten. Toll! Los, fahren wir!

Sie fuhren los. Beide blieben auf gleicher Höhe, um sich unterhalten zu können, Verkehr war kaum auf der Straße. Maja grüßte immer wieder Leute am Straßenrand, offenbar hatte sie einen ziemlich großen Bekanntenkreis. Seit Mai dem Mädchen begegnet war, fühlte er sich wie ausgewechselt. Er war so unbeschwert wie bei einer Spazierfahrt an einem schönen Sommertag. Und er verfiel mit Maja Pospischil in denselben Plauderton wie früher, wenn sie bei ihrem Bruder Mike gewesen war. Maja war schon damals auffällig schön gewesen, sie hatte allerdings noch nicht so rote Haare gehabt und sich auch noch nicht in dementsprechende Farbtöne gehüllt. Mai hatte damals immer gern mit ihr geplaudert, über Gott und die Welt und meistens über den größten Unsinn.

Sie fuhren über Kopfsteinpflaster. Was heißt anders als bei uns in der Kirche, fragte Mai. Du kannst bei uns ... also in einer christlichen Kirche kannst du doch auch an den Gebeten teilnehmen, dafür ist sie ja da. Und es gibt auch das gemeinsame Mahl. Da ist kein grundsätzlicher Unterschied ... Überhaupt: Beten denn die Buddhisten? Wen beten sie denn an? Doch, sagte Maja (das Licht leuchtete in ihren Haaren, während sie fuhr), es ist ein grundsätzlicher Unterschied. Die Christen haben eine Hostie, ein kleines Stück Teig, und es ist auch noch der »Leib des Herrn«. Ich muß schon sagen, das ist ein bißchen komisch, oder? Übrigens bin ich Vegetarierin.

Aber abgesehen davon: Hast du jemals eine so seltsame »Mahlzeit« gesehen wie bei den Katholiken? Der Pfarrer steht vorn, trinkt ganz allein, dann läßt er die Gemeinde in Reih und Glied antreten, und jeder ißt so eine Oblate. Das ist keine Mahlzeit. Das ist nur symbolisch. Mai: Ja, natürlich. Was soll es denn anderes sein als symbolisch? Du kannst nur symbolisch mit der ganzen Gemeinde essen. Mit allen zusammen kann man nicht essen. Sie: Aber wir essen wirklich gemeinsam im Zentrum, es gibt eine Kantine. Wir sitzen auf dem Boden, im Schneidersitz, wir unterhalten uns, und das Essen kocht man gemeinsam, wer eben da ist. Es kann auch jeder etwas mitbringen. Meistens spielt wer Gitarre oder so. Mai: Gitarre, aha. Sehr schön. Sie: Mann, hör auf zu spotten, du bist ja wie Nils. Man kann hinkommen, wann man will, keine Pflicht, keiner beobachtet den anderen. Alles ist völlig frei. Er: Also, meiner Erfahrung nach kontrollieren sich die Leute dort, wo angeblich alles frei ist, am allermeisten. (Sie fuhren um eine Kurve.) Maja: Das sagt Nils auch immer. Sein Wort dafür ist »Antispießertum«. »Das Gesetz der Antispießigkeit ist«, sagt Nils, »daß der Antispießer der größte Spießer überhaupt ist.« Aber das ist natürlich, aufs Zentrum bezogen, totaler Mist. Er: Woher kennst du diesen Nils denn, gab es den früher auch schon? Sie: Wir sind auf derselben Schule. Für mich ist er ein absolutes Rätsel. Nils ist jemand, den man nicht verstehen kann, er lebt in einer völlig eigenen Welt. Er liest vollkommen abgedrehte Sachen. Immanuel Kant. Platon. Ehrlich gesagt bewundere ich das neuerdings. Mai: Ist er dein Freund? Sie: Quatsch. Unvorstellbar. Ich habe bis vor wenigen Tagen gedacht, das sei völlig ausgeschlossen. Eigentlich ist er mir bis vor kurzem gar nicht aufgefallen. Wir sind sonst immer zu Osterfeuern gegangen und so, weißt du, in unserer Freundesgruppe. Aber die alte Gruppe ist kaputt, es gehen jetzt alle ihre eigenen Wege. Nils hat sich verändert. Früher war er total unscheinbar, jetzt finde ich ihn eigentlich ziemlich hübsch.

So kamen sie zur Waschbar in der Feuerbachstraße. Offenbar war die Waschbar immer noch in Mode. Es handelte sich um einen Waschsalon mit angeschlossenem Café, in dem ausschließlich junges, dem Selbstverständnis nach »linkes« Publikum herumsaß. Die Gäste waren Schüler oder Studenten. Im Gegensatz zum Kotz galt das Waschbarpublikum als gemäßigt. Manche trugen trotz den hohen Temperaturen die obligatorischen Regenbogenfarbenstrickmützen auf dem Kopf, andere langbeinige Lederhosen mit Stiefeln, mit denen sie schwer über das Parkett schritten. Es gab barfüßige Mädchen mit kurzen Röcken und Spaghettitops, die in einigermaßen verrenkten Posen auf ihren Stühlen saßen. Man trank Milchkaffee oder Caffè Latte und aß Möhrentorte oder Spinatquiche. Bier trank kaum jemand. Die Waschbar erinnerte Mai an Merle Johansson. Das war damals ihre Welt gewesen.

Maja kniete vor einer Waschmaschine, holte Wäsche aus dem Rucksack, füllte sie in die Trommel und schaltete die Maschine ein. Dann gingen sie in den gastronomischen Teil. Maja grüßte nach hier und da, sie setzten sich, Maja bestellte eine Bionade. Auch sie winkelte sich auf ihrem Stuhl zurecht. Beide kamen auf Oststadt und Hornung zu sprechen. Maja hatte in zwei Folgen als Statistin mitgespielt und kannte Hornung flüchtig. Freunde von ihr seien extra nach Frankfurt zu seiner Beerdigung gefahren. Mai sagte, daß er nicht auf der Beerdigung gewesen sei. Maja: Du warst nicht auf der Beerdigung deines besten Freundes? Wieso denn das? Mai: Ich habe, ehrlich gesagt, nicht geglaubt, daß das im Interesse von Max gewesen wäre. Sie: Wieso sollte er kein Interesse daran gehabt haben? Er: Weißt du, in solchen Augenblicken läßt man lieber anderen den Vortritt, all denen, die ein bestimmtes ... wie soll ich sagen ... die ein bestimmtes Interesse an Beerdigungen haben. Die bestimmen meistens solche Angelegenheiten. Ich habe ihnen nicht begegnen wollen. Selbst euer Oberbürgermeister hat ja seinen Beitrag geleistet und dieses Interview über den Beerdigungsort gegeben. Er hätte eine Beerdigung in Potsdam vorgezogen. Außerdem gibt es eine bestimmte Person, der ich unter keinen Umständen begegnen wollte. Maja: Du hast einer bestimmten Person nicht begegnen wollen? Wem denn? Ist diese Person dein Feind? Wie kannst *du* denn einen Feind haben, du bist doch ziemlich okay. Er: Feind, ich weiß nicht, ob das das richtige Wort ist. Vielleicht kennst du sie sogar. Sie heißt Merle Johansson und kommt aus Eiche. Sie: Merle Johansson aus Eiche? Der wolltest du nicht begegnen? Wieso denn das? Die ist doch total nett! Hier, dieses grüne Tuch, das hat sie mir gestern geschenkt. Mai schwieg. Maja wies auf ihren Anstecker und sagte, Merle Johansson komme oft ins Zentrum. Sie bewundere sie, sie sei eine der Älteren dort und eine Art Vorbild für sie. Sie ruhe total in sich, man könne sich in allem an sie wenden ... sie habe immer Zeit. Merle lebe echt anders als die anderen. Das könne er sich wahrscheinlich gar nicht so vorstellen. Mai schaute vor sich hin. Sie: Ich weiß ja nicht, was du mit ihr erlebt hast. Na ja, sie ist halt viel reifer als die anderen. Merle lebt selbständig, macht nicht diesen ganzen Familienmist, und sie schafft das riesig mit dem Alleinerziehen. Sie hat ein Kind, einen kleinen Sohn, er heißt Jesus, total süß. Ich meine, das macht doch unglaublich viel Arbeit, also es ist natürlich keine Arbeit in dem Sinn, es ist natürlich toll, so mit dem Kind, aber sie macht es eben allein. Ich finde das schon großartig. Und es ist wichtig, daß sie ihr Kind vegetarisch aufwachsen läßt. Ich habe von ihr eine ganze Menge über das Vegetariersein gelernt, von wegen innere Verschmutzung mit Leichen und so weiter, ich weiß, das klingt jetzt komisch, aber es ist einfach so ... wir werden als Kinder alle von unseren Eltern beschmutzt, keiner kann sich da wehren, keiner wird gefragt. Total verantwortungslos. Na ja, so funktioniert das in unserer Gesellschaft. Merle ist toll. So möchte ich auch einmal sein. Wahrscheinlich hast du sie einfach nicht richtig kennengelernt. He, schau mal, da kommen Heike und Arnold. Das sind die beiden von der Beerdigung. Maja winkte durch die Scheibe nach draußen.

Die Zwillinge betraten den Gastraum und kamen an den Tisch. Mai fiel sofort das außergewöhnliche Aussehen der beiden unbekannten Jugendlichen auf. Er war erstaunt über die fast völlige Gleichheit ihrer Gesichtszüge, als handle es sich um eine männliche und eine weibliche Version desselben Wesens. Arnold war barfuß, Heike war gekleidet wie immer. Sie musterte Mai von oben bis unten. Arnold grinste fröhlich und erzählte, sie seien spazieren gewesen, im Park. Heute sei alles voller Russen, offenbar seien massenhaft Reisegruppen angekommen. An der Windmühle stehe alles voller Busse. Nachher wollten sie mal in die Brandenburger Straße. Maja: Was war denn gestern bei der Kaufhauseröffnung los? Heike: Er hätte fast aufs Maul bekommen. Arnold: Quatsch, habe ich gar nicht. Es war überhaupt nicht gefährlich. Nils war auch dabei. Wir hatten einen Schutzengel, einen russischen Mönch, der zufällig vorbeikam. Es ist gar nichts passiert. Zu Mai: Der Bürgermeister war ebenfalls da, das war besonders interessant. Unser Bürgermeister ist nämlich sehr beliebt, die Potsdamer mögen ihn. Gestern abend ist er mit dem Kulturring Potsdam essen gegangen. Eine Organisation grauer Exzellenzen, die einen hiesigen Filmschaffenden verramschen wollen, indem sie ihn zum Stadthelden erklären. Heike: Es heißt Eminenzen, nicht Exzellenzen. Arnold grinste wieder. Du bist nicht von hier, oder? fragte er Mai. Maja: Christoph war früher mal eine Zeitlang in Potsdam. Er schreibt für Zeitungen. Mai: Filmkritiken, Festivalberichte, Hintergründe. Maja: Er hat viel mit Max Hornung zusammen gemacht. Aha, sagte Arnold. Er streckte ihm die Hand entgegen. Ich heiße Arnold, und das ist meine Schwester Heike. Mai gab ihnen die Hand und fragte, woher sie Max Hornung kannten. Ob sie auch als Statisten in der Serie mitgespielt hätten? Arnold: Max Hornung sei jener Filmschaffende, von dem sie eben gesprochen hätten. (Zu Heike:) Der Filmschaffende mit seinen grauen Exzellenzen. Heike:

Nein, wir waren keine Statisten. Wir haben als Vorbilder gedient, wir sind sozusagen eine Erfindung von Max. Arnold: In Oststadt heißen wir Richter, Kai und Christine Richter. Wir müssen immer gewisse Dinge wieder hinbiegen. Mai: Was denn zum Beispiel? Heike (lachend): Wir bestrafen. Arnold: Wir machen es in der Serie so: Immer wenn das Drehbuch eine Figur, die böse gehandelt hat, bestrafen will, läßt es die Richter-Zwillinge auftauchen, entweder beide oder nur einen von uns … Heike: Von den Richtern … Max hat interessiert, daß wir Zwillinge sind. Er hat gesagt, so ein Paar wie uns beide, das heißt wie die Richters, gebe es im Fernsehen sonst nicht. Niemand weiß, woher wir kommen, und wir sind immer siebzehn, seit Anfang der Serie. Mai: Und wie straft ihr … also, wie strafen die Richters? Heike: Ganz einfach, wie im Märchen. Wir machen die Betreffenden in uns verliebt. Mai: Ihr macht sie in euch verliebt? Und dann?

Hierauf schauten sich Heike und Arnold in die Augen, lächelten zärtlich, nahmen sich bei der Hand und prusteten vor Lachen los.

Das Thema wurde gewechselt, und nach einer Weile verlief sich die Gruppe wieder. Maja ging zum Planungstreffen, die beiden Zwillinge verschwanden Richtung Brandenburger Straße.

Das Abendessen nahm Mai mit Alexej in einer kleinen Wirtschaft ein. Der Erzpriester hatte Alexej angetragen, eine Weile die Stelle seines Sekretärs einzunehmen, um ihm bei den liegengebliebenen Dingen im Büro zur Hand zu gehen. Klein hatte sich bereits mit Alexejs Kloster in Verbindung gesetzt, und Alexej hatte eingewilligt.

Später am Abend lief Mai zurück zu Hornungs Haus. Er arbeitete noch einige Zeit, legte sich anschließend erschöpft auf eine Matratze im ersten Stock und schlief fest, ohne zu bemerken, was im Haus vor sich ging.

Gegen zwei Uhr betrat der Russe Hofmann das Haus, verließ es aber sogleich wieder, als er den Schlafenden sah. Der alte Baron saß währenddessen im Garten neben der Hütte und beobachtete die Szene aufmerksam. Später erschienen auch die Zwillinge, legten sich in die Küche und wurden dort am nächsten Morgen von Mai gefunden. Sie lagen eng umschlungen auf dem Boden, als Mai in die Küche kam. Heike und ihr Bruder hatten Gesichter, als sei ihr Schlaf ein vollkommener Friede, wie im Paradies.

Zweites Buch

I

Noch ein Russe

Der Säugling schrie. Sascha machte es folgendermaßen (Ludwig Hofmann meinte, einen mehr oder minder exakten Schreirhythmus erkannt zu haben): Er schrie abends gegen sieben Uhr eine halbe Stunde ohne Unterlaß, da war Hofmann schon mit seinen Nerven am Ende. Dann verstummte Sascha und schlief tief und fest. Um neun Uhr legte er wieder los, diesmal zwei Stunden. Er schrie ohne erkennbaren Grund. Hunger konnte er nicht haben, da er dauernd das Fläschchen bekam. Sascha war sehr gesund, aber er schien auch nicht aus Lebensfreude zu schreien. Er schien zu schreien, um Ludwig Hofmann zu quälen.

Vor Mitternacht fiel Sascha Hofmann in einen totenähnlichen Schlaf. Menschen, die Sascha nicht kannten, hätten nun vielleicht geglaubt, das Kind habe sich vollkommen verausgabt und man sollte einen Arzt holen. Aber stundenlanges Schreien war für das Kind überhaupt nicht anstrengend. Wenn es nicht schrie oder aß, schlief es einfach wie ein Stein. Gegen ein Uhr fing Sascha von neuem an, und nun begann die eigentliche Zermürbungsphase. Hofmanns Frau Wanda schien das alles nichts auszumachen, obgleich sie kaum jünger war als er, ebenfalls schon Mitte Vierzig.

Bei Anastasia war es vollkommen anders gewesen. Hofmann hatte sogar ihre Geburt im Krankenhaus erlebt. Zumindest hatte er sich in einem Raum aufhalten dürfen, der an den Kreißsaal grenzte (das war im Kreiskrankenhaus in Omsk ein Sakrileg gewesen, er hatte viel Geld dafür bezahlt). Er hatte seine Tochter bereits während der Schwangerschaft seiner Frau abgöttisch geliebt. Ludwig Hofmann war nach der Hebamme der erste Mensch, der seine Tochter in den Armen gehalten hatte, er war damals wie von Sinnen gewesen. Die Stimme seines Töchterchens war sehr fein, schon der erste Schrei hatte so etwas Zartes, Beschützenswertes an sich, und auch später hatte Hofmann jeder kleine Schrei seiner Tochter fast zu Tränen gerührt. Er konnte sich gar nicht vorstellen, daß es so etwas wie Anastasia gab und daß sie tatsächlich da war und lebte, einfach so. Er kam von der Technischen Universität zurück, vergaß zu essen, verschob seine schriftlichen Arbeiten bis spät in die Nacht und war erst einmal nur bei seiner Tochter. Er hatte sogar seit ihrer Geburt aufgehört, Wodka zu trinken (mit dem Wodka hatte er erst vor einigen Jahren in Deutschland wieder angefangen). Noch heute war für Ludwig Hofmann seine Tochter das ganz besondere Wesen auf dieser Erde, sozusagen das Wesen, auf das er und alle und vielleicht sogar der liebe Gott immer gewartet hatten. Mit seinem sechzehn Jahre jüngeren Sohn (Sascha war sechs Monate alt) verhielt es sich leider völlig anders. Noch in der Garage hörte man ihn.

Was ihre Wohnung anging, hatten die Hofmanns großes Glück gehabt. Nach der Übersiedlung hatte die Familie zunächst in einem einzigen Zimmer wohnen müssen. Als ehemaliger Dozent für Maschinenbauwesen an der Technischen Hochschule in Omsk hatte Ludwig Hofmann in Deutschland nicht reüssiert. Hierzulande war er eine Gartenhilfe auf Stundenbasis. Da Hofmann aber deutschsprachige Wurzeln hatte, hatte er sich vergleichsweise rasch an ein bestimmtes Sprachniveau gewöhnt. Er lehnte auf seinem Spaten, rauchte, sog tief ein und begann lange Ausführungen, wenngleich mit sehr beschränktem Wortschatz. (Die entscheidenden Sinnwendungen seiner Sätze verlagerte er manchmal ins rein Gestische ...) Ludwig Hofmann wurde nicht zuletzt aufgrund seiner Sprachkenntnisse einige Monate nach seiner Ankunft in Deutschland (nicht er war die treibende Kraft für die Aussiedlung gewesen, sondern sein siebzigjähriger Vater, der allerdings kaum zwei Monate nach der Übersiedlung in die Bundesrepublik gestorben war) Gartenhilfe bei einem Potsdamer Juristen in der Böcklinstraße. Hofmann hatte ein diesbezügliches Zeitungsinserat gelesen. Dieser Jurist besaß einen großen Garten hinter dem Haus und hatte langjährige Erfahrungen mit Ostaussiedlern. Er begann sich für Hofmanns Belange bei Ämtern, Sozialkassen und so weiter einzusetzen, ohne jede Honorarforderung. Hofmann hatte ihm viel zu verdanken. Der Jurist hatte für Hofmanns Familie eine vergleichsweise gute Wohnung in einem Dreifamilienhaus gefunden (vergleichsweise, weil es für den Juristen selbst natürlich unvorstellbar gewesen wäre, mit der Großmutter, der Frau und einer fast erwachsenen Tochter in einer Wohnung von fünfundsechzig Quadratmetern zu leben). Neben den Hofmanns wohnten im Haus noch eine weitere russische und eine ukrainische Familie, es gab einen kleinen Garten und die besagte Garage. Als Sohn Sascha geboren wurde, auf den Hofmann sich nicht gefreut hatte und bei dem er sich nicht wirklich klar war, wie er eigentlich entstanden war (wie gesagt trank Ludwig Hofmann seit einiger Zeit wieder Wodka), nahm er die leerstehende Garage in Beschlag, mistete sie aus, strich sie, isolierte Fenster und Garagentor und begann, Zug um Zug sein Leben in die Garage zu verlagern. Seit zwei Monaten schlief er in der Garage. Seinen Sohn hörte er nach wie vor, wenn auch gedämpft. In letzter Zeit hatte sich bei Ludwig Hofmann eine gewisse Willenlosigkeit eingestellt. Im Grunde wartete er nur noch, bis alles vorbei sein würde.

Mit den Jahren war Hofmann in Potsdam herumgekommen. Er hatte einige Zeit gebraucht, um zu akzeptieren, daß er für niemanden in Deutschland jemals der gewesene Dozent einer Hochschule sein würde, sondern immer nur eine Art Hilfsarbeiter oder Tagelöhner oder Penner. Einer, der in fremden Vorgärten herumsteht, raucht, sich auf seinen Spaten stützt und Arbeiten ausführt, die ein Deutscher nur dann ausführt, wenn es sich um sein Hobby handelt. Kein Mensch brauchte diese Vor- und Hintergärten, es wuchs nicht einmal Salat oder Gemüse darin, sondern Rhododendren, Azaleen, Rosen und eine Unzahl anderer Zierblumen. Mähen, gießen, schneiden, das waren Hofmanns Aufgaben. Das Einsetzen der Zierblumen für das nächste Jahr besorgten die Haus- und Gartenbesitzer immer selbst, das war ein heiliger Ritus. Vorher hatten sie die Pflanzen mit ihrem Auto in einer Großgärtnerei abgeholt oder bei einem Pflanzenversandhandel bestellt. Hofmann wußte inzwischen soviel über Pflanzen wie nie zuvor. Früher hatte er riesige Ölbohrer konstruiert.

Manchmal war Hofmann nahe daran, seinem Sohn das endgültige, finale Schweigen zu wünschen. Aber diesen Gedanken ließ er nicht zu. Lieber verhielt er sich, wie sich auch Alexejs Vater verhalten hatte: er rauchte massenhaft. Seit zwei Jahren litt er nun schon an Lungenkrebs, aber dieser hatte bislang lediglich dazu geführt, daß man ihm immer mal wieder Teile seiner Lunge entnahm und ihm Chemotherapien verordnete. Blödsinnigerweise ließ er die Chemotherapien sogar über sich ergehen (er wußte selbst nicht, warum). Aber eigentlich fühlte er sich mit der Krankheit genau wie sonst auch immer. Zwar zu Tode erschöpft, aber am Leben.

Irgendwann hatte Heiko Malkowski eine größere Rolle in seinem Leben zu spielen begonnen. Es hatte mit dem Malkowskischen Garten angefangen. Heiko Malkowski besaß eine alte Villa mit einem Garten von vielleicht vierhundert Quadratmetern. Dieser Garten war nicht völlig ungepflegt, unterschied sich aber von den Gärten mit den abgezirkelten Rabatten seiner sonstigen Kunden. Mit der Zeit hatte Hofmann erkannt, woran das lag. Malkowski bekam seinen Garten einfach nicht in den Griff, er war zu groß. Überhaupt lebte Malkowski mit dem Haus über seine Verhältnisse. Er hatte zwei Kinder, auf die er angeblich sehr stolz war, andererseits schien er sich recht wenig für sie zu interessieren. Nach außen liebte er es, wenn sie durch den Garten tobten, aber Hofmann ahnte nach einer Weile, daß da eine gewisse Ideologie dahintersteckte. Lieber hätte er sie nach Lust und Laune gemaßregelt, aber das hätte er niemals zugegeben.

Warum sich Malkowski eine solche Villa mit einem solchen Garten mitten in der Stadt leisten konnte, darüber dachte Hofmann nicht nach. Das gehörte für ihn zu den bundesrepublikanischen Rätseln. Malkowski war immer freundlich, zuvorkommend, nett und bemüht. Zugleich war er nie wirklich bei der Sache. Hofmann kannte das von gewissen Kommissaren in der Sowjetunion. Sie waren immer unglaublich freundlich gewesen, hatten ihn oft sehr freigebig eingeladen, und dennoch war immer etwas anderes im Spiel gewesen. Etwas, das jemand wie Ludwig Hofmann nur erahnen konnte.

Im Grunde wußte Hofmann, daß er für alle ein Idiot war. In der hiesigen Sprache konnte er sich bestenfalls auf Stammtischniveau äußern. Sprach er Russisch, dann führte er seine Gespräche entweder im Ton vollkommener Angekotztheit, oder er führte sie mit einem gewissen Trotz auch nur noch auf Stammtischniveau. So war er langsam, aber sicher in Deutschland angekommen. Sein früheres Leben war eine Chimäre. Omsk war weit weg. Omsk war eine Art von »es war einmal«, das man sich gönnte, wenn man trank. Er trank meistens allein in der Garage.

Auch Malkowski hielt ihn für eine Art Trottel. Bei aller Höflichkeit behandelte er ihn stets irgendwie herablassend. Einmal durfte Hofmann in Oststadt auftreten, er spielte einen Gärtner, der sich auf einen Spaten stützte und nur zwei Worte zu sagen hatte: »elle, elle«.

Hofmanns Vorfahren waren vor fünf Generationen aus dem Schwäbischen gekommen. Sie sagten, wenn sie deutsch sprachen, nach wie vor »elle« für »alle«.

Welche Bedeutung sein Auftritt mit »elle, elle« im Verlauf der Serie hatte, war Hofmann nicht erklärt worden. Er hatte zwanzig Euro bekommen. Das war nicht wenig Geld.

Neuerdings ging Hofmann für Malkowski hin und wieder in die Gregoriusstraße. Das fand der Russe eher eigenartig. Zuerst wollte Malkowski, daß er dort eine Kamera hole. Er war in das Haus gegangen, hatte aber keine Kamera gefunden. Malkowski hatte ihm einigermaßen deutlich beschrieben, wo er sie suchen solle, »im Wohnzimmer, im Schrank«, aber in dem Raum, den man vielleicht hätte als Wohnzimmer bezeichnen können, stand kein Schrank, dort gab es nur Regale und viele Papiere.

Später konzentrierte sich Malkowski auf Fotos und DVDs. In der Tat fand Ludwig Hofmann viele Fotos, die er alle seinem Auftraggeber brachte, allerdings nur, um sie in der folgenden Nacht wieder zurückzubringen. Überhaupt mußte immer alles in der folgenden Nacht zurückgebracht werden.

Ja, das war natürlich seltsam: er sollte immer nachts hingehen. Malkowski formulierte das so: Er habe doch tagsüber immer so viel zu tun und auch noch abends in seinen Gärten, dann solle er doch einfach später hingehen, er könne gern auch noch nach Mitternacht dorthin.

Irgendwann sagte sich Hofmann: Wenn ich meinen Auftraggeber zufriedenstellen möchte (Malkowski zahlte nicht schlecht, es gab fünfzig Euro pro Hausbesuch in der Gregoriusstraße), sollte ich beginnen, selbständig zu denken. Vielleicht konnte ich das ja einmal.

Er begann daraufhin, das Leben des Herrn Heiko Malkowski etwas näher in Augenschein zu nehmen. Da er, wie gesagt, genügend herumkam, bereitete ihm das keine größere Mühe. Wenn man dem alten Baron Bier gab, sprach er viel, und aus Leuten, die viel sprachen, war Hofmann immer noch in der Lage, das herauszudestillieren, was wahrscheinlich der Fall war. Der Baron dichtete zwar stets viel hinzu, aber gewisse Motive blieben sich gleich. Man durfte zwar nichts wörtlich nehmen, aber wenn alles in eine gewisse Richtung ging, dann war das etwas und nicht nichts. Soviel wußte Hofmann noch.

Geisterstunde

Nun war wieder einmal Nacht. Hofmann hatte sich von konkreten Vorgaben seines Auftraggebers inzwischen weitgehend gelöst. Malkowski war das recht, er hatte begriffen, daß er auf Hofmann zählen konnte (vorausgesetzt, er blieb verschwiegen – aber wem hätte er etwas erzählen sollen?).

Hofmann hatte am Tag eine kleine Kundgebung auf dem Garnisonkirchenplatz miterlebt. Ihm gefiel diese Handvoll Leute. Hofmann dachte hier genau umgekehrt wie Alexejs Vater. Es handelte sich beim Wiederaufbau der Garnisonkirche um ein nationales Symbol. Für die meisten war nationale Größe etwas sehr Bedeutendes. Für Hofmann war das »elles blöd«. Überhaupt hatte Hofmann nie begriffen, warum die Leute in Deutschland immer noch etwas gegen Hitler hatten. Zwar nannten sie ihn den größten Verbrecher überhaupt, aber Hofmann ahnte, daß das keiner mehr so recht glaubte.

Zu Beginn des Abends hatte er mit seiner Frau und Anastasia in der Küche gesessen. Er hatte seine Suppe und seine Pelmeni gegessen, vor der Haustür einige Zigaretten geraucht und sich dort eine halbe Stunde mit seiner Tochter unterhalten, die sagenhafte Erfolge in der Schule feierte und völlig akzentfrei Deutsch sprach, ihren Angaben zufolge nicht einmal mit Brandenburger Akzent. Dann hatte Sascha seine zweite Schreiphase begonnen, und Hofmann war in die Garage gegangen. Dort trank er nicht, sondern löste ein Kreuzworträtsel in der Hörzu. Er löste diese Kreuzworträtsel stets mit einer gewissen Wut, aber es vertrieb ihm die Zeit.

Gegen ein Uhr verließ er die Garage, rauchte, lauschte von der Straße aus seinem Sohn, sah seine Frau als Schatten hinter dem Fenster, wie sie sich um Sascha kümmerte, und ging Richtung Brandenburger Vorstadt. Die Straßen lagen dunkel, gelblich und kulissenhaft da, jeder Schatten zog sich meterweit in die Länge, es sah aus, als würde man Dostojewski bei moderner Nachtbeleuchtung in einem alten Stadtviertel verfilmen. Hofmann hatte Dostojewski früher verehrt, aber heute wie anderes auch, soweit es ging, aus seinem Gehirn und überhaupt aus seinem ganzen Dasein verbannt. Er wollte mit dem, was früher gewesen war, nichts mehr zu tun haben. Wofür war es gewesen, wenn es jetzt nicht mehr war?

Hin und wieder begegneten ihm Gestalten, deutsche Gestalten. Junge Kerle in Jeans, mit T-Shirts und Halsketten, mit blonden oder blondgefärbten Haaren und Drinks in der Hand, Bierflaschen oder Gläsern oder Plastikbechern, denen er seine Tochter niemals gegeben hätte, die aber Mädchen in den Armen hielten, die seiner Tochter nicht unähnlich waren. Oder er traf das, wie man es nannte, Potsdamer Kulturpublikum. Das waren Leute, die jetzt, eine Stunde nach Mitternacht, aus dem Café Lewy oder der Badischen Weinstube herausgekrochen kamen, in Sakkos, manche mit bunten Schals, und sogar noch draußen auf der Straße im Kulissenlicht ihre Diskussionen weiterführten. Es fielen Worte wie Theater, Zeitung, Kulturdezernat. Dann gab es eine weitere Gruppe Jugendlicher ... sie mochte Hofmann. Es waren kleine, zerrupfte Gestalten, die mit allem, was in der Stadt vorging, nichts zu tun haben wollten und nicht aussahen, als sei mit ihnen jemals noch ein Staat zu machen. Das war Hofmann sehr angenehm, um nicht zu sagen sympathisch. Auch hier hielten Jungen und Mädchen einander im Arm, aber sie unterschieden sich von den bereits erwähnten Jugendlichen mit den Halsketten und den blonden Haaren vollkommen. Die hier hatten etwas Wirkliches. Sie würden irgendwann wie Kippenreste in den Potsdamer Rinnsteinen herumliegen. In Omsk war es nicht anders gewesen.

Schließlich die Penner. Bei ihnen betrübte Hofmann vor allem, daß sie nicht sehr zahlreich waren. Er schob das auf die städtischen Säuberungsmaßnahmen. Wenn sie in der Stadt anzutreffen waren, saßen sie meistens zusammen, als könnte das Schutz bieten. Aber dann erschien eine Streife, dann kamen noch weitere Polizeiautos dazu, und man verjagte die Penner schließlich doch, worauf sie sich zwei Straßen weiter wieder trafen (kosmetische Säuberung), nur an einem schlechteren, schmutzigeren und weniger beleuchteten Ort. Den Eingesessenen war es egal, am nächsten Morgen waren sie schon wieder am ursprünglichen Ort. Meistens saßen sie auf dem Luisenplatz. Heute traf Hofmann sie in der Lindenstraße.

Manchmal wäre Hofmann am liebsten unter den Pennern gewesen. Es war eine resignative Sehnsucht. Allerdings war auch das vielleicht nur der Gedanke eines Menschen mit Stammtischniveau auf deutsch.

So lief er durch das nächtliche Potsdam, das er ebenso gut studiert hatte wie das tägliche, nur daß es ihm angenehmer war.

In der Brandenburger Straße, kurz vor dem Luisenplatz, sah er den Bulgaren Grigorij. Grigorij kannte er schon lange, obgleich er sich nie mit ihm unterhalten hatte. Er war unter den Ostaussiedlern in Potsdam vergleichsweise bekannt. Grigorij war ein gläubiger Narr, zugleich war er depressiv, verzweifelt und wahrscheinlich gemeingefährlich, vielleicht ein künftiger Amokläufer. Grigorij streunte immer durch die Straßen. Meistens blieb er alle fünfzig Meter stehen und schaute die Leute seltsam an. Auch das war ein Leben in Deutschland. Grigorij verließ gerade die Brandenburger Straße, überquerte den Platz, blieb eine Weile vor einem Zaun stehen (vielleicht ließ er Wasser, Hofmann wollte nicht so genau hinschauen), dann lief er zum Grünen Gitter. Idiot, dachte Hofmann, was willst du da? Willst du in den Park? Der Park ist jetzt zu! Wenn du über den Zaun klettern willst, dann mach das nicht am Grünen Gitter, du armer

Irrer. Geh hinauf zur Weinbergstraße! Aber das wirst du schon wissen, Bulgare. Überhaupt, warum sehe ich dich immer nach Sanssouci laufen?

Als Grigorij in die Straße bog, drehte er sich um, schaute nach links und rechts, betrachtete den ganzen Luisenplatz, dann rannte er plötzlich los und war in der Dunkelheit verschwunden. Vielleicht, dachte Ludwig Hofmann, hat er mich gesehen. Aber vielleicht hat er auch nur ein Gespenst gesehen.

Hofmann lief weiter. Am südlichen Rand des Luisenplatzes fand er einen Kiosk, der noch geöffnet hatte. Zwei Männer standen davor und tranken Bier. Hofmann kaufte Zigaretten und setzte seinen Weg fort. Er war froh, wenn er rauchte. Irgendwie füllte es sein Inneres. Dieses Innere war ansonsten leer. Daß der Lungenkrebs nicht einmal zu fühlen war – anders als eine Zigarette –, enttäuschte ihn. Es war halb zwei.

Für heute nacht hatte er einen Vorsatz. Malkowski war auf Filme aus. Es war an einer Hand abzuzählen, daß diese Filme etwas mit den Meurer-Zwillingen zu tun haben mußten. Aus dem ganzen Barongerede hatte sich ergeben, daß es neulich in dem Haus eine nächtliche Versammlung mit etwas eigenartigem Charakter gegeben hatte. Möglich, daß Malkowski daran teilgenommen hatte. Vielleicht glaubte sein Auftraggeber, es sei dabei gefilmt worden. Hofmann war nun schon mehrfach in dem Haus gewesen und wollte Malkowski morgen etwas präsentieren, was dieser gar nicht bestellt hatte. Da es nämlich im ganzen Haus keine DVDs und keine Videofilme gab und er, Hofmann, auch selbst nachdenken konnte, war sein

Augenmerk auf eine bestimmte andere Sache gefallen. Die wollte er heute nacht aus dem Haus holen. Wie immer lief er durch das ganze Haus. Im oberen Stock schlief jemand. Hofmann stieg schnell die Treppe hinab, eilte in den Raum neben der Küche, nahm dort den Laptop an sich und verschwand.

Ein russischer Esel

Unangenehm an Heiko Malkowski war für Ludwig Hofmann auch folgendes. Das heißt, am Anfang war es angenehm gewesen und hatte sich dann in sein Gegenteil verkehrt: Anfänglich war Malkowski ihm gegenüber erfreulich distanziert gewesen. Hier können Sie mähen, dort hinten ist der Schuppen, hier haben Sie den Schlüssel *etcetera*. Dann nahm Malkowski (schleichend) davon Abstand, ihn zu siezen. Das heißt nicht, daß er ihn sogleich duzte. Er mied nur immer häufiger das »Sie«. Er benutzte unpersönliche Wendungen wie: Hier die Rosen, die müssen geschnitten werden. Der Mäher braucht Benzin, kann man vorn an der Ecke an der Tankstelle … Schließlich ging Malkowski dazu über, von ihm, Hofmann, in der dritten Person zu sprechen. Wie geht es denn dem Herrn Hofmann heute? Der Herr Hofmann kann heute die Hecke schneiden, er weiß ja, die elektrische Schere findet er im Schuppen.

Sonst fand Herr Hofmann nichts im Schuppen, obgleich ihm schon bald dämmerte, daß er da einen Menschen mit ausgeprägtem Doppelleben vor sich haben könnte. Zu finden war ohnehin einiges in den Potsdamer Schuppen, quer durch die Gärten der Stadt. Die Bevölkerung neigte zu Depots. Wobei man sagen mußte, daß die einfachen Dinge, die bloßen Magazine, meistens ganz offen in einer Ecke des Schuppens herumlagen. Muß ja nicht der Hausherr gewesen sein, kann ja auch dem Gärtner oder der Gartenhilfe oder dem Russen da, der neuerdings kommt, gehören, brauchen auch etwas zum Leben, und zu Hause haben sie es da schwer, kleine Wohnung, wo soll man da deponieren, also bringen sie es in den Schuppen, zehntausend Kilometer von der Heimat entfernt, wo für sie vielleicht auch einiges leichter gewesen war.

Manche in den Magazinen sahen aus wie Anastasia. Hauptsächlich das war es, was Hofmann verbot, sich einem genauen anatomischen Studium der diversen Geschlechtsteile zu unterziehen. Er hatte dort überhaupt nie so genau hingeschaut. Auch bei seiner eigenen Frau nicht. Und heute sowieso nicht mehr. Er entzündete eine Zigarette, sog den Rauch tief in sich hinein und dachte halb glücklich: Wie gut, daß das bald vorbei ist. Er ließ die Magazine liegen wie den Mähkorb an Tagen, an denen er nicht mähte. Er beachtete ihn dann gar nicht.

Dann gab es die versteckten Dinge. Die waren nicht so leicht zu finden, aber die Verstecke wiederholten sich doch immer wieder. Jeder Kriminelle hätte es besser gemacht.

Hofmann fand in Potsdam: Ketten, Klammern, Tücher, Gürtel, und sehr oft fand er Damenunterwäsche. Er fand Nadeln, er fand Desinfektionsmittel, er fand Telefonnummern, er fand DVDs, auf denen keine Geschlechtsorgane abgebildet waren, aber andere Dinge, die er gleich wieder vergaß. Zwecklos, sich da hineinzudenken. Er hatte sich überdies den Kinderglauben bewahrt, daß gewisse Dinge, wenn man vor ihnen die Augen verschließt, einfach gar nicht da sind. Herr Hofmann rauchte lieber und ließ seiner Betrachtung der Menschen in den verschiedenen Schuppen freie Bahn. Übrigens suchte er diese Verstekke nicht mit Absicht, er fand sie immer von selbst, weil er ohnehin dauernd in den Schuppen herumräumte, und da lockerten sich Bretter, oder man sah frische Erdspuren vor einem Balken (der war wohl vor kurzem noch weggezogen worden), und es ärgerte Herrn Hofmann schon sehr, ja, er sah es sogar als Mißachtung seiner Person, daß die Leute alle diese Dinge zwar akkurat vor ihrer Gattin (oder ihrem Gatten) versteckten, weil die (oder der) ohnehin nie den Schuppen betrat, aber nicht ebenso akkurat vor ihm, der Gartenhilfe. Als zählte er nicht.

Als Malkowski ihm zum ersten Mal das Ansinnen vortrug, in jenes Haus zu gehen, war das fast devot geschehen. Malkowski schämte sich, man merkte es. Sprechen über das, was vorlag, tat er freilich nicht. Die Deutschen nannten das Herumdrucksen. Herr Hofmann quittierte es mit professioneller Miene, also reglos. Das war, wie gesagt, noch angenehm, weil es von Distanz zeugte. Später aber wurde Malkowski zusehends hemmungsloser, er ging inzwischen einfach davon aus, daß Hofmann wußte, was los war, er sah ihn folglich als einen Geheimnisteiler, ein Mitschwein, einen von seiner Sorte (vielleicht waren ja für Malkowski alle so). Noch später wurde er geradezu kumpelhaft, dabei aber immer tyrannischer. Inzwischen duzte er ihn auch. Damit war Ludwig Hofmann für Heiko Malkowski endgültig leibeigen geworden.

Das mit dem Mitschwein war natürlich nur eine Vermutung. Es basierte alles auf Vermutung. Was Hofmann manchmal beunruhigte, war sein eigenes Desinteresse an der ganzen Sache. Er hätte ja den Laptop anschalten und selbst ein wenig suchen können, um seine Vermutungen zu bestätigen. Dann hätte er selbst entscheiden können, ob er Malkowski das Betreffende in die Hand geben sollte oder nicht. Aber so etwas, das wußte er noch, ging meistens nicht gut.

Heute war er im Büro in der Rudolf-Breitscheid-Straße, also im Sender (Babelsberg), und lieferte den Computer ab, den er unter dem Arm dort hingetragen hatte. Malkowski steckte ihm das übliche Salär zu. Anschließend mußte Hofmann auf dem Gang warten, weil Malkowski einen Termin hatte: Es kam ein Mann, der wie ein russischer Mönch aussah, vermutlich ein Schauspieler. Vielleicht war der russische Mönch auch echt, und Malkowski hatte sich ihn besorgt, um ihn in Oststadt zu verramschen, für einen Kurzauftritt, zwanzig Euro. Ohne Einweihung ins Drehbuch.

Warum sollte man einen Russen in etwas einweihen?

Als der Mönch / Schauspieler erschienen war, hatte Malkowski zu Hofmann gesagt (diesmal wieder unter Vermeidung von »Sie« und »du«): Dann bitte mal draußen warten einen Augenblick. Es klang wie bei einem Arzt.

Aus dem Augenblick wurde eine halbe Stunde, die Tür (eine schwere Schallschutztür) blieb geschlossen, und

Hofmann setzte sich an einen Platz, an dem er nicht rauchen durfte, denn nirgendwo in dem riesigen Sendestudio durfte geraucht werden.

Das mußte man sich einmal vorstellen: ein Land, in dem nirgends geraucht werden durfte. Nicht im Büro, nicht in der Firma, nicht auf dem Amt. Nur die russischen Gartenaushilfen in den Gärten durften noch rauchen. Aber wie lange noch? Einige Jahre später, und Hofmann hätte sich nicht mehr totrauchen können in diesem Land, weil es ihm einfach verboten worden wäre. Hier wird sich nicht totgeraucht! Das würde er, gottseidank, nicht mehr erleben.

Er saß auf einem der filzbezogenen, hypermodernen anthrazitfarbenen Plastikschalenstühle, die auf dem Gang herumstanden wie in einer Designerlounge. Hier hatten sie Geld. Hofmann betrachtete die vorbeikommenden Menschen. Die meisten wirkten glücklich. Sie sahen nicht aus, als würden sie arbeiten. Sie standen aber auch nicht herum. Alle waren in einem bestimmten Alter. Alles war sauber. Sehr sauber. Dieser Staat würde diese Sendeanstalt sicher mit aller Gewalt schützen. Dort, wo Geld war und wo es sauber war im Staat, dort war es für den Staat wichtig. Selbst die Türgriffe, alles neu. Hofmann sah den Sender vor seinem geistigen Auge besetzt von den Pennern Potsdams mit ihren Fuselflaschen, unterstützt von den Jugendlichen, mit denen kein Staat mehr zu machen war. Dann wären die Panzer in diesem Land aber blitzschnell vor dem Gebäude, soviel wußte Hofmann noch.

Aus einer Tür kam eine Frau, die wie alle anderen um die dreißig oder fünfunddreißig war, ging beschwingten

Schrittes mit einem Stück Papier in der Hand an ihm vorbei, lächelte ihn an, als gäbe es heute einen Grund für besonders gute Laune (oder weil das Wetter so schön war), dann klopfte sie an eine andere Tür, verschwand in dieser, kam nach zwei Minuten wieder heraus, wirkte noch besser gelaunt, hatte immer noch das Papier in der Hand, lächelte Hofmann erneut an und verschwand wieder hinter ihrer eigenen Tür. Es war ein freundliches Betriebsklima im Sender. Alle, die an ihm vorbeikamen, lächelten. Hofmann wollte rauchen. Dann ging Malkowskis Tür auf, der Mönch/Schauspieler kam heraus und schien ebenfalls sehr guter Laune, auch er lächelte und war beim Abschied sehr höflich zu Malkowski ... vielleicht war er engagiert.

Eigentlich wollte Malkowski nur noch wissen, wo er den Rechner gefunden hatte. Hofmann betrachtete seinen Auftraggeber. Heiko Malkowski war schlank, hatte eine sportliche Figur, trug angenehme Kleidung, ordentlich frisierte Haare, aber nicht übertrieben ordentlich. Seine Augen blickten hell und klar. Er strahlte einen gewissen Optimismus und eine gewisse Leistungsbereitschaft aus, und er hatte, wenn er wollte, sehr höfliche und freundliche Umgangsformen an sich. Darüber hinaus hatte er eine ausgezeichnete Stellung, seine Frau sah gut aus, war schlank, jung, völlig anders als seine, Hofmanns, Frau, die vollkommen verbraucht war, wie er ... im Grunde sah Heiko Malkowski aus wie ein furchtbar angenehmer Mensch. Oder zumindest mußte er für Leute so aussehen, die mit ihm noch keine Erfahrungen gemacht hatten.

Aber er hatte ihn ja nur im Verdacht. Das gehörte dazu, daß es immer nur ein Verdacht war. Hofmann stand bald wieder draußen auf dem Gang, auf dem niemand rauchte.

Auch unten, im Foyer, war alles sauber, glatt, spiegelblank, sogar der Pförtner war jung, schlank und extrem nett.

Wenn die Panzer vor dem Sender stünden, dann müßten eben auch die Panzer von den Pennern und den Jugendlichen besetzt werden, mit denen kein Staat mehr zu machen war. Dann wäre Ruhe. Was wäre das für ein Staat: wenn alle Positionen von solchen Leuten besetzt wären, mit denen kein Staat mehr zu machen ist ...

Hofmann zündete sich eine Zigarette an, atmete den Rauch tief ein und genoß seine gedankliche Utopie. Zu Hause angekommen, lief er zu seiner Garage, holte aus einem Regal hinter einer Werkzeugkiste die Festplatte hervor, die er in der Nacht ebenfalls aus der Gregoriusstraße mitgenommen, seinem Auftraggeber aber aus übertriebenem Wagemut noch nicht ausgehändigt hatte (hatte er tatsächlich geglaubt, er würde die Festplatte auf eigene Faust durchstöbern?), legte sie auf den Tisch und beschloß, sie Malkowski morgen zu bringen, wofür es immerhin wieder fünfzig Euro geben würde. Eigentlich eine horrende Summe.

So führte Herr Ludwig Hofmann sein Leben in Deutschland und ging wirklich nicht davon aus, daß es noch einmal anders würde. Es würde nur alles mit Anstand zu Ende gebracht werden. In seiner Garage sagte er sich mit Blick auf die Festplatte: Stell dir mal vor, du würdest da finden, was er sucht. Möchtest du das sehen? Die beiden Zwillinge, Malkowski, bei schlechtem Licht, miserabler Ausleuchtung, ein Bild mit Teppich, Couch und Wohnzimmertisch. Oder mit ganz anderen Menschen. Überhaupt mit ganz verschiedenen Lebewesen, Handlungen, Instrumenten, Mitteln und Hilfsmitteln. Der Mann mit doppeltem Boden und einem unverdächtigen Schuppen. Und vielleicht hatte er für all das einen ordentlichen Preis gezahlt. Oder muß ihn noch zahlen. Bar oder anderweitig. Ist alles denkbar. Muß man sich alles lieber nicht vorstellen. Und du bist nicht nach Deutschland gekommen, um die Welt kennenzulernen, sondern du hast sie vorher schon gekannt, sie ist nämlich allerorten gleich, denn die Menschen sind allerorten gleich, das ist ein ewiges Gesetz, und auf diese Weise wird ein Staat gemacht. Nach außen gibt es die Öffentlichkeit, dann gibt es die private Öffentlichkeit, das nennen sie Privatleben, das Leben mit der Frau, der Tochter, dem Sohn, den Freunden, den Bekannten. Und dann gibt es das private Privatleben, das gar nicht öffentliche. Da gibt es dann nur noch Mitwisser. Und ich, Ludwig Hofmann aus Omsk, möchte das private Privatleben von diesem Deutschen nicht wissen. Ich möchte gar nichts wissen. Daran halte ich mich, denn ich bin nur ein Esel. Ein russischer Esel auf Stammtischniveau. Mit dem kein Staat mehr zu machen ist.

Gottseidank nicht.

Sagte sich Herr Hofmann in seiner Garage und schenkte sich ein Gläschen Wodka ein.

Über das, worüber Herr Ludwig Hofmann noch nachdachte, wenn auch, wie er meinte, nur mehr auf Stammtischniveau, hätte seine Tochter Anastasia niemals nachgedacht. Für sie war alles, was sie erlebte, gut, richtig und vollkommen normal, auch wenn ihr die Eltern und besonders der geliebte kranke Vater natürlich leid taten. Wenn man sie gefragt hätte, warum ihr die Eltern und besonders der geliebte Vater leid taten, hätte sie gesagt, er hatte in Omsk doch ein gutes Leben und eine gute Stellung gehabt, und jetzt hat er keine Stellung, jetzt führt er ein einsames und trauriges Leben, einsamer und trauriger als früher. Hätte man sie gefragt, woran das liege, dann hätte sie einen mit großen kastanienfarbenen, mandelförmigen Augen angeschaut und gesagt, er sei ins Unglück hineingeraten, einfach ins Unglück (damit hätte sie die Bundesrepublik gemeint). Sie hätte ihren Vater in allem und jedem verteidigt, und sie hätte sich heute und in hundert Jahren nicht zugegeben, daß nur die töchterliche Liebe und der Respekt vor ihrem Vater sie daran hinderten, das über ihn zu denken, was sie über jeden Russen und über generell jeden Aussiedler dachte. Nämlich daß er zu schlecht Deutsch spreche, zu wenig Anstrengungen unternehme und sich überhaupt viel zu wenig um alles kümmere. Kurzum, *daß er selbst schuld sei.* Anastasia Hofmann sprach, wenn es nicht um ihren Vater ging, gern die Sätze nach, die jeder in diesem Land sagte, nämlich daß man sich bemühen müsse, daß man sich um seine eigene Zukunft kümmern müsse, daß man fleißig sein müsse, daß man also das Leben in die eigene Hand nehmen solle und es an jedem selbst liege, was er daraus mache, daß jeder seines Glückes Schmied sei, daß nur wer wagt, gewinnt, daß niemand einem die Kastanien aus dem Feuer hole, daß man sich am eigenen Schopf herausziehen müsse *etcetera*; und sie sagte diese Sätze mit dem Charme einer völlig unschuldigen Siebzehnjährigen.

Anastasia hätte man für die Schülerin einer Mädchenschule halten können, wenn es eine Mädchenschule in Potsdam gegeben hätte. Sie war schnell und gern glücklich, lebte anspruchslos, achtete auf Kleidung und Auftreten, aber nicht in einem koketten Sinn, und sie ging davon aus, daß ihr eines Tages ein zauberhafter Mann begegnen würde, der Deutscher war, sie heiraten würde und dem sie dann eine liebe, nette, zuvorkommende, fleißige Ehefrau mit schönen Kindern sein würde. Wobei sie diffus und unausgesprochen zwei Varianten im Sinn hatte, nämlich daß der besagte Mann sie entweder ihr ganzes Leben versorgen werde oder daß sie neben alldem vielleicht auch noch eine Universitätsdozentin mit einem ordentlichen Einkommen und einem geregelten Alltag sein werde. Übrigens glaubte sie, daß ihr Vater in Omsk genau so gelebt hatte (weil ein Leben zu Hause und in der Heimat eben so vonstatten ging): sicher, schön, unabenteuerlich. Und ihre Heimat war jetzt Deutschland.

Anastasia war wirklich nicht kokett. Sie blinzelte den Männern nicht mit schräggelegtem Kopf in die Augen. Ob sie die russischen Frauen mit Hang zum Erobern deutscher Männer zwecks finanziellem Versorgtsein verachtete oder nicht, war schwer zu sagen. Sie schaute, wenn sie diesen Frauen begegnete (ihr Vater nannte sie Vampire), staunend hin und dann sehr schnell wieder weg. Es hatte mit ihr augenscheinlich wenig zu tun. Kurzum, für Anastasia Hofmann war die Welt unbedingt gut und in Ordnung.

In der Schule war sie ein Muster an Fleiß. Gestern hatten sie eine Chemiearbeit geschrieben, das war zwar eines ihrer schwächsten Fächer, aber dennoch war sie die Zweitbeste im Unterricht (letztes Jahr hatte sie zehn Punkte erreicht, unbestrittener und unerreichbarer Star in diesem Fach war Nils Ebert). Während der Arbeit hatte sie sich ans Fenster gesetzt, damit man nur auf einer Seite von ihr abschreiben konnte. Ganz konnte sie sich nicht entziehen, wenn jemand von ihr abschreiben wollte. Während Nils in geradezu unglaublicher Weise den Mitschülern ganze Blätter zuschob (er hatte deshalb schon einige Male null Punkte wegen Betrugsversuchs bekommen, was ihm absolut gleichgültig war), setzte sie das Abschreiben immer unter Druck. Sie bekam Herzklopfen und fühlte sich unwohl. Andererseits wäre es auch nicht ratsam erschienen, gar nicht abschreiben zu lassen. Sie ließ es über sich ergehen wie ein Lamm, das man zur Opferbank führt. Gestern bei der Arbeit hatte Maja Pospischil neben ihr gesessen. Maja war ihr eigentlich nicht unangenehm, aber sie war politisch, war links, war gegen den Staat, gegen Leistung, hatte wohlhabende Eltern (gegen die sie auch war), und sie war natürlich auch gegen die Schule. Eine gute Note wollte sie dennoch haben. Maja hatte sie nach dem Abschreiben unglaublich herzlich und geradezu verliebt angelächelt (Maja trug ein

Haartuch in ihrer Lieblingsfarbe und sah, wie Anastasia fand, einerseits schön, andererseits aber zu auffällig aus, zuviel Signalwirkung ... Anastasia wußte, daß sie so nie herumlaufen würde).

Anastasia hatte sich, wenn von ihr abgeschrieben wurde, folgende Verhaltensweise angewöhnt: immer wenn der Nachbar oder die Nachbarin Interesse an ihrem Heft entwickelte, lehnte sie sich zurück, setzte eine nachdenkliche Miene auf, nahm ihren Kugelschreiber zwischen die Lippen und schaute zum Fenster hinaus, wobei sie sich insgesamt Richtung Fenster drehte. In dieser Haltung konnte sie minutenlang verharren, auch wenn es von der Lösungszeit für die Arbeit abging. Sie spürte übrigens, ohne hinzuschauen, wie lange der Nachbar oder die Nachbarin ihr Heft oder ihr Arbeitsblatt studierte. Sie spürte ja auch, wenn jemand vor der Tür stand und lauschte. Ihr Vater und ihre Mutter spürten das auch. Die Deutschen spürten solche Dinge seltsamerweise nicht. Bei einem Deutschen konnte man eine Ewigkeit vor der Tür stehen und lauschen. Er merkte es nicht. Ihm fehlte dafür ein Sinn.

Allerdings unterschied Anastasia meistens nicht in »Russen« und »Deutsche«. Sie war zwar eine Russin, aber sie war jetzt auch eine Deutsche, denn sie lebte schon lange hier und war als Russin nicht mehr erkennbar, da sie völlig akzentfrei sprach. Hätte Anastasia einen Hang dazu gehabt, Dinge in ihrem Kopf deutlich zu benennen, hätte sie sich gesagt, daß es sie stolz mache, vollkommen assimiliert zu sein. Da sie in ihrem Kopf aber nie etwas deutlich benannte und das auch gar nicht anstrebte, befand sie sich in einem Zustand völliger geistiger Jungfräulichkeit, der ihr übrigens sehr gefiel.

Maja war anschließend auf dem Pausenhof zu ihr gekommen und minutenlang freundlich sondergleichen zu ihr gewesen. Sie umarmte sie und bedankte sich mit großer Herzlichkeit, die echt sein mochte oder nicht, Anastasia dachte darüber nicht nach und blieb wie immer höflich. Zu Majas Bedankungsaktion gehörte auch, daß sie unbedingt ein Gespräch mit ihr führen wollte, obgleich sich Anastasia sicher war, daß Maja sie für absolut langweilig hielt. Sie redeten über den Sportkurs, den sie gemeinsam belegt hatten, und Anastasia machte den Fehler, etwas von ihrer ehemaligen Schule in Omsk, also von ›damals‹, zu erzählen ... eigentlich hatte sie sich geschworen, das nie mehr zu tun. Aber Maja fand gerade das interessant und stellte sogar Fragen nach dem Leben in Omsk. Als Majas Hofstaat nach fünf Minuten ungeduldig wurde, herbeikam und Maja loseisen wollte, gab Maja zu erkennen, daß sie sich gern noch länger mit ihr unterhalten würde.

Der engste Kreis um Maja Pospischil bestand aus drei Mädchen: Aische, Lee und Loredana. Von Aische gab es Kunstfotos, die ihr Bruder machte. Sie war bildhübsch und wurde vornehmlich in Kellern und an schlimmen Orten fotografiert. In einem Magazin waren Fotos von ihr aus dem ehemaligen Stasigefängnis erschienen. Auf diesen Bildern sah sie sehr abgründig aus. Lee war japanisch, Tochter eines Sanssouci-Gärtners, sie kannte jede Menge Tiere und Pflanzen, und sie kannte die geheimsten Orte im Park, das war ihre Spezialität. Loredana trug immer bauchfrei, hatte sagenhaft tief geschnittene Jeans (man sah ihre Beckenknochen) und musterte alle Welt sehr abschätzig.

Ja, Maja war ein großer Star, hatte einen riesigen Freundeskreis, ging dauernd auf Partys von Leuten, die Anastasia gar nicht kannte, und wohnte nicht mehr zu Hause. Neuerdings hieß es, sie sei mit Nils Ebert zusammen. Nils war einer der ganz Großen an der Schule. Dieser wiederum hatte Kontakt zu den Zwillingen, die für Anastasia das Widerwärtigste waren, was sie in Deutschland je angetroffen hatte. In ihrer alten Heimat wären solche Leute undenkbar gewesen. Dafür hätte man Gefängnisse gehabt. Oder Irrenanstalten.

Anastasia bewunderte Maja, aber auch das fand nicht in Worten statt. Genausowenig wie das tiefe Mißtrauen, das sie ihr gegenüber hegte.

Auch am nächsten Tag war Maja freundlich. Wieder kam es durch ihre Initiative zu einem Pausenhofgespräch. Aische, Lee und Loredana standen dabei. Nun wurde es doch etwas verbaler in Anastasias Kopf. *Sie benutzt mich, um ihrem Hofstaat eine Machtdemonstration zu geben. Sie will ihrem Hofstaat zeigen, daß er im Handumdrehen entlassen und an seine Stelle so etwas wie ich, eine unwichtige, vollkommen graue Migrationsmaus, gesetzt werden könnte. Meine niedrige Stellung ist hierbei der einzige Grund, warum sie gerade auf mich kommt.*

Für einen kurzen Moment wollte Anastasia reserviert auf Maja Pospischil reagieren, sagte sich aber dann, daß das kontraproduktiv wäre, und wurde im Gegenteil noch höflicher und freundlicher, als sie ohnehin schon immerfort war (sie war höflich und freundlich zu jedermann).

Maja fragte, wie sie, Anastasia, denn so den Tag verbringe, sie meine, ob sie viel zu Hause sei oder ob sie eher Freunde treffe und so. (Letzteres setzte natürlich voraus, daß sie welche hatte, ein eindeutiger Stich.) Anastasia sagte in vollkommener Offenherzigkeit, daß sie sehr gern bei ihrer Familie sei. Sie gehe nach der Schule nach Hause, ihre Mutter warte mit dem Essen, und anschließend mache sie eigentlich den ganzen Nachmittag Hausaufgaben und lerne. Sei das nicht langweilig, fragte Maja. Sie sei es so gewohnt, antwortete Anastasia und schaute Maja an, als bitte sie um Verzeihung, daß sie so ein langweiliges, ödes, graues Wesen sei, das nicht in Frage komme. Übrigens falle ihr vieles nicht so leicht. Maja: Aber du bist doch sowieso gut in der Schule. Sie: Na ja, aber vielleicht auch eben nur deshalb, weil sie halt echt arbeiten müsse. Sie versuche nur, es so gut wie möglich zu machen. Am Anfang sei sie gar nicht mitgekommen. Sie habe sich alles erst erarbeiten müssen.

Es war völlig klar, daß Maja entgeistern mußte, was sie sagte. Insgeheim hoffte Anastasia, daß sich Maja jetzt von ihr abwenden würde. Statt dessen sagte Maja etwas für sie Unglaubliches. Sie sagte, daß sie doch, wenn sie wolle, mal etwas zusammen machen könnten, nachmittags oder abends. Du meinst, fragte Anastasia, ob wir zusammen lernen wollen? Oder Hausaufgaben machen? Nein, sagte Maja, oder vielleicht auch ja, aber ich meine, vielleicht hast du Lust, überhaupt mal mit uns mitzukommen. Mit euch mitzukommen, fragte Anastasia. Was bedeutet das, mit euch mitzukommen? Wohin? Maja: Na, zum Beispiel auf den Pfingstberg. Wir gehen heute nachmittag auf den

Pfingstberg, mit ein paar Freunden, das wird bestimmt schön. Und dann gehen wir ins Hafthorn. Kennst du das Hafthorn? Sie: Nein, was ist das? Maja: Du kennst das Hafthorn nicht? Hör zu, ich finde, du solltest unbedingt mitkommen. Hast du denn ein paar Freunde oder Freundinnen? Sie: Ich kann die Frage so nicht beantworten. Ich bin sehr viel zu Hause. Wir sind oft zusammen, die ganze Familie und noch einige Bekannte. Du würdest es unglaublich langweilig finden. Maja schaute sie liebevoll an. Nein, sagte sie, ich würde gern mal mitkommen. Dann ertönte die Pausenglocke, und sie gingen getrennt in ihre jeweiligen Kurse.

Anastasias nächste Stunde war Mathematik. Sie saß mit glühendem Gesicht im Unterricht und fühlte sich, als habe ihr jemand auf den Kopf geschlagen. Anastasia Hofmann hatte große Probleme, dem Unterricht zu folgen. Einerseits sah sie sich mit einer Gruppe von Schulkameraden durch den Sommertag (heute) laufen, durch den Park und auf den Pfingstberg, über blühende Wiesen, alle redeten miteinander, lächelten, waren fröhlich ... andererseits fragte sie sich, wozu man mit Leuten, die man gar nicht kennt, durch den Park und auf den Pfingstberg laufen soll? Und warum sollte sie lächeln? Am Ende waren noch diese ... Meurers dabei (sie empfand einen solchen Ekel vor den beiden, daß es ihr fast hochkam). Nein, sie fand die Jungs und Mädchen, die da mitkommen würden, schon im voraus unerträglich, und überdies stand es ihr, der siebzehnjährigen Tochter eines Diplomingenieurs der Technischen Hochschule in Omsk, besser an, das Essen gemeinsam mit der Familie einzunehmen und sich nicht draußen herumzutreiben. Sie hatte sich schon vor unausdenklichen Zeiten vorgenommen, nie so zu werden. Sie war keine Streunerin. Wahrscheinlich rauchten sie alle.

Bei ihrer Mutter stand jeden Tag Borschtsch auf dem Herd, dünn und mit roter Bete. Anastasia aß den Borschtsch immer mit demselben Holzlöffel, mit dem sie schon als Fünfjährige gegessen hatte. Er war mit Bauernmalerei verziert. Wollte sie dabei von jemandem wie Maja Pospischil gesehen werden? In der Küche ihrer Mutter, die im Vergleich zur Küche in Omsk zwar besser, im Vergleich zu jeder deutschen Küche aber geradezu asozial aussah? Einer am Tisch mußte sich infolge einer Wandschräge sogar stets etwas bücken.

Nein, Maja und alle anderen durften niemals sehen, wie es bei ihr zu Hause war. Und ihren Vater und ihre Mutter sollten sie auch nicht sehen. Niemals.

So saß sie im Unterricht. Mal sah sie sich zu Hause bei ihren Eltern, mal auf dem Pfingstberg. Mal sah sie sich Borschtsch essen, mal rauchen. Vor allem sah sie Maja Pospischil, wie sie über die Wiese am Pfingstberg lief, mit in der Sonne leuchtenden Haaren. Maja hatte wirklich schöne Haare, und sie hatte sehr schöne blaugrüne Augen. Auch ihre Augenbrauen waren schön. Überdies hatte sie Sommersprossen. Anastasia begriff nicht, wieso an der Schule gerade diese ekelhafte, schmierige Heike Meurer, die fast nackt herumlief und offenbar keinerlei Kleidungsstücke besaß, als die Schönste von allen galt. Selbst die Lehrer blickten ständig hinter ihr her. Sie erinnerte sie an eine Ratte. Übrigens küßte sie ihren eigenen Bruder auf den Mund.

In der fünften und sechsten Stunde hatten Anastasia und Maja wieder zusammen Unterricht. Maja saß wie üblich hinten und Anastasia in der ersten Reihe. Anastasia setzte sich immer in die erste Reihe, sie hegte Verachtung für die Hintensitzer, die ihr arrogant erschienen, als nähmen sie sich auf demonstrative Weise das Recht heraus, die Schule zu verachten. Heute aber wünschte sie sich, ebenfalls hinten zu sitzen. Glücklicherweise hielt Nils Ebert ein Referat. Nils Ebert saß genau in der Mitte zwischen ihr und Maja, so daß Anastasia sie die ganze Zeit anschauen konnte.

Den Sinn von Referaten hatte Anastasia vollkommen begriffen. Referate dienten dazu, daß der Lehrer nichts tun mußte. Seit zwei Wochen hielt im Deutschkurs reihum jeder ein Referat. Das Thema von Nils lag ihr vollkommen fern: Es ging um ein Buch namens *Stopfkuchen*. Nils erklärte, in dem Buch werde das, was erzählt wird, gar nicht erzählt, und gerade dadurch werde es erzählt. Darunter konnte sich der Kurs nicht gerade viel vorstellen. Ultramodern, rief jemand. Einige im Raum kicherten. Anastasia konnte sowieso keinen klaren Gedanken fassen. Alles, was Maja machte, kam ihr sehr schön und bewundernswert vor, etwa wenn sie an ihrem Kuli kaute oder sich mit einer anmutigen Bewegung zu ihrer Nachbarin wandte, um mit ihr zu tuscheln. Maja und ihre Nachbarin saßen da wie zwei beneidenswerte Heldinnen aus einem Roman. Anastasia wäre jetzt sehr gern diese Nachbarin gewesen. In ihrem Bauch wurde es warm. Als sie in der allgemeinen Diskussion, die auf Nils' Referat folgte, einmal vom Lehrer drangenommen wurde, blickte sie unwillkürlich nach hinten zu Maja Pospischil, die ihr im selben Augenblick zulächelte. Anastasia war diesmal (so kannte sie der Lehrer nicht) um eine Antwort verlegen.

Auf dem Kapellenberg

Anastasias Kirchgänge sahen folgendermaßen aus. Es begann mit einer gewissen Kleiderordnung. Einerseits zog sie sich möglichst schön an, andererseits aber benutzte sie dafür Kleidungsstücke, die noch aus Rußland stammten. In diesen Kleidern sah sie aus, wie früher alle ausgesehen hatten. Sie trug zum Beispiel eine bestimmte Art von hohen Schnürstiefeln, die man hierzulande, unter den Augen von Maja, Lee und den anderen, unmöglich anziehen konnte. Aber irgendwie gehörten diese Schnürstiefel dazu. Ob sich freilich in Omsk die Frauen nach wie vor so anzogen oder nicht (auch das Kopftuch gehörte unbedingt dazu), konnte Anastasia nicht sagen, denn ihr Leben in Rußland hatte ja vor unausdenklichen Zeiten stattgefunden, auch wenn es erst ein paar Jahre her war.

Im Spiegel sah sie, daß sie für jemanden wie Maja absolut grotesk wirken mußte. Dennoch war es schön und notwendig so.

Der Gang zum Kapellenberg war schwierig, da jederzeit die Gefahr bestand, irgendein Mitschüler oder eine Mitschülerin könnte sie so sehen und vor Lachen tot umfallen. Andererseits war sie einigermaßen davon überzeugt, daß sie sowieso niemand erkennen würde, weil man sie in dieser Gestalt niemals vermuten würde und das Kopftuch überdies Schutz bot. Erst auf dem Berg fühlte sie sich sicher.

In der Kirche waren viele von Anastasia beeindruckt. Das war nicht von ihr beabsichtigt, es lag an ihrem Aussehen und ihrer Art zu beten. Eigentlich nahm sie gar nicht so sehr am Gottesdienst teil, sondern stellte sich jedesmal vor eine von ihr sehr verehrte Madonnenikone, die an der rechten Seite der Kirche postiert war. Sie betete nach dem vorgeschriebenen Wortlaut und den vorgegebenen Wiederholungsmustern, und immer wenn sie an das Bekreuzigen kam, durchlief eine Welle ihren Körper. Sie betete inbrünstig zur Jungfrau, flehte um Vergebung für die geringsten Dinge und schwor Besserung und überhaupt stets den Beginn eines geläuterten Lebens (vor der Jungfrau begann für die Siebzehnjährige noch immer mit jedem Gottesdienst das Leben wieder von neuem). Nach der Meßfeier war sie erschöpft. Der junge Mönch, der seit einigen Tagen auf dem Kapellenberg war, blickte sie bei alldem nie an. Das fiel ihr auf.

Niemals hatte sich Anastasia Hofmann Rechenschaft darüber abgelegt, was ihr die Jungfrau Maria eigentlich bedeutete. Anastasia verehrte und achtete Vater und Mutter, und Maria war eine Metamutter, eine, die unbedingt alles für einen tat und der man unbedingt in allem gehorchen mußte, eben weil sie einen unendlich liebte. Die Ikone, die Anastasia zu Hause im Bücherregal stehen hatte, bedeckte sie nachts oft mit Küssen.

Heute war der Gottesdienst kurz ausgefallen, Klein hatte am Vormittag noch etwas in der Stadt zu erledigen gehabt. Nach dem Gottesdienst war es vor der Kapelle wie schon in den Tagen zuvor zu Gesprächen zwischen den Gemeindemitgliedern und dem jungen Assistenten gekommen, dem Mönch. Anastasia hatte eine Weile dabeigestanden und Bruder Alexej betrachtet. Sie fand den Mönch hübsch und stellte sich vor, wie es wäre, allein mit ihm zu sprechen. Und was sie dann reden würden. Sie würde ihm alles über ihren Glauben erzählen, denn mit der Familie konnte sie darüber nicht reden.

Später in der Stadt flogen ihre Gedanken wieder in ganz andere Richtungen, aber dennoch erinnerte sie sich im Verlauf des Tages immer wieder an den Mönch dort oben.

Alexej war nun fast eine Woche auf dem Kapellenberg. Je mehr er in der Verwaltung der Pfarrei abarbeitete, desto größere Mengen an liegengebliebenem Schriftverkehr und unerledigter Buchhaltung kamen zum Vorschein. Innerhalb der orthodoxen Gemeinde redeten alle von dem Mönch, dazu hatten nicht zuletzt sein angenehmes Äußeres und seine zurückhaltenden, höflichen und aufmerksamen Umgangsformen beigetragen. Da Alexej noch nie ein Amt in der Gemeinde ausgeübt hatte, wußte er nichts von seiner Wirkung auf die Menschen. Auch Klein schien davon überrascht und dankte Gott im stillen für diese angenehme und gewinnbringende Entlastung. Klein sprach gern mit Alexej und war über die Einfachheit und Klarheit seiner Ansichten und Glaubensgrundsätze immer wieder erstaunt.

In diesen Tagen verließ Alexej den Kapellenberg kaum. Er hatte sich ganz ins Büro des Erzpriesters vergraben, sortierte, legte ab, machte Buchhaltung, daneben ging er immer wieder in die Kapelle. Er versuchte seinen Tagesablauf soweit wie möglich dem Tagesablauf im Kloster des heiligen Hiob von Potschajew anzugleichen. Er stand morgens um drei Uhr auf, verbrachte eine Zeit mit Beten und Lektüre, kochte sich so leise wie möglich Tee und fand sich um vier allein in der Kapelle ein. Die späteren Vormittagsstunden gehörten der Büroarbeit, unterbrochen vom Gottesdienst, bei dem er mit großer Freude assistierte. Nachmittags besprach er sich mit Klein, der Abend gehörte der Lektüre oder, wenn es unabänderlich war, erneut der Gesellschaft. Ein- oder zweimal traf er Christoph Mai, wobei er sich immer nach den Zwillingen erkundigte.

Wie stark die Gemeinde auf ihn reagierte, begriff Alexej zunächst nicht, weil er dachte, es sei schon vorher üblich gewesen, daß die Gemeindemitglieder nach dem Gottesdienst mit Klein bzw. dem Assistenten redeten. Erst nach einigen Tagen wies Klein ihn darauf hin, daß er selbst Auslöser dieser Versammlungen war.

Auch Ludwig Hofmann pilgerte zum Kapellenberg hinauf, um den Mönch zu sehen. Ihm war aufgefallen, wie die Augen seiner Tochter leuchteten, wenn sie von dem Geistlichen redete. Er wußte, daß alle Russen in Potsdam von dem jungen Mann sprachen.

Als Hofmann den Hügel erklommen hatte, blieb er am Rand der Versammlung stehen und musterte den Mönch. Es handelte sich zweifellos um den Mönch, den er bei Malkowski im Sender gesehen hatte. Alexej stand mit einigen Russen, Georgiern und Ukrainern vor der Kirche, hatte die Hände gefaltet und hörte den Leuten zu. Viele klagten ihr Leid oder wollten, daß er ihren Kindern oder ihren greisen Eltern die Hand auf die Stirn lege, um sie zu segnen. Darauf reagierte der Mönch ausweichend. Er nickte allen freundlich zu, ermunterte aber niemanden von sich aus, das Wort an ihn zu richten. Ludwig Hofmann spürte, daß die ganze Versammlung für den Mönch eine Last war. Allerdings wehrte sich der Mönch nicht dagegen.

Hofmann wurde von Frau Krawschenko aus der Lutherstraße und Herrn Grigoriew aus der Mengerstraße angesprochen. Ah, rief Frau Krawschenko, Herr Hofmann, wie erfreulich, Sie hier zu sehen, kommen Sie endlich auch einmal hier herauf zu unserem Väterchen, der so ein gutes Väterchen ist und ein so großes Herz für uns alle hat? (Sie meinte den Erzpriester Klein.) Also folgen Sie doch einmal Ihrer Tochter Anastasia! Herr Grigoriew machte gewisse Bemerkungen über Anastasia. Hofmann solle auf der Hut sein, die Kirche sei ein Ort Gottes und der Gemeinde und nicht allein herumlaufender siebzehnjähriger Mädchen, übrigens bete sie seit der Ankunft des Mönchs mit einer Inbrunst, die nicht nur ihm auffalle.

Ludwig Hofmann betrachtete Herrn Grigoriew von oben bis unten. Grigoriew war nicht größer als ein Meter fünfundsechzig, mindestens zehn Zentimeter kleiner als Anastasia. Er trug einen winzigen Hut aus festem, schwarzem Filz, dicke Koteletten, eine Hornbrille und ein Sakko, in dem er seine Pfeife verstaute. Was haben Sie eben gesagt, fragte Hofmann.

Nein, nein, begreifen Sie mich recht, sagte Grigoriew, ich teile durchaus die Ansicht unserer lieben Krawschenkowa, ich finde, unsere Gemeinde muß zusammenhalten, und es freut mich besonders, Sie hier zu sehen, vielleicht sind ja auch Sie wegen unseres jungen Priesterzöglings gekommen. Sehen Sie, Herr Hofmann, es ist niemals zu spät, überdies ... mit Verlaub ... sehen Sie, ich urteile keinesfalls, nein, denn würde ich urteilen ... (er griff Hofmann am Arm) ... wissen Sie, dann müßte ich vor allem *mich* beurteilen. Ich habe früher, in Rußland, nicht in der Gemeinde gelebt. Nein, nein. Aber plötzlich ... hier, in Deutschland ... wurde der Glaube ganz stark. Sehen Sie, jetzt hat es Sie auch erwischt.

Und was ist mit meiner Tochter, fragte Herr Hofmann. Was meinten Sie da?

Ich wollte nur sagen, antwortete Grigoriew, daß es doch für alle besser wäre, wenn die ganze Familie hier erschiene. Das ist doch nicht gut, die Tochter ... so allein ... hier oben, da wird doch geredet, das wissen Sie doch. (Leiser:) Glauben Sie, daß ich die Anwesenheit dieses jungen Mannes hier oben vorbehaltlos gutheiße? Ein orthodoxer Geistlicher ist verheiratet oder im Kloster, aber hier kommt dieser junge Mann doch in auffällige Berührung mit ... mit ... nun, Sie wissen schon. Es betrifft ja nicht allein Ihre Familie. Die Menschikows haben ihrer Ludmila bereits den Kapellenberg verboten, bis der Sekretär wieder da ist.

Hm, machte Herr Hofmann und verfolgte, wie Frau Krawschenko nun mit der dringlichen Frage an Alexej herantrat, ob Gott Krankheiten auch von Sündern heile oder ob er wirklich nur Krankheiten der Menschen heile, die niemals sündig geworden sind ... Natürlich hätte

Frau Krawschenko im normalen Leben diese unsinnige Frage niemals gestellt, vor allem nicht mit einer solchen Inbrunst, aber angesichts des jungen Mönchs war sie, wie viele andere auf dem Kapellenberg, geradezu verzückt … Der Mönch wirkte etwas nervös und kam gar nicht dazu, die Frage zu beantworten, denn Herr Grigoriew wollte nun seinerseits unbedingt wissen, ob die Seelen der Menschen im Himmel seiner, Bruder Alexejs, Meinung nach »transparent« seien oder nicht und ob sie sich dadurch von denen, die nicht in den Himmel kommen, unterscheiden. Alexej sah ihn erstaunt an und fragte, was er denn mit dieser Frage meine. Grigoriew erklärte seine Frage, ohne daß sie dadurch verständlicher wurde, kurzum, sagte er, er wolle wissen, wie die Wesen im Himmel seien, ob sie alle eins seien oder noch einzeln, und wie er, der Mönch, das sehe. Alexej antwortete, er verstehe nicht, warum er ihm diese Frage stelle. Die Autoritäten sprechen von Transparenz, rief Grigoriew, aber wenn wir alle transparent sind, sind wir nicht mehr, dann sind wir alle bloß ein Licht! Alexej sagte, er wisse nicht, was die Autoritäten sagen … es scheine ihm auch sehr speziell … alles das drücke er so eigenartig aus.

Das habe er nicht verstanden, wie drücke er es aus? Wie? rief Grigoriew.

Inzwischen hatten sich einige weitere Leute zwischen Grigoriew und den Mönch gedrängt.

Immer mehr Fragen prasselten auf den Mönch ein. Er tat Hofmann leid. Da loderte nun durch ihn ein wahres Glaubensfeuer auf dem Kapellenberg, und sogleich geriet es außer Kontrolle.

Die eigenartige Versammlung dauerte eine geschlagene Stunde, dann zogen die Gemüter beruhigt und erhoben, manche geradezu verklärt, wieder in die Niederungen der Stadt, Alexej blieb erschöpft zurück, und Ludwig Hofmann, auf den der Mönch ebenso vertrauenswürdig wie sympathisch gewirkt hatte, lief in die Gutenbergstraße, um dort in einer kleinen Wirtschaft, die er seit einigen Tagen hin und wieder aufsuchte, Bier zu trinken.

Grigorijs Kapelle

Anastasia Hofmann entwickelte ein ihr bislang unbekanntes Interesse an Beckenknochen und Bauchnabeln. Seitdem sie Loredanas Jeans trug, konnte sie sich von ihrem Spiegelbild kaum mehr trennen. Alle sagten, daß ihr diese Hose sagenhaft gut stehe.

Anastasia hatte sich schneller als erwartet in der Gruppe akklimatisiert. Mit Lee verstand sie sich sehr gut. Aische war schon ziemlich erwachsen, sie verkehrte fast ausschließlich mit Leuten, die über zwanzig waren. Loredana war die Schwierigste, sie verzog über vieles den Mund. Und doch war sie die erste, die Anastasia ein Kleidungsstück angeboten hatte. Als Anastasia Loredanas Jeans anprobiert hatte, war die einstimmige Meinung der Gruppe gewesen, Anastasia müsse sich in Zukunft unbedingt auf diese Weise kleiden. Tatsächlich erzielte sie sofort Wirkung auf Jungs. Jungs waren in ihrer Welt bislang nicht vorgekommen. Einmal trank Anastasia im Kotz wie die anderen Mädchen eine Flasche Bier (man hielt die Bierflasche locker in der Hand und ließ den Arm lässig baumeln, das gehörte dazu), als sie von einem Jungen in ein Gespräch verstrickt wurde. Der Junge war ganz begeistert und wich nicht von ihrer Seite. Anastasia verwirrte das. Er kannte ihren Namen und hatte sich augenscheinlich schon seit einigen Tagen in sie verguckt. Als er ihr ein zweites Bier holen wollte, ging sie. Sie fühlte sich nicht wohl und wußte nicht, was sie denken sollte. Es war seltsam gewesen, mit diesem Jungen zu reden. Sie wußte nicht, ob sie das wollte. Er hatte sie so seltsam angeschaut.

Die Mädchen hatten spezielle Orte. Anastasia lernte in kurzer Zeit eine neue Welt kennen. Da war zum einen das Kotz, in das hineinzugehen sie noch vor wenigen Tagen nie gewagt hätte. Das wäre vorher schon kleidungstechnisch nicht gegangen. Dort trat man in die Welt der Bauchnabel und Beckenknochen ein. Bisweilen gingen sie auch ins Hafthorn, aber das Lokal war Anastasia nicht so sympathisch, weil man dort die Zwillinge traf. Es ging das Gerücht, Heike Meurer sei vor ein paar Tagen geschminkt und in einem roten Kleid auf der Berliner Straße dabei gesehen worden, wie sie mit einem Mann in ein Taxi gestiegen sei. Kurz danach habe sie apathisch, unansprechbar und wieder in Schwarz im Café Fajngold herumgesessen, noch mit Lippenstift im Gesicht. Solche Geschichten wurden öfter erzählt. Aber anstößige Geschichten gehörten zum allgemeinen Schulgespräch dazu. Anastasia wußte nicht, ob man ihnen Glauben schenken sollte.

Sehr oft gingen sie nach Sanssouci. Der Park war aus verschiedenen Gründen ihr Hauptort geworden. In den Abendstunden färbte die Sonne die Fassaden der Schlösser und Tempelchen rot, die Zeit verging, ohne daß sie es merkten, sie fühlten sich frei und schwerelos, setzten sich auf Treppen, wippten mit den Füßen oder liefen auf Mäuerchen entlang, wobei sie ihre Arme nach links und rechts ausstreckten, um das Gleichgewicht zu halten. Sie durchquerten die Wiesen, sahen Blaumeisen, Kleiber, Finken, Fingerhut, Jasmin und Gundermann (Lee war die geborene Naturführerin), dann tranken sie aus einem Brunnen, streckten ihre Füße ins Wasser oder saßen einfach auf dem Rasen, Rücken an Rücken.

Manchmal trafen sie sich mit einer größeren Gruppe von Kotz- oder Hafthornleuten an der Großen Fontäne, dann waren bisweilen auch die Meurer-Zwillinge dabei (Anastasia konnte einmal ganz deutlich sehen, daß Heike Meurer keine Unterwäsche trug). Zum engen Kreis gehörte neben den Mädchen aber eigentlich nur noch Nils Ebert. Anastasia mochte Nils. Ihr gefiel, daß er so klug und in jeder Hinsicht überlegen war, ohne auch nur eine Spur arrogant zu wirken. Man sagte, daß Maja vorletzte Woche mit Nils eine Nacht in einem leerstehenden Haus in der Gregoriusstraße verbracht habe. Das sei der Beginn der Liebe zwischen Nils und Maja gewesen. Nils habe damals mitten in der Nacht bei Maja in der WG geklingelt ... eine Geschichte von großer Liebe und Zärtlichkeit ...

Romantische Vermutungen und Erzählungen umrankten die beiden von Anfang an. An der Schule waren sie *das* Paar. Eigentlich waren beide völlig unterschiedlich und paßten nicht zueinander, Nils war im Vergleich zu Maja ruhig und sachlich, Maja war viel lebhafter. Aber irgendwie fiel der Unterschied zwischen ihnen gar nicht ins Gewicht, man hatte sie vom ersten Moment als Paar wie etwas hingenommen, das einfach so war, wie es war.

Lee und die anderen Mädchen kannten ein weitverzweigtes, geheimnisvolles Gangsystem unterhalb der Parkanlage. Als Anastasia zum ersten Mal einen Eingang zu dieser unterirdischen Anlage gezeigt bekam, glaubte sie, nur die vergessene Tür eines von allerlei Gestrüpp überwucherten Schuppens vor sich zu haben. Bei der Anlage handelte es sich um alte Bewirtschaftungstrakte und Transportgänge, die im Dritten Reich teilweise ausgebaut und mit Luftschutzkellertüren ausgestattet worden waren. Heute wußte kaum mehr jemand von diesen Gängen und Hallen. Anastasia fand es in den Gängen unheimlich.

Die Mädchen hielten sich die meiste Zeit im sogenannten Atelier auf. Das Atelier hatten sie schon vor einigen Wochen entdeckt. Hinter dem Botanischen Institut befand sich mitten im Gestrüpp ein lichter Saal mit zwei Nebenkammern, den Anastasia von außen kannte, ohne ihm früher weiter Aufmerksamkeit geschenkt zu haben. Es handelte sich um ein von meterhohen Fenstern durchbrochenes Gemäuer, das teilweise eingestürzt und von Efeu überwuchert war, so daß es jedem (auch der Gartenverwaltung) völlig unzugänglich erschien. Das Gebäude gehörte zu den aufgegebenen Teilen des Parks. Von außen war es nicht zu erreichen, die Mädchen betraten es durch das Labyrinth. Der Name Atelier hatte sich unter ihnen eingebürgert, weil dort anfänglich Aisches Bruder Fotos von seiner Schwester gemacht hatte. In dem großen, geheimnisumwitterten Saal saßen die Mädchen auf Decken und Kissen oder auf der Platte eines alten, stehengebliebenen Tischs herum, vertrieben sich die Zeit, sprachen über dies und das und betrachteten stundenlang das Spiel des Lichts im Efeu und auf den Wänden des Saals. Sie genossen es, draußen ganz in der Nähe die Touristenströme zu wissen, selbst aber nicht entdeckt werden zu können. Maja hielt das Atelier für außerordentlich inspirierend. Manchmal erkundeten sie die Gänge, manchmal entschwand Maja mit Nils für längere Zeit in ihnen, manchmal machten Aische und ihr Bruder Expeditionen auf der Suche nach Dritte-Reich-Luftschutzräumen mit entsprechenden Accessoires. Dann hatten sie Lichtreflektoren und andere Ausrüstung im Gepäck.

Es waren die Tage vor den großen Sommerferien. Sie vergingen langsam, Potsdam, Sanssouci, das Atelier, bisweilen auch die Stunden im Kotz, im Hafthorn, im Fajngold, es war wie ein großes Idyll. Alles war neu, voller Abenteuer und Liebe, etwa wenn sie nachts um elf am Schloß Charlottenhof verabredet waren und Maja und Nils, Arm in Arm, langsam angeschlendert kamen, im Licht der Laternen, beim Gesang der Nachtigallen ... oder wenn sie sich tagsüber Echos zusprachen auf den Echobänken an der Großen Fontäne (manchmal waren Jungs dabei, mit denen Anastasia Echos tauschte) ... oder wenn sie im Atelier über Gott und die Welt sprachen, wobei letztere wie eine Verheißung vor ihnen lag. Nur weniges störte für Anastasia das Idyll. Etwa die Anwesenheit Heike Meurers. Nie sah man sie mit anderen Jungs, immer nur mit ihrem Bruder. Ihr Bruder hatte unzählige Narben am Arm. Darüber sprach aber niemand. Alle taten so, als existierten sie nicht. Oder waren sie noch nie jemandem aufgefallen? Wenn sich Heike und Arnold einen Kuß gaben, sah es genauso aus, wie wenn Nils und Maja sich küßten. Von alldem mußte sich Anastasia jedesmal reinigen, bevor sie auf den Kapellenberg ging.

Was weiter störte: Grigorij. Er war oft im Park und beobachtete die Mädchengruppe, streunte um die Büsche und Hecken hinter den Echobänken, blieb manchmal stehen und lief hin und wieder sogar mitten durch die Gruppe hindurch. Er roch sehr unangenehm. Grigorij trieb sich meistens in der Nähe der Neuen Kammern herum. Einmal waren sie im Atelier, da stand er plötzlich vor einer Fensterscheibe und glotzte herein. Er blieb dort fast eine Stunde stehen, aber die Mädchen, die anfänglich schockiert waren, gewöhnten sich nach einer Weile an die Erscheinung vor dem Fenster und begannen sie sogar zu necken. Grigorij tauchte später nie mehr in der Nähe des Ateliers auf. Wie er durchs Dickicht gekommen war, war ihnen unbegreiflich.

Am Tag vor den Ferien kam es zu einem Ereignis, das Anastasia beunruhigte, nur konnte sie leider mit niemandem darüber sprechen. Sie hatte sich am Nachmittag Nils und Maja angeschlossen, die unter Zuhilfenahme von Taschenlampen tiefer in das Labyrinth vorstoßen wollten. Am Anfang der Erkundung war alles noch lustig, aber mit der Zeit wurde Anastasia in den Gängen immer mulmiger zumute, zumal sie sich noch nie so weit ins Innere des Gangsystems vorgewagt hatte: sie war bislang immer in der Nähe des Ateliers geblieben. Aber jetzt liefen sie schon fast einen Kilometer, allein hätte sie niemals wieder hinausgefunden, nach überall gingen Kammern, Türen, Räume und Gänge. Manche Gänge waren verschlossen, manche nicht. Hin und wieder gab es schwere, numerierte Metalltüren, die nur von einer Seite geöffnet werden konnten. Wer dahinter eingesperrt wurde, mußte unweigerlich sein Ende finden. Manchmal war elektrisches Licht vorhanden, meist mußten sie Taschenlampen benutzen. Nach einer halben Stunde in den unterirdischen Schächten wollte Maja plötzlich mit Nils unbedingt für einige Minuten allein sein, und in diesen Minuten, während Maja und Nils nach irgendwohin verschwanden, ereigneten sich so seltsame Dinge, daß Anastasia das Labyrinth anschließend nie mehr betrat.

Sie befand sich in einem breiten, etwa zwei Meter hohen Gang, in dem allerlei Gartengeräte herumstanden, es gab dort auch wieder eine dieser schweren Eisentüren. Die Eisentür stand offen, man hatte mit roter und weißer Farbe ein X auf sie gemalt, wie ein Andreaskreuz. Der Gang war durch mehrere Leuchten erhellt, an den Wänden blätterte der Anstrich ab ... Anastasia hörte ein Geräusch und dachte, Maja und Nils kämen zurück, aber dann sah sie einen unbekannten Mann am vorderen Ende des Gangs vorbeilaufen. Sie zog sich hinter einen Verschlag zurück, ohne einen Laut von sich zu geben. Nach einer Minute kam der Mann zurück, plötzlich war auch Arnold Meurer zu sehen, beide verschwanden in einem Nebengang.

Es dauerte eine Weile, dann löste sich Anastasia aus ihrer Haltung. Kaum aber wollte sie hinter dem Verschlag hervorkommen, da erschien der rote Grigorij im Rahmen der Eisentür mit dem Andreaskreuz und lief genau an ihr vorbei. Anastasia preßte sich an die Wand. Grigorij war keinen Meter von ihr entfernt, sie konnte ihn atmen hören, sie sah jedes seiner Barthaare … aber er nahm sie augenscheinlich nicht wahr, sondern starrte nur stracks geradeaus. Er machte genau denselben abwesenden Eindruck wie sonst auch. Grigorij lief den Gang entlang und bog um die Ecke. Anastasia war wie zu Eis erstarrt.

Aber der verstörendste Moment folgte noch, und er war auch der Grund, warum Anastasia zu den Mädchen und Nils kein Wort über all das sagen konnte. Anastasia trat nämlich durch die Eisentür, aus der Grigorij herausgekommen war, und lief in den folgenden Gang. Was sie antrieb, wußte sie selbst nicht. Die rot-weiß markierte Tür war durch eine Eisenkette mit Vorhängeschloß an der Wand festgemacht, so daß sie nicht zufallen konnte. Nach ein paar Abzweigungen entdeckte Anastasia einen Raum, der wie eine kleine Kapelle aussah. Die Einrichtung der Kapelle war notdürftig zusammengestückelt. Zum Beispiel gab es keine Bank … es gab nur ein Gestell, auf das man sich knien konnte, mit einem Armbänkchen, um dort die Ellbogen beim Beten aufzustützen. Es gab Kerzen, eine Altarnische, an der Wand hing ein Kruzifix. In der Altarnische standen zwei Bilder, vor den Bildern waren zwei Lämpchen aufgestellt … sie brannten sogar. Der Raum roch nach Grigorij. Ein Gesangbuch lag da, die erste Seite aufgeschlagen, dort stand in kyrillischen Lettern *Gesangbuch von Grigorij* geschrieben. Als Anastasia die Bilder in der Altarnische betrachtete, begann es sich in ihrem Kopf zu drehen. Das eine Bild zeigte eine farbige Kopie der berühmten Madonna von Smolensk, das andere Bild war eine Fotografie und zeigte Heike Meurer fast nackt. Heike lächelte in die Kamera.

Es war das Foto, das Alexej vor über einer Woche in der Küche in Grigorijs Haus gesehen hatte. Sie hatten es aus Grigorijs Zimmer gestohlen, aber der Bulgare hatte es sich zurückgeholt. Grigorij hatte das Bild, das er seit drei Wochen anbetete und mit Küssen überhäufte (er wußte nicht anders mit ihm umzugehen), erst eine halbe Stunde zuvor in seine kleine Kapelle gebracht, nachdem er am Vortag den in die Wand gehauenen Altar für Heike und die Smolensker Madonna fertiggestellt hatte.

Anastasia lief zur Eisentür zurück. Inzwischen waren auch Maja und Nils wieder da, beide derangiert und glücklich. Anastasia lief mit den beiden zum Atelier, verabschiedete sich dort, eilte nach Hause, zog sich um und gelangte noch rechtzeitig auf den Kapellenberg, bevor die Kirche schloß. Erst vor der Muttermaria kam sie wieder einigermaßen zu sich.

II

Ein Tag im Leben Merle Johanssons

Merle Johanssons Wecker klingelte wie jeden Tag um sieben Uhr, und wie jeden Tag war Merles erster Gedanke, wie angenehm das Licht durch den roten Vorhang fiel, den sie hinter den zwei Matratzen vor dem großen Fenster zugezogen hatte. Sie schlief immer auf der rechten Seite, an der Wand mit dem Regal.

Es gibt Menschen, die ihre Tage idealtypisch verleben, das heißt, bis auf gewisse Details, die austauschbar sind und nicht weiter ins Gewicht fallen, verleben sie eigentlich immer denselben Tag. Alexej zum Beispiel aß im Kloster jeden Tag ähnliches, aber doch nicht gleiches Essen, er sang jeden Tag andere Gesänge, hörte jeden Tag eine andere Lesung, aber dennoch war es für ihn in gewisser Weise immer derselbe Tag. Und Alexej hätte sofort zugestimmt, daß Glück (er meinte damit eine Art tiefer Dankbarkeit) wohl kaum auf eine andere Weise zu erreichen wäre. Es war immer der *eine* Tag vor Gott. Raum und Zeit waren weitgehend aufgehoben.

Merle Johansson gehörte ebenfalls zu den Menschen, deren Tag man idealtypisch schildern kann. Auch ihre Tage verliefen in großer Gleichförmigkeit. Sie spürte Glück und Zufriedenheit, aber Dankbarkeit verspürte Merle Johansson nicht. Dieses Gefühl war ihr fremd, überdies hätte sie auch gar nicht gewußt, für was und vor allem wem sie dankbar sein sollte.

Merle Johansson war wie immer im vorderen Zimmer

ihrer Wohnung erwacht. Heute hatte sie allein geschlafen. Außer ihrem Sohn, dessen Bettchen zwei Zimmer weiter stand, befand sich niemand in der Wohnung. Sie war sehr schnell wach (Merle Johansson trank keinen Alkohol und war am Morgen stets frisch), richtete sich auf und verharrte einige Minuten in dieser Haltung, an dies und das denkend. Dann erhob sie sich und blieb eine Weile vor ihrer Matratze stehen. Sie mochte es, wenn sie möglichst langsam über Dinge nachdachte oder ihnen nachsann, schon morgens unmittelbar nach dem Aufwachen bereitete es ihr Genuß.

Merle trug als einziges Kleidungsstück ein schwarzes Oberteil, das sie am Vorabend aus dem Wäscheberg neben den Matratzen gezogen hatte. Sie hatte sich schon vor Jahren angewöhnt, beim Schlafen dieses Kleidungsstück zu tragen, es wirkte auf Männer und gefiel ihr auch selbst. Übrigens trug sie aus Bequemlichkeit nur ein Oberteil; so konnte man einfach ins Bad gehen, und auch anderes war einfacher.

Merle Johansson stand eine Weile da, spürte ihr Dastehen, spürte das Zimmer um sie herum, den Morgen und das angenehme Gefühl, dazusein, betrachtete ihre Schenkel, ihre Füße, spreizte ihre Zehen ein wenig, wurde kurz mißmutig, weil sie so große Füße hatte, gewann aber sofort eine tiefgehende Befriedigung aus dem Gedanken, daß diese Füße ihr noch nie im Weg gestanden hatten. Im Gegenteil, einige waren versessen auf diese Füße. Für manches eigneten sie sich sehr.

Eigentlich wollte Merle zu ihrem Sohn hinübergehen, der bis zehn Uhr im Kindergarten sein mußte. Sie blieb aber zunächst eine Weile vor dem großen Spiegel neben den Matratzen stehen und betrachtete ihr Gesicht, wobei sie ihre Miene nicht verzog, sondern sich einige Minuten ruhig und sachlich musterte, bis ihr Blick auf das Kinderholzpuzzle fiel, an dem sich Jesus am Vorabend versucht hatte. Neben den Puzzleteilen lagen einige Ritterfiguren aus Holz und ein Burgmauerfragment mit Zinnen auf dem Boden. Ihr Sohn hatte sehr schön mit all diesen Sachen gespielt, wobei sie ihm lang zugesehen hatte. Sie sah ihm immer gern lange Zeit zu.

Merle Johansson schaute ihrem Sohn beim Spielen zu, wie andere Menschen auf das Meer blicken. Sie verlor das Gefühl für Zeit dabei. Übrigens unterbrach sie ihren Sohn beim Spielen oft und ließ ihn kaum je fünf Minuten seine eigenen Dinge tun, aber das störte sie gar nicht, es gehörte vielmehr zu ihrer Technik des Hinauszögerns von Dingen zwecks längerem Genuß. Und ihr Sohn gehörte ja ihr beziehungsweise war sie (sie trennte das nicht so). Sie hielt ihn bei allen Dingen auf, so wie sie sich selbst gern bei allen Dingen aufhielt, und so verging die Zeit …

Nachdem Merle Johansson eine Weile damit verbracht hatte, zwei, drei Teile des aus fünf Teilen bestehenden Kinderholzpuzzles an den richtigen Ort zu legen (mal sehen, ob es Jesus bemerken würde!), und nachdem sie einige der Ritterfiguren dekorativ vor die Zinnen gestellt hatte (obgleich sie Ritterspielen nicht mochte – Jesus drosch meist aggressiv auf die Figuren ein), ging sie hinüber zu ihrem Sohn. Bevor sie aber sein Zimmer erreichte, machte sie Station im Badezimmer, das auf dem Weg zum Kinderzimmer lag. Es waren nun schon zwanzig

Minuten vergangen, seitdem sie aufgestanden war, aber sie dachte nicht in Zeiteinheiten, sie war ja früh genug aufgestanden, um lange Zeit zu haben für alles, was zu tun war. Auch im Badezimmer betrachtete sie sich eine Weile im Spiegel, ihre Schultern, ihren am Vorabend mit Olivenöl eingeschmierten Bauch, ihre allgemein gelobten Beine und alles Weitere an ihr, in das sie nicht direkt verliebt war, aber fast, und zwar, insofern die Männer es liebten.

Sie hielt sich aber nicht lange mit alldem auf, sondern begann, ihr Gebiß zu untersuchen. Merle Johansson hatte einen abgrundtiefen Ekel davor, wenn ihre Zähne nicht hundertprozentig von allen Verunreinigungen gesäubert waren. Abends setzte sie sich, mit ihrem Oberteil bekleidet, auf die Holzkommode gegenüber dem Badezimmerspiegel, stellte ihre Füße auf das Waschbecken und putzte sich mit langsamen, ausführlichen, gründlichen Bewegungen die Zähne, und es gefiel ihr, daß sie sich auf diese Weise so lange sehen konnte. Sie sah sich gern so. Es gefiel ihr, weil es anderen gefiel, die aber gottseidank nicht zugegen waren, denn Merle Johansson war zwar oft gern mit jemandem zusammen, aber noch lieber war sie allein, und Situationen wie jetzt im Badezimmer waren in Gegenwart eines Mannes nicht möglich. Man hatte dann keine Ruhe, wenn man so dasaß.

Trotz dem ausführlichen Zähneputzen am Vorabend nahm sie nun den kleinen, fünfstufigen Borstenreiniger (jede Stufe für eine unterschiedliche Zahnzwischenraumgröße) und begann, alle Zahnzwischenräume ausführlich und bedächtig zu säubern. Merle Johansson machte diese Zahnreinigung oft am Morgen. Sie spürte, das hier war ein schöner Morgen, und überhaupt war das Leben auf diese Weise schön. Wenn sie aber an der betreffenden Borstenbürste roch und dort irgendeinen Rückstand ausmachte, dann verzog sie ihre Miene und fand sich abgrundtief verdorben. Wenn ein Mensch ein Tier biß, konnte das Tier daran sterben, das wußte Merle Johansson (es wurde in den vegetarischen Kreisen gesagt). Menschen, die Fleisch aßen, trugen die Verwesung in sich. Niemals würde sie sich auf diese Weise beschmutzen. Unvorstellbar.

Das nächste war, zu ihrem Sohn Jesus hinüberzugehen. Merle Johansson hockte sich neben das Holzgitterbettchen, in dem er schlief. Sie hockte dort eine ganze Weile und hauchte ein paarmal *Jesus*, leise und sanft, aber ihr Sohn, der seinen Daumen im Mund hatte, wachte davon nicht auf. Merle wiegte in diesen Minuten ihren Kopf hin und her.

Nach ein paar Minuten berührte sie ihren Sohn an den Schultern, woraufhin der ein schmatzendes Geräusch machte, aber immer noch nicht aufwachte. Vorsichtig schlug sie die Decke beiseite, öffnete seine Windel, zog sie aus und betrachtete eine Weile wie verliebt die Morgenerektion ihres Sohnes. Nach zwei, drei Minuten intensivierte sie ihre Bemühungen, und Jesus kam langsam, zögernd und träge zu sich.

Merle Johansson begrüßte Jesus Johansson mit einem Singsang, der sehr zärtlich und melodiös war und aus Kindersprache bestand (Merle sprach am liebsten Kindersprache, deshalb war sie so gern mit Kindern zusammen). Man kann nicht sagen, daß sie ihren Sohn dabei unterstützte, aufzustehen ... sie hatte auch eigentlich kein größeres Interesse daran ... sie fand es ja eigentlich blöd, daß er in den Kindergarten mußte ... andererseits fand sie es auch wieder gut ... es hatte seine Vor- und Nachteile ... es war schön, mit ihm zusammenzusein ... andererseits konnte man einige Sachen nicht oder nicht so gut machen, wenn er da war ... einige Sachen konnte man nur allein machen ...

Jesus schlief über alldem wie jeden Morgen wieder ein. Inzwischen war es acht Uhr. Merle Johansson tat nun etwas, was sie ebenfalls jeden Morgen gern tat und worauf sie sich so freute, daß sie es immer gern hinauszögerte. Sie ging ins Bad, klappte den Holzdeckel auf und setzte sich. Das war jetzt viel schöner als direkt nach dem Aufwachen, aufgrund des Herauszögerungseffektes. An solchen einfachen Dingen konnte sich Merle Johansson erfreuen. Manchmal blieb sie länger sitzen, löste ein Kreuzworträtsel, und dann summte sie.

Nach etwa einer halben Stunde hatte sie ihren Sohn einigermaßen wach bzw. er sich. Sie zog ihn an, das dauerte längere Zeit, denn er war wie immer einigermaßen widerspenstig, und Merle Johansson hatte keinerlei Eile damit.

Mit ihrem Sohn anschließend zum Pipimachen aufs Klo zu gehen war ihr ebenfalls eine Freude, sie betrachtete es mit Begeisterung und half ihm immer dabei, egal ob es nötig war oder nicht (in diesen Kategorien dachte Merle Johansson nicht).

...

Wenn wir nun die nächste halbe Stunde an diesem Tag überspringen, sitzen wir mit Merle Johansson und ihrem Sohn Jesus am runden Holztisch in der Küche der von ihrem Vater gemieteten Wohnung.

Hierbei muß gesagt werden, daß es Merle Johansson immer unglaublich ärgerte, wenn sie aus dem Fenster in den Garten hinunterschaute, der ein Stockwerk unter ihr lag. Sie sah auf einen kleinen, künstlich angelegten Bach, der den Garten durchzog, auf einen kleinen Spielplatz, auf den sie gern mit Jesus ging, und sie sah zwei Vögel, die immer da waren, eine Bachstelze und einen Grünspecht. Sie mochte die Vögel, denn sie verbrachten ihre Tage genau wie sie. (Zumindest kam das Merle Johansson so vor.) Der Grünspecht lief gerade bedächtig durchs Gras und hieb seinen Schnabel in die Erde. Er und die Bachstelze gehörten zum Garten dazu, seitdem Merle eingezogen war. Es war ein schöner Garten, still gelegen, schön gemacht, viel Grün, leider war das Spielzeug teilweise aus Plastik, weshalb sie Jesus den Spielplatz zuerst verboten hatte.

Was sie nun aber jedesmal sehr gründlich ärgerte, war die Tatsache, daß nicht sie mit Jesus im Erdgeschoß mit der Terrasse wohnte, sondern das Paar unter ihr.

Das Paar unter ihr ging arbeiten, er trank Bier im Unterhemd, manchmal grillten sie Fleisch, und sie hatten kein Kind. Wenn sie kein Kind hatten, warum wohnten sie dann im Erdgeschoß? Sie hätten von Rechts wegen hier oben in ihrer, Merles, Wohnung wohnen müssen, und sie unten. Es war eine Ungerechtigkeit sondergleichen. Sie hätte ihren Vater dafür verdammen können, daß er ihr diese Wohnung und nicht die im Erdgeschoß besorgt hatte. Sie wollte unbedingt die Wohnung im Erdgeschoß, es wäre *natürlich* gewesen, wenn sie dort gewohnt hätte. Die ganze Gesellschaft war falsch, diese Gesellschaft der Griller und Fleischesser, die darauf aus war, ihren Sohn zu verderben und zu beschmutzen mit ihren Leichensitten, und mit solchen Wahnsinnigen mußte sie mit ihrem Kind zusammenwohnen, und dann auch noch im ersten Stock ...

Solche Anfälle kamen bei ihr ganz plötzlich, wenn sie allein war. Ihre Gesichtsmuskeln verzogen sich dann unkontrolliert (niemand durfte diese Miene je sehen, darauf achtete sie mehr als auf alles andere). Nach einigen Minuten waren ihre Gedanken aber wieder bei einem anderen Punkt angelangt. Es hallte nur noch kurz das Gefühl nach, daß eigentlich alle diese Menschen und überhaupt die ganze Gesellschaft ausgerottet und durch eine bessere, nicht wahnsinnige, ersetzt werden müßten. Dann war auch dieses Gefühl wieder abgeklungen, und Merle Johansson rührte Jesus Körner in den Joghurt.

Mit den Körnern war es bei Jesus ein langwieriger Kampf gewesen. Aber Körner reinigten den Körper. Sie beschmutzten ihn nicht. Sie waren vegetabil. Der Mensch hätte eine Pflanze sein sollen. Irgendwie.

Jesus hatte vom ersten Augenblick seines Lebens an unter speziellen Gesichtspunkten und mit höchstem kasuistischem Bedacht ausgesuchte Nahrung bekommen. Die Körner hatte er lange Zeit verweigert. Dafür begeisterte er sich für Tofuwurst, die allerdings Merle wiederum ziemlich widerwärtig fand. Ihrer Ansicht nach war sie überwürzt. Am liebsten hätte sie Jesus salzlos erzogen.

Merle konnte sehr viel Zeit damit verbringen, Joghurt in eine Schale zu geben, eine Mandarine zu schälen, die Mandarine in ihre Segmente zu zerteilen, diese dann auf dem Joghurt in einer dekorativen Weise anzuordnen und schließlich Körner darüberzustreuen, die sie aus verschieden beschrifteten Behältern aus dem Küchenschrank holte. Wenn Jesus alles verweigerte, gab sie sich geschlagen und streute ein wenig Rohrzucker in den Joghurt. Aber nur ein wenig. Und nur Rohrzucker. Anderen gab es in ihrer Wohnung nicht.

Inzwischen aß Jesus mit einem gewissen Appetit. Als er zum ersten Mal selbst nach einem Nachschlag Körner verlangt hatte, hatte sich ein zufriedenes Lächeln auf Merles Lippen gelegt. Dieses Kind würde immer rein bleiben. Sie würde es dem Bösen fernhalten.

Merle aß morgens nichts, nur hin und wieder nahm sie einen Löffel aus der Schale ihres Sohnes.

Später zog sie sich an. Das ging nicht schneller als bei ihrem Sohn. Ein schnelles Hineinschlüpfen in die Wäsche gab es bei Merle nicht. Überhaupt bewegte sie sich nie schnell. Zumindest nicht im Alltag. Ebenso langsam, wie sie sich anzog, zog sie sich auch aus, ob sie allein war oder nicht.

Es war seltsam anzuschauen, wie sie beim Anziehen auf einem Bein balancierte. Es sah aus wie in Zeitlupe. Merle Johansson konnte sich deshalb so langsam bewegen, weil sie ein ausgeprägtes Körpergefühl besaß. Es machte ihr Spaß, zu spüren, wie sie auf dem einen Bein stand und nun das Gewicht langsam auf das andere Bein verlagerte, und wie sich der gesamte Stoff des Höschens vollumfänglich an sie schmiegte, was sie sehr angenehm fand, weil sie sich spürte und da war und lebte und das schön war.

Alles war gut.

Später, es war nun gegen halb zehn, montierte sie den Kindersitz auf das alte gelbe Postfahrrad, zog Jesus eine Jacke an, schnallte ihn auf den Sitz, redete noch eine Weile im Singsang auf ihn ein, dann wurde ihr bewußt, daß sie den ganzen Morgen über wieder nichts getrunken hatte. Immer vergaß sie zu trinken! Trinken machte ihr irgendwie keinen Spaß. Heute war es aber notwendig, daß sie etwas trank! Sie müsse nachher Wasser trinken, sagte sie sich. Irgendwann fuhr sie los.

Die Trennung am Kindergarten fiel beiden schwer. Ihr, weil sie gern noch ein wenig bei ihrem Sohn geblieben wäre, vielleicht noch eine Viertelstunde oder sogar eine halbe Stunde, ihm, weil seine Mutter nur zögernd von ihm wegging.

Im Kindergarten lallte Jesus Johansson eine Weile vor sich hin und schwieg dann für den Rest des Tages. Er konnte mit drei Jahren (genau gesagt dreieinhalb) nur den Singsang seiner Mutter sprechen. Das fiel aber nicht weiter auf. Viele in diesem Kindergarten lallten, und mindestens die Hälfte der Kinder schnullerte, und in der Küche gab es heute Dämpfgurken mit Sojabohnengemüse, wie Merle beim Verlassen des Kindergartens zufrieden las.

Sie hatte ein gespaltenes Verhältnis zu diesem Kindergarten. Einerseits war der Waldorfkindergarten der beste und teuerste, der zu bekommen war. Andererseits konnte man niemandem trauen.

Vielleicht aß eine der Aufseherinnen doch insgeheim im Kindergarten hin und wieder ein Wurstbrot. Womit sie den ganzen Kindergarten *beschmutzte* und *verunreinigte*. Das war das Schlimmste und Perverseste, was sich Merle vorstellen konnte. Dafür zahlte sie nicht das teure Geld vom Unterhalt.

Im Grunde vertraute sie niemandem in diesem Kindergarten. Dennoch unterhielt sie sich freundlich und begeistert mit allen Eltern und Aufseherinnen, die ihr dort begegneten. Alle duzten sich. Merle wirkte auf die anderen freundlich und still, sie galt als eine schüchterne Person.

Anschließend fuhr Merle in die Stadt, genauer gesagt in die Jägerstraße zum Ökoladen. Den Laden verließ sie nach zwanzig Minuten wieder, ohne etwas gekauft zu haben. Sie ließ das Fahrrad stehen, lief auf die Brandenburger Straße zum Supermarkt und kaufte dort an der Brottheke drei Quarkbällchen und drei Brötchen. Auf der Brandenburger Straße aß sie die Quarkbällchen im Schlendern, wobei sie die Männer auf den Unterwäscheplakaten im Schaufenster des Karstadt betrachtete. Sie zeigten viele Muskeln, auch am Bauch. Sie sahen gesund aus, leistungsfähig, nicht wie Trinker. Merle wischte sich mit dem Handrücken den Puderzucker von den Lippen. So wanderte sie langsam die Schaufenster auf und ab.

Auf der anderen Straßenseite lief X, die mit ihr auf der Schule gewesen war, jetzt zwei Kinder hatte (sie aßen Fleisch und Zucker), und die mit dem Vater der Kinder zusammenlebte. Solche Frauen waren nicht gut, für niemanden. Sie wollte ihr nicht begegnen.

Merle drehte sich um und fühlte eine tiefgreifende Macht. Man mußte sich nur umdrehen, dann wurde man nicht gesehen. Merle Johansson konnte sich im richtigen Moment zurückziehen. Sie hatte alles in der Hand.

Ja, man mußte nur *nichts* tun. Nichts tun, das war immer richtig. Indem Merle nie etwas tat, geschah alles, wie es schön und richtig und angenehm war.

X sah sie aber und kam auf sie zu. Merle redete freundlich und begeistert mit ihr, und währenddessen stellte sie sich vor, wie sie X langsam in kleine Teile zerschnitt.

Später fuhr sie zum Gemeindezentrum. Dort traf sie einige Freundinnen, man redete über Batiktechniken.

Handarbeit mochte Merle Johansson. Damit konnte man sich stundenlang beschäftigen, tagelang, die Zeit verging ganz langsam, man konnte dasitzen und sich mit den anderen Müttern unterhalten. Sie verabredete sich auch gern zum Basteln. Sie verabredete sich aber nie bei sich zu Hause, dort wollte sie allein sein, denn das war eigentlich noch angenehmer. Sie bastelte auch allein sehr gern. Zum Geburtstag eine Königskrone für Jesus. Oder ein Kästchen bemalen. Oder ein Heft in Papier einschlagen, um anschließend Dinge hineinzukleben, wenn Jesus im Kindergarten war. Dann konnte man so schön dasitzen, sie schlüpfte dann wieder in ihr Oberteil, strickte oder stickte, stellte Betrachtungen an, machte ein bißchen anderweitige Handarbeit, suchte dabei manchmal das Bad auf, so vergingen die Stunden, das waren schöne Nachmittage, anschließend war sie sehr erholt und mußte immer lächeln.

Maike, eine Bekannte im Zentrum, hatte Batikfarben

gekauft. Sie unterhielten sich heute darüber, ob diese Farben ökologisch unbedenklich waren oder nicht und wo sie produziert worden waren, denn Maike achtete sehr darauf, wo sie Produkte kaufte, um, wie sie sagte, »nichts mit Ausbeutung zu tun zu haben«. Maike trug ihr jüngstes Kind im Tragetuch bei sich. Maike, wußte Merle, hatte ein großes Los gezogen, sie bekam zweitausendfünfhundert Euro im Monat und konnte sich eine Vierzimmerwohnung am Heiligen See leisten. Sie hatte inzwischen drei Kinder. Drei Kinder wollte Merle auch haben. Gerade bekam sie ihr zweites. Darauf freute sie sich schon sehr.

Das Gespräch unter Freundinnen machte Merle Spaß. Es gehörte zu ihrem Grundgefühl von Freude und Zufriedenheit, daß sie sich völlig normal vorkam: sie war ein Mädchen wie jedes andere, einfach ein Mädchen, das gern batikte und mit den Freundinnen über solche Dinge wie Ökologie sprach oder über Fleisch und darüber, was die anderen so aßen. Oder über Unterhalt.

Während des Gesprächs bekam sie eine SMS von Lars Berlow. *Hallo, mein Schatz, geht es dir gut?* schrieb er. Sie schrieb: *Ich fühle mich so wohl, die Liebe zu dir fühlt sich schön an, bin gespannt, was wir erleben werden.* Es ist Lars, sagte sie zu Maike. Ihr versteht euch gut, oder, fragte Maike. Ihr seht gut miteinander aus. Lars ist richtig gesund. Von ihm könnte ich auch Kinder bekommen, sie werden bestimmt sehr gut sein von ihrer Anlage, ich meine körperlich und so. Genetisch. Merle: Und Lars trinkt nicht viel. Ich möchte kein Kind haben von einem Betrunkenen. Man weiß, was dabei herauskommt. Maike: Und wie wirst du es mit ihm machen? Merle (lächelnd): Ich bin im vierten Monat, er ist total lieb, er kommt zu allen Untersuchungen mit und hat auch bereits zugestimmt, daß das Kind kein Fleisch und so Sachen essen darf, das heißt, er denkt wirklich mit, und ich weiß, daß er sich auf das Kind freut. Ich finde das gut. Maike: Ich auch. (Sie lächelte ebenfalls.) Merle: Er malt sich aus, wo wir wohnen werden mit dem Kind. Dazu sage ich natürlich nichts. Maike: Würde ich auch nicht tun, ich bin ja nicht verrückt. Sie: Trotzdem lieb, was er sich so ausmalt. Er geht im Winter nach Amsterdam und hat da eine richtig gute Stelle, und er hat sich auch schon einen Kindergarten ausgesucht und alles für uns vorbereitet. Maike: Sag ihm aber nicht, daß du nicht mitkommst! Sie: Nein, natürlich sage ich ihm das nicht. Ich sage einfach gar nichts. Übrigens kann ich hier dann ja in eine größere Wohnung ziehen, so Erdgeschoß mit Garten, das wäre besser für Jesus ... Die Geburt ist am fünften Januar. Lars muß am fünfzehnten Januar nach Amsterdam. Die paar Tage stehe ich gut durch. Maike: Und die Geburt, weißt du, wie du es machst? Sie: Meinst du, wo die Geburt stattfinden wird? Maike: Nein, sie wird ja wohl wieder im Geburtshaus stattfinden, in Babelsberg, wie bei Jesus. Ich meinte, wie machst du es mit deinem Freund? Sie: Lars kommt bestimmt mit. Hat der Vater von Jesus auch gemacht. Ich finde das ganz wichtig. Wenn ein Papa sein Kind sieht und liebt, das ist wirklich sehr entscheidend. Ansonsten ist es für ihn so anonym. Wenn er sein Kind gesehen hat, kann man mehr erreichen, dann ist es einfacher, auch mit dem Rechtsanwalt und so. Du weißt doch aus eigener

Erfahrung, er sollte die Geburt und die folgende Nacht schon auf jeden Fall erlebt haben. Sowieso komisch, wenn Väter nicht bei der Geburt dabeisein wollen. Lars ist da nicht so. Er ist wirklich lieb, der Arme. Mein Gott, was ich ihm da antue. Furchtbar. Maike lächelte erneut. Ja, furchtbar, wiederholte sie.

Dann rief Malkowski an. Merle sagte, sie rufe ihn in ein paar Minuten zurück. (Es war verpönt, im Buddhistenzentrum zu telefonieren.)

Merle, Maike und die anderen Freundinnen betrachteten daraufhin eine Weile die Mönche. Sie trugen lange, orangefarbene Gewänder und sangen einen angenehmen Singsang. In der Kantine gab es heute Rosinenreis mit Vegicurry, Vollkornnudeln mit Tomatenpesto oder Fladenbrot mit Olivenpaste und Tofusalat. Maike holte sich einen Teller Rosinenreis, Merle setzte sich daneben, aß aber nichts. (Sie aß seit ihrem siebzehnten Lebensjahr nicht einmal in Gesellschaft ihrer Eltern.)

Sie redeten noch eine Weile über Jesus, über seine Windelzeiten, Maike sprach von ihrem Zweitältesten und daß sie endlich eine Schnullerfirma gefunden habe, deren Produkte ökologisch verträglich seien. Für Maike wie für Merle gehörte neben der Nahrungsmittelindustrie und der Autoindustrie und der Kleidungsindustrie und überhaupt allen Industrien auch die Schnullerindustrie ausgelöscht als das eigentlich Böse auf der Welt. Alle machten alles mit belasteten Materialien. Alle machten alles auf schädliche Weise und wußten es, das war das Wesen dieser ekelerregenden Welt bzw. Menschheit, gottseidank gab es Öko- und Dritte-Welt-Läden, aber warum gab es diese Wahnsinnigen? Auch Maike hielt alle außerhalb des Gemeindezentrums, des Waldorfkindergartens, des Ökoladens und des Kotz für wahnsinnig. Obwohl die im Kotz Fleisch aßen. Eigentlich kamen die im Kotz nicht wirklich in Frage.

Gegen halb eins verließ Merle Johansson das Zentrum. Auf der Straße rief sie Heiko Malkowski zurück. Er fragte, ob sie heute nach Sanssouci gehe und den Keller brauche. Sie sagte, sie sei vielleicht um drei da. Habe aber keine große Lust. Am Abend sei sie verabredet, da sei der Keller auf jeden Fall frei.

Zu Heiko Malkowski hatte sie einen angenehm sachlichen Kontakt. Er gehörte nicht zu denen, die man erst einmal dorthin führen mußte, wo sie alle immer hinwollten, ohne es selbst zu kapieren.

Daß die meisten Menschen gar nicht wußten, was sie wollten, war für Merle Johansson ein Rätsel. Man mußte die Menschen anleiten, dann entdeckten sie, wie sie sind. Und Merle Johansson war eine gute Anleiterin.

Der Keller war dafür genau der richtige Ort. Malkowski hatte ihn erst vor einigen Wochen eingerichtet. Sie hatte keine Ahnung, wie er ihn entdeckt hatte. (Vorher hatten sie eine Wohnung in der Vorstadt genutzt.)

Merle Johansson trödelte anschließend mit dem Fahrrad durch die Stadt. Ebertstraße, Gutenbergstraße. Es fiel ihr ein, daß sie nun doch etwas trinken sollte, aber statt dessen holte sie ein Brötchen aus der Tüte und aß es vor der Auslage der Lokalzeitung. Sie liebte Artikel über Töpferfeste, Handwerkertage und alternative Ausstellungen unter freiem Himmel mit dementsprechendem Publikum.

Heute las sie sehr aufmerksam sämtliche Artikel über den Karstadt, der die lokale Presse seit der Eröffnung noch mehr beschäftigte als vorher.

Ihrer Meinung nach gehörten alle diese Menschen, die Kaufhäuser bauten und mit Geld zu tun hatten, auf der Stelle hingerichtet und getötet (das war immer so ein diffuser Impuls bei ihr), dann fiel ihr ein, daß sie selbst schon am Tag der Eröffnung die Bio-Abteilung des Kaufhauses aufgesucht und dort eine Freundin und auch einen alten Beziehungspartner aus dem Buddhistenzentrum getroffen hatte.

Am ersten Tag seien siebzehntausend Besucher bzw. Käufer durch die Pforte des Kaufhauses geschritten. Auf der Leserbriefseite waren Beschimpfungen gegen die orthodoxe Gemeinde zu finden. Die Leserbriefe bezogen sich auf eine während der Karstadteröffnung von einem Mönch gegebene Interviewaussage.

Merle Johansson schob ihr Fahrrad weiter, denn sie hatte ihr Brötchen zu Ende gegessen.

Später an diesem schönen, langen Tag, der aus lauter stehender Zeit bestand und gerade deshalb so angenehm war, besuchte sie ihren Sohn im Kindergarten, dann ging sie in den Park, spazierte umher, anschließend telefonierte sie und sagte den Termin für fünfzehn Uhr im Park ab, denn sie hatte heute keine Lust auf solche Sachen schon tagsüber. Überdies hatte sie immer noch nichts getrunken. Sie fuhr mit dem Fahrrad nach Hause, zog sich aus und nahm ein Glas Leitungswasser.

Ein anderer Mensch als Merle Johansson wäre über dem vertrödelten Tag nun vielleicht müde und dösig geworden. Wenn man an einem heißen Tag die ganze Zeit durch die Stadt schlendert, am frühen Nachmittag nach Hause kommt, die Vorhänge vorzieht und das Licht beobachtet, wie es gedämpft durch den roten Stoff ins Zimmer und auf die Gegenstände darin fällt, dann würden die meisten sicherlich alsbald in einen bleiernen Schlaf verfallen. Nicht so Merle Johansson. Für sie begann nun die eigentlich schöne Zeit des Tages.

Ein Tag im Leben Merle Johanssons (Fortsetzung)

Merle Johansson sitzt im Schneidersitz am Küchentisch, schneidet mit einer langsamen Bewegung das zweite Brötchen aus der Tüte auf, trinkt etwas widerwillig einen kleinen Schluck Wasser, steht auf, geht zum Vorratsschrank, holt Hefepaste, setzt sich wieder im Schneidersitz auf den Stuhl, öffnet die Hefepaste, streicht sie aber noch nicht auf das Brötchen, sondern zerteilt zuerst noch das letzte Brötchen, so daß sie nun vier Brötchenhälften vor sich liegen hat. Dann geht sie ins Schlafzimmer und schaltet den Computer ein, um nach ihren Mails zu schauen. Eine ihrer Freundinnen hat gerade Probleme mit ihrem neuen Freund, das ist interessant, da kann Merle Johansson beratend zur Seite stehen. Ihr Freund hält sich zurück, und Merle berät sie, wie sie sich verhalten soll, denn solche Fragen findet sie spannend. Sie berichtet, wie sie es bei Lars gemacht habe … also daß es »zur Schwangerschaft gekommen ist und so«. Das findet die Freundin sehr interessant und beeindruckend.

Merle Johansson stöbert dann noch ein bißchen im Netz, schaut sich ihre favorisierten Seiten an, dann geht sie zu den Brötchenhälften zurück und beginnt sie langsam und bedächtig mit Hefepaste zu bestreichen. Später kocht sie Ingwertee, um mehr zu trinken. So sitzt sie eine Stunde am Tisch, verzehrt Bissen für Bissen mit ordentlichem, ordungsgemäßem, gründlichem Kauen erst die eine Hälfte, dann die zweite, einige Zeit danach ganz langsam die dritte und dann, schlußendlich, nachdem sie eine Weile ihre Beine, ihre Füße und alles andere studiert und zum Fenster hinausgeschaut hat, die vierte. Anschließend räumt sie die ganze Küche auf, obgleich kaum etwas aufzuräumen ist, denn da Merle Johansson jeden Tag das gleiche macht, fällt nicht viel Geschirr an, abgesehen von der Joghurtschale für Jesus vom Frühstück. Dennoch beschäftigt sie sich eine gute Viertelstunde mit der Küche, dann geht sie ins Bad, nimmt einen Stift und macht, während sie dasitzt, Kreuzworträtsel …

… Als sie das Kreuzworträtsel schließlich sinken läßt, schaut sie lächelnd vor sich hin, verfällt in ein Sinnieren und beginnt in zärtlichem Ton zu summen …

Merle Johansson summte immer, wenn sie im Badezimmer saß und mehrere Dinge gleichzeitig tat. Meistens summte sie *Es rauschet die Mühle am klappernden Bach*. Es kam ihr einfach jedesmal in den Sinn, und Merle Johansson tat ohnehin immer, was ihr gerade in den Sinn kam. Es war das, was sie mochte: Sie konnte immer tun und lassen, was sie wollte. Niemand zwang sie zu etwas. Alles kam wie von allein.

Anschließend zog sie sich an und holte Jesus aus dem

Kindergarten. Am Abend war sie mit Lars Berlow verabredet. Das konnte man entweder mit Jesus machen oder ohne. Lars Berlow mochte Jesus, aber Lars befand sich gerade in einer schwierigen Phase, und sie wollte den Abend lieber mit ihm allein verbringen.

Heute war Jesus ausnehmend guter Laune. Er hatte zusammen mit drei anderen Kindern gespielt, ohne wie üblich in Streit zu geraten. Bei Streit zog er immer den kürzeren. Jesus gehörte zu den Kindern, die in einem unbemerkten Moment blitzschnell zuschlugen oder etwas zertrümmerten. Anschließend schaute er immer etwas desorientiert und lächelte. Schließlich wurde er selbst geschlagen und heulte. Meistens saß er, auf diese Weise seit den Vormittagsstunden isoliert, in einem Winkel des Kindergartens und wimmerte nach seiner Mama. Heute aber war alles glücklich verlaufen. Sie hatten unter Anleitung eine Sandkastenburg gebaut, mit Tor und Brücke, hatten einen kleinen Graben um die Burg gezogen und versucht, ihn mit Wasser zu füllen, wobei sie die Burg fast wieder weggeschwemmt hätten. Jesus hatte vier bunte Steine von zu Hause mitgenommen, das waren nun die Burgbewohner, und während die Kinder glücklich spielten, hockte sich Merle Johansson daneben und schaute eine Weile zu. Jesus versuchte zu erzählen, was sie gemacht und gespielt hätten und was überhaupt so vorgefallen sei, scheiterte aber damit, denn es kam nur ein Lallen aus seinem Mund. Seine Mutter gab zu erkennen, daß sie alles verstehe, obgleich sie natürlich kein Wort verstand und sich auch nicht dafür interessierte. Sie betrachtete Jesus, er war ein schönes Kind. Und jetzt bekam sie das zweite.

Sie malte sich schon alles genau aus, besonders die Stunden im Geburtshaus. Das Geburtshaus war für sie das Zentrum der Welt, ein Ort der Eigentlichkeit. Dort galt das ewige Gesetz. Dieses Gesetz war das einzige, alles andere leitete sich aus ihm ab. Und jetzt, sagte sie sich, ist mein Kind schon dreieinhalb und ist gesund und rein und spielt gerade neben mir hier im Garten des Kindergartens. Jesus mußte Pipi machen, und die Mutter ging wie immer mit. Heute hatte sie ihm keine Windel angezogen, aber im Spind lag ja noch eine Ersatzhose.

Dann fuhr sie mit Jesus in die Stadt und kam am Karstadt vorbei. Man hörte die Klänge einer Modenschau. Merle schloß das Fahrrad ab, holte den Klappkinderwagen aus dem Korb, setzte ihren Sohn hinein und schob ihn ins Kaufhaus. In der Mitte des Erdgeschosses war ein kurzer Laufsteg aufgebaut. Merle Johansson kniete sich neben ihren Sohn und erklärte ihm all die Dinge, die man sah. Jesus begeisterte sich vordringlich für Schußwaffen jedweder Art. Wenn er eine Spielzeugpistole sah, rief er *töten! töten!*

Anschließend fuhr sie zum Ökoladen (an manchen Tagen betrat ihn Merle Johansson drei- oder viermal, man traf immer Bekannte), Merle stand dort wie meistens, wenn sie etwas kaufen wollte, minutenlang herum, musterte die Auslagen, brauchte dann noch eine Weile, bis sie sich zum Kauf eines Bunds Möhren und eines Gläschens Hefeextrakt entschließen konnte, und stellte sich in die Kassenschlange, während Jesus vor dem Regal mit der Ersatzwurst stand und wieder begeistert *töten, töten* rief. Anschließend mußte er sofort Pipi machen.

(Neulich hatte er bei den Großeltern auf den Kruzifixus über der Küchenuhr gewiesen und dabei vor Begeisterung *essen! essen!* geschrien … Jesus Johansson hatte den toten Christus für das verbotene Fleisch gehalten.)

Merle erledigte auch noch ein paar andere Einkäufe. Alle diese Einkäufe waren von langer Hand geplant, im Gewürzladen etwa kaufte sie eine bestimmte Curryart für ein Reisgericht, das sie vielleicht irgendwann einmal in ein oder zwei Wochen zubereiten würde. Wenn sie einen Einfall wie diesen hatte, nämlich ein bestimmtes Reisgericht zu machen, dann war sie immer glücklich, weil sie dann plötzlich gewisse Dinge vor sich sah: man konnte dann im Vorratsschrank nachschauen, ob noch Reis da war, und wenn keiner mehr da war, konnte man ihn kaufen, und dafür konnte man dann in die Stadt fahren und einen Laden aufsuchen. Und so konnte man sich immer mal wieder, über Tage, damit beschäftigen, dies und das zu tun, um dieses bestimmte Reisgericht irgendwann auch tatsächlich zu kochen, und überdies konnte man im Gemeindezentrum dann über das Rezept und wie man es zubereitet und wie es funktioniert und wo man die Zutaten bekommt und so weiter sprechen.

Schließlich brachte Merle Jesus zu einer Strickfreundin, ließ ihn eine halbe Stunde bei ihr und suchte den Sexshop auf. Den Sexshop betrat sie immer mit einer gewissen Vorsicht.

Heute hatte sie ein bestimmtes Anliegen, sie brauchte neue Handschellen für zu Hause. Sie ließ sich lange beraten und erkundigte sich nach verschiedenen Details. Merle war während des Gesprächs ein bißchen verschämt und genoß den Kauf gerade deshalb. Dieses Verschämtsein gefiel ihr, es machte geradezu den Reiz der Kaufsituation aus, allerdings brauchte sie die Handschellen wirklich, denn die alten waren hinüber, und Festbinden war in gewissen Situationen nicht so schön wie Handschellen.

Sie verstaute die Handschellen in ihrem Einkaufsbeutel, blätterte einige Magazine durch (am liebsten waren ihr solche mit Frauen, die gemeinsam Dinge taten) und konnte ein Lächeln nicht verhindern, ein abgründiges Lächeln, das demjenigen Gesichtsausdruck, den nie jemand bei ihr würde sehen dürfen, nicht unähnlich war. Dann verließ sie den Laden, holte Jesus von ihrer Strickfreundin ab und fuhr ins Neubaugebiet von Eiche zu ihren Eltern. Sie fuhr auf dem Postfahrrad, kam durch den Wald, nahm die Hauptstraße und fand, daß sie ein schönes Bild abgab: sie mit ihrem Kind auf dem alten Postfahrrad. So hatte sie immer sein wollen.

Ein Tag im Leben Merle Johanssons (Ende)

Jesus blieb bei den Großeltern, und für Merle begann der abschließende Teil des Tages.

Sie sollte Lars heute das Restaurant in der Alexandrowka zeigen, um acht Uhr waren sie verabredet. Es war jetzt gegen sechs. Merle Johansson beschäftigte sich mit der Vorbereitung des Abends. Es konnte sein, daß sie nachher noch in der Küche sitzen würden, wenn Lars ein Glas Wein trinken wollte. Also ordnete sie zuerst den Küchentisch. Sie nahm eine rote Serviette, faltete sie auseinander, legte sie auf den Tisch und stellte eine Kerze darauf. Anschließend schaute sie in den Kühlschrank. Dort stand eine Flasche Sekt. Sie hatte den Sekt extra für Lars gekauft. Rotkäppchen trocken. Mit Sekt konnte man einiges machen. Lars mochte das in letzter Zeit sehr. Dann nahm sie den Besen und fegte den Boden.

Anschließend ging sie ins Zimmer von Jesus, um dort Ordnung zu machen. Es war noch alles vom Morgen unaufgeräumt. Bevor sie aber Ordnung machte, lief sie ins Bad und zog sich aus. Unter den benutzten Handtüchern kam eine DVD zum Vorschein, die dort seit einigen Tagen herumlag. In Merles Kopf ging ein Wettstreit vonstatten. Sie hätte sich gern jetzt so auf den Computerstuhl gesetzt und die DVD geschaut, vielleicht im Schnelldurchlauf, aber sie hatte nur noch eineinhalb Stunden, bis Lars kam. Sie nahm die DVD, um sie in das Fach im Bücherschrank zu legen, betrachtete noch einmal die Bilder auf der Verpackung und fand sie schön. Es ging von alldem ein Wohlgefühl aus, so daß sie sich einige Minuten ins Bad setzte, die Zeit mit den Bildern genoß und spürte, daß sie bald ausreichend getrunken haben würde.

So beschäftigte sich Merle mit allerlei Kleinigkeiten, bis schließlich gegen sieben Uhr Lars Berlow anrief und fragte, ob sie sich nicht gleich mit dem Fahrrad in der Stadt treffen könnten, zum Beispiel an der Großen Fontäne, er schaffe es nicht rechtzeitig zu ihr. Nein, mein Lieber, sagte sie, das mache ihr nichts aus, sie komme dann also selbst mit dem Fahrrad und freue sich schon sehr. Sie habe ihn so lieb. Sie laufe die ganze Zeit durch die Wohnung und denke an ihn. Sie sei sehr glücklich.

Nun hatte Merle Johansson also noch etwa eine Dreiviertelstunde Zeit. Jetzt fiel ihr ein, daß sie eigentlich alles, was wichtig war, bislang vergessen hatte. Sie lief ins Wohnzimmer, holte die Handschellen hervor, probierte sie, ließ sie einrasten und öffnete sie wieder, dann versuchte sie, ob sie sich am Buchregal anbringen ließen. Es ging mühelos. Also nahm sie die Handschellen, legte sie in das Bücherschrankfach, den Schlüssel daneben, anschließend kontrollierte sie das Fach auf Vollständigkeit der darin befindlichen Gegenstände, denn auf Ordnung innerhalb dieses Fachs achtete Merle Johansson stets, damit alles praktischerweise griffbereit war, wenn es benötigt wurde. Sie vergaß auch nicht, das Sektglas auf den Schreibtisch zu stellen. Dann überlegte sie sich, ob sie den Sekt jetzt schon öffnen sollte. Dann konnte es nachher schneller gehen.

Sie zog die roten Vorhänge zu, ging ins Bad, sah dort die DVD liegen (sie hatte sie wieder vergessen!), ging zurück ins Wohnzimmer und stellte sie ins Regal zu den anderen Sachen, dann ging sie wieder ins Bad und kämmte sich einige Minuten. Anschließend begann sie, ihr Gebiß zu betrachten. Sie betrachtete es genau von allen Seiten und nahm dann die kleine Zahnzwischenraumbürste. Sie reinigte testweise drei oder vier Zahnzwischenräume und roch an der Bürste, ohne einen Rückstand festzustellen. Man roch nichts. Merle Johansson war sauber und rein. Anschließend säuberte sie dennoch noch einmal prophylaktisch einzeln und mit Sorgfalt jeden einzelnen Zahnzwischenraum, zog Bluse und Rock an, zog die Bluse wieder aus, warf sie auf den Wäschehaufen, nahm eine neue, zog diese an, betrachtete sich im Spiegel, dann ließ sie ihren Blick über das Zimmer schweifen, nahm ihren Schlüssel, verließ die Wohnung und grüßte sehr freundlich den unter ihr wohnenden Nachbarn, der gerade mit einer Edeka-Tüte nach Hause kam.

Lars saß schon bei den Echobänken und schaute den kleinen Kindern zu, wie sie den Enten nachliefen. Mütter und Väter mit Kinderwagen komplettierten neben einigen Liebespaaren und den üblichen Touristen die abendliche Sommerszene. Merle setzte sich zu ihrem Freund und küßte ihn stürmisch.

An diesem Abend traf sich so gut wie jeder an der Großen Fontäne im Park Sanssouci. Mają, Lee, Loredana und Aische bildeten ihren allabendlichen Reigen, Anastasia Hofmann war auch da, sie trug eine sagenhaft tief geschnittene Jeans und sah atemberaubend aus. Kurz am Bildrand erschien Grigorij und war sogleich wieder verschwunden. Merle wunderte sich darüber, daß sie diesen Rothaarigen so gut wie jedesmal in Sanssouci antraf. Sie hatte keine Ahnung, was er hier machte.

Auf dem Mauerrand der Fontäne saßen Nils Ebert und die beiden Meurers, ließen ihre Füße ins Wasser baumeln und unterhielten sich. Die Meurers kannte Merle nur sehr entfernt. Sie hatte einmal erlebt, wie sich Heike Meurer mit voller Absicht von drei Jungs auf der Straße hatte zusammenschlagen lassen, ohne auch nur mit der Wimper zu zucken. Sie hatten ihr immer wieder ins Gesicht und in den Unterleib getreten. Das war eindrucksvoll gewesen. Merle wußte aus eigener Erfahrung, was das bedeutete. So jemand wie Heike war zu allem fähig. Wie sie.

Lars bemerkte die Gruppe nicht.

Später fuhren sie zur Alexandrowka. Dort gab es am Eingang zur Siedlung eine kleine Gastwirtschaft. Drei der sechs Tische waren besetzt, zwischen den Tischen liefen die russischen Kellnerinnen umher.

Lars ging gern essen. Sie haßte Essengehen. Wenn man essen ging, mußte man essen. Wenn man aß, wurde man beobachtet, und es wurde beobachtet, was man aß. Merle Johansson wollte beim Essen nicht beobachtet werden, und es sollte auch keiner wissen, was sie aß. Ihr Essen ging niemanden etwas an. Freilich vermied sie darüber jedes Gespräch. Man durfte sich nie in die Enge treiben lassen. Und sich nie etwas anmerken lassen. Sie bestellte eine kleine Fischsuppe, von der sie das meiste stehenließ.

Sie sprachen heute lang über den Namen für das Kind. Seit zwei, drei Wochen sprachen sie häufig darüber, machten gegenseitig Vorschläge und so weiter. Das bereitete Merle Johansson Spaß, sie fand das schön. Daß der Name bereits feststand (er hatte vom ersten Augenblick an festgestanden), hatte sie natürlich nicht gesagt. Damit hätte sie das schöne Spiel verdorben. Lars Berlow würde ihn der Geburtsurkunde entnehmen ...

So neigte sich der Abend dem Ende zu, und damit der ganze Tag der Merle Johansson. Sie saßen bis elf Uhr, redeten zärtlich von einer Zukunft und von anderem, dann zahlte Lars, und später flanierten sie noch eine Weile durch die von Laternen erleuchtete Brandenburger Straße. Hier und da war noch Leben, einige saßen vor dem Dönerstand, auch bei der Pizzeria waren noch Tische besetzt. Weiter hinten wurde die Straße leerer. Sie kamen am

Café Lewy vorbei, drinnen saß gerade der Kulturring Potsdam, Merle erkannte durchs Fenster einige Gäste, etwa den Buchhändler Wenk oder Michael Schwarz vom Potsdamer Theater. Sie entrollten eben ein Plakat. Auf dem Plakat war der Name *Max Hornung* zu lesen.

Durch den Park konnten sie nicht zu Merles Wohnung zurückfahren, er war geschlossen. Sie nahmen die Maulbeerallee. Überall machte das Licht der Strahler und Laternen die Stadt kulissenhaft. Die Bäume waren voller Laub, Licht und Dunkelheit spielten darin, eine zaubrische Stimmung lag über der Allee. Im Laternenlicht sahen die Gebäude links und rechts um so mächtiger aus, die Neuen Kammern, die Orangerie, das Belvedere. Sie kamen auch an der Stelle vorbei, an der vor drei Wochen Max Hornung ums Leben gekommen war. Man sah den beschädigten Baum, er war in der Zeitung abgebildet gewesen. Sie hielten an, ein süßlicher, schwerer Blütenduft lag in der Luft, eine Nachtigall war zu hören. Lars Berlow und Merle Johansson umarmten sich, küßten sich lang und schauten sich tief in die Augen.

In der Siedlung, in der Merle Johansson wohnte, schliefen schon fast alle. Die meisten Fenster waren dunkel. Auch hier waren Nachtigallen zu hören. Das Liebespaar schlenderte auf den Spielplatz und sog die Nachtluft in sich ein. Dann gingen sie ins Haus, Merle entzündete die Kerze in der Küche und öffnete das Fenster …

… einige Minuten später umarmten sich beide wortlos in der sternenerleuchteten Küchendunkelheit mit dem Zirpen der Grillen und dem Gesang der Nachtigallen im Hintergrund. Die Kerze hatten sie wieder ausgeblasen.

Noch später lösten sie sich voneinander, Merle Johansson machte im Flur das Licht an und kramte draußen herum. Lars Berlow blieb noch bei einem Glas Wein sitzen.

Als er in den Flur trat, wollte er Merle Johansson umarmen. Laß das, sagte sie. Willst du etwas? Du hast nichts zu wollen!

Lars Berlow schwieg und schaute unter sich.

Geh da rein, sagte sie barsch und wies auf das Zimmer mit den Matratzen. Geh da rein, und warte auf mich. Wage nicht, etwas ohne meine ausdrückliche Anweisung zu tun. Knie dich aufs Bett und warte.

Sie ging ins Badezimmer. Zuerst kämmte sie ihr Haar, dann betrachtete sie ihre Zähne, jeden Zahn einzeln. Anschließend nahm sie ihre Zahnbürste und putzte ihre Zähne. Sich Zeit zu lassen gehörte dazu. Nichts sollte vorauszusehen sein. Nach einer Weile zog sie sich aus, langsam, Teil für Teil, und stand dann eine Weile vor dem Spiegel, sich betrachtend. Sie betastete eine Weile ihre Brust, erst die rechte, dann die linke, dann schaute sie beide genau im Spiegel an, dann begann sie, ihre Augenbrauen im Spiegel zu mustern. Schließlich untersuchte sie wieder ihr Gebiß. Anschließend trank sie ein kleines Glas Leitungswasser. Schließlich zog sie ihr schwarzes Oberteil an, blieb dann aber doch noch einmal längere Zeit nachdenklich vor dem Spiegel stehen und betrachtete ihre Beine. Sie hatte mindestens so lange Beine wie die russische Bedienung vorhin. Merle zog das Oberteil wieder aus, öffnete eine Schublade und holte zwei schwarze Strümpfe hervor. Diese Strümpfe zog sie nun an, wobei sie sehr aufmerksam verfuhr. Sie reichten fast an ihr Bekken. Merle Johansson betrachtete sich im Spiegel und sah, daß es gut war. Nun löschte sie das Licht im Bad, trat in den Flur und schloß die Tür zu Jesus' leerem Zimmer, wobei ihr Blick auf das Buchregal im Flur fiel, zufälligerweise auf das *Bürgerliche Gesetzbuch*, das dort stand. Sie lächelte. Es war das etwa fünfhundertste Lächeln dieser glücklichen jungen Frau am heutigen Tag. Dann trat sie ins Wohnzimmer, das auch das Schlafzimmer war, und schloß hinter sich die Tür.

Drittes Buch

I

Oststadt

In Potsdam wurde es heißer. Die Stadt roch immer staubiger, mittags war das Zentrum, der alte Teil der Stadt, fast menschenleer und hatte sich in eine Steinwüste verwandelt. Besonders das holländische Viertel mit seinen Backsteinhäusern wirkte wie ein Wärmespeicher. Hier und da wagte sich ein Tourist in die schattenlosen Straßen, aber nur, um die Stadt alsbald wieder mit Sonnenbrand zu verlassen.

Wer konnte, tummelte sich um einen der Brunnen in der Stadt. Am Platz der Einheit saßen die Punks, schnorrten die Passanten an und holten sich Bier vom Kiosk. Aus ihren Mienen sprach eine Anklage gegen jeden Vorbeikommenden und eigentlich gegen die ganze Gesellschaft. Sie hatten Hunde dabei und ließen es sich neben dem kühlen Brunnen wohlsein. Es waren auch Kotzleute unter ihnen. Die Studenten lagerten weiter vorn auf der Freundschaftsinsel. Dort sah man bildschöne Mädchen, die ihre T-Shirts hochgestreift hatten, und neben ihnen nicht weniger schöne junge Männer. Auch Lars Berlow lag manchmal da, wenn er in Potsdam war. Er erholte sich gern auf der kleinen Insel zwischen der Alten Fahrt und der Neuen Fahrt. Viel Betrieb war an der Großen Fontäne unterhalb von Schloß Sanssouci, die munter vor sich hin sprudelte. Durch die ständige Anwesenheit von Gänsen und Enten, den überwältigenden Prospekt von Sanssouci und die zentrale Lage im Park war die Große Fontäne mit ihrem

Rondell, den Echobänken und den stets frischen Blumenrabatten das Hauptziel für Familien mit Kindern.

Die, die es zu Hause nicht aushielten oder kein Zuhause hatten, saßen um den Brunnen am Luisenplatz, auch dort befand sich ein Kiosk. Hier war Ludwig Hofmann zu finden und rauchte, wenn sein Sohn zu Hause in der Hitze zu laut wurde. Manchmal gab sich der alte Baron die Ehre und schritt mit erhobenem Kinn durch die Reihen seiner vermeintlichen Untertanen. Da gab es den sogenannten Hundekarl, ursprünglich aus Belzig kommend, immer in Begleitung seines Hundes; es gab den einarmigen Horst aus Jüterbog; und man traf Finsterklappe, eine eher sinistre Person (er hieß mit bürgerlichem Namen Helmut Klippenberg, kam aus Dortmund und trug eine Augenklappe).

Wer reich war, badete von seinem Privatgarten aus im Heiligen See mit Blick auf die Villen von Jauch und Joop.

Merle Johansson pflegte mit ihren Freundinnen an einer bestimmten, etwas abseits gelegenen Stelle im Jungfernsee zu schwimmen. Das war bei ihnen seit Jahren Tradition. Sie liebten Nacktbaden.

So suchte sich in diesen Tagen jeder seine Erfrischung, wo er sie finden konnte.

Christoph Mai saß meist in der Laube in Hornungs Garten, umgeben von Weinlaub und Rosen. Manchmal sprach er über den Gartenzaun hinweg mit Frau Anni Schmidt, manchmal lud er sie zu einer Limonade in die Laube ein. Ansonsten arbeitete er. Anfänglich hatte er sich kaum getraut, einen Blick auf die Sachen seines verstorbenen Freundes zu werfen. Mit der Zeit hatte er seine Scheu aber verloren. Immer wieder saß er mit Papierstößen oder Kladden in der Laube, schaute durch, ordnete, markierte und versuchte Listen zu erstellen. Inzwischen war der Kulturring Potsdam e.V. an ihn herangetreten, weil er eine Gedenkveranstaltung für Hornung ausrichten wollte. Man plante ein Symposium, auf dem das gesamte Werk Hornungs und auch sein Vorleben im Westen, seine Tätigkeit beim Südwestfernsehen, seine schriftstellerischen Arbeiten *etcetera* dem Publikum vorgeführt werden sollten. Mai verschaffte sich einen Überblick über Oststadt, die Vorbilder für die Serie, ihren Ablauf und den Fortgang (Hornung hatte weit in die Zukunft skizziert).

Die Zwillinge lagen meistens irgendwo im Garten und lasen. Mai hatte sich an ihre Anwesenheit gewöhnt. Sie waren wie Katzen, die kamen und gingen, wann sie wollten. Manchmal verlangten sie Aufmerksamkeit, manchmal tauchten sie tagelang nicht auf. Einmal führte Heike mit Mai eine längere Diskussion, als sie in einem alten Duden das Wort *Insichvollendetsein* entdeckte. Heike war über den Fund des Wortes verblüfft und fand bemerkenswert, daß dieses Wort im Duden genauso selbstverständlich erschien wie etwa *Brot* oder *Milch*.

Mai mochte die Zwillinge. Sie faszinierten ihn. Wenn er die Welt durch ihre Augen zu sehen versuchte, sah sie immer vollkommen anders aus. Gewisse Kausalbeziehungen zwischen den Dingen, die alle anderen Leute voraussetzten und nach denen sie sich gemeinhin richteten, existierten für die beiden Geschwister offenbar nicht. Alexej gegenüber nannte er sie *meine zwei Mysterien*.

Für den achtundzwanzigsten Juli, zehn Uhr dreißig, war mit Briefkopf des Oberbürgermeisters zu einem »allgemeinen informativen« Treffen im Rathaus in der Ebertstraße am Nauener Tor eingeladen worden. Das Treffen war nicht öffentlich. Mai ging die Einladung postalisch in der Gregoriusstraße zu (Dr. Christoph Mai, c/o Dr. Max Hornung, Gregoriusstr. etc.).

Es war in den Tagen, als erste Hornung-Plakate im Stadtbild Potsdams erschienen. Vom Filmmuseum im Marstall wurde eine Veranstaltung *Oststadt, die Anfänge* angekündigt. Von einem Tag auf den nächsten wurden plötzlich an den verschiedensten Orten in der Stadt Hornungveranstaltungen ersonnen. Das Filmmuseum war unmittelbar nach Hornungs Tod mit dem hiesigen Sender in Verbindung getreten, um sich ein Aufführungsrecht für die ersten drei Folgen von Oststadt zu sichern. Es sollte ein großer Abend im Kino werden, mit einem einführenden Vortrag eines renommierten Filmtheoretikers, mit Podium *etcetera*. Auch das Theater in Potsdam wurde tätig. Es plante, Oststadt in einer Bühnenfassung herauszubringen. Im Umkreis des Kotz wurden szenische Lesungen der frühen Oststadtfolgen vorbereitet. Man wollte dem offiziellen Kulturbetrieb in der Stadt nicht die Deutungshoheit über die Serie überlassen. In den Zeitungen ebbte das Thema Hornung ebenfalls nicht ab. Kanal Potsdam produzierte ein Feature, das Heiko Malkowski redaktionell betreute. Buttons und T-Shirts mit klassischen Zitaten aus Oststadt wurden entworfen.

Der Magistrat hatte all diesen plötzlichen Aktivitäten zunächst hinterhergehinkt. Nun wollte er durch Bündelung der erwähnten Aktivitäten seine Handlungsfähigkeit beweisen. Daher war eine AG Hornung gegründet worden. Sie bestand aus dem Buchhändler Wenk und einer Sekretärin mit Viertelstelle. Wenk war auch im Kulturring Potsdam engagiert. Der erste Versuch der Stadt, Flaggschiff in Sachen Hornungverwertung zu werden, war jenes Informationstreffen im Rathaus.

Wenk stand am Morgen des achtundzwanzigsten Juli gegen halb zehn vor dem Haus in der Gregoriusstraße und klingelte bei Christoph Mai. Wenk wollte gemeinsam mit Mai im Rathaus erscheinen, er kannte Mai von früher und wollte mit ihm unter Beweis stellen, daß er im Hornungkreis gut vernetzt war. Deshalb hatte er an diesem Morgen auch den Schauspieler Erich Overbeck im Gefolge. Overbeck verkörperte in Oststadt den Industriearbeiter Eisenmann. Er war ein fast zwei Meter großer Mann mit eisengrauen Haaren und dem Gesicht eines kampferprobten Haudegen, allerdings mit auffallend hoher Stimme. Overbeck *alias* Eisenmann hatte mit der Serie Geschichte geschrieben und war in Potsdam eine wichtige Figur, sein Name war untrennbar mit dem Plattenbaugebiet am Schlaatz verbunden. Dort stammte Eisenmann her, und dort wohnte er bis heute. Die Bewohner des Plattenbaugebiets fühlten sich durch die Figur Eisenmanns erstmals öffentlich gewürdigt. Overbeck *alias* Eisenmann hatte seine Popularität im Schlaatz dadurch zu steigern gewußt, daß er regelmäßig im Stadtteilgemeindesaal als Eisenmann auftrat. Viele Leute im Plattenbaugebiet hätten Hornung, dem Erfinder der Serie, am liebsten ein Denkmal dafür errichtet, daß er sie und den

Schlaatz mit all seinen Problemen, aber auch mit seinen liebenswerten Vorzügen, so lebendig dargestellt hatte. Der Schlaatz war nun Woche für Woche im Bewußtsein der Stadtbevölkerung.

Oststadt lief Freitag abends, pünktlich zum Wochenende, am Vorabend des Samstagsstammtischs. Ein Großteil der Stadt saß vor dem Fernseher. Oststadt war daher ständiger Gesprächsstoff. Als Eisenmann arbeitslos wurde, sprach die ganze Stadt über das Arbeitslosigkeitsproblem im Schlaatzgebiet. Als ihn seine Frau verließ und das Kind mitnahm, sprachen alle von den sozialen Problemen in den Plattenbauten. Das Identifikationspotential war umfassend. Obgleich Außenstehende vielleicht gesagt hätten, Oststadt könne eigentlich in jeder Stadt spielen, beharrten viele in Potsdam mit einem gewissen Stolz darauf, Oststadt sei Potsdam und könne nur hier spielen. Beide Namen klangen ähnlich, hatten gleiche Vokale: Potsdam, Oststadt, und auch die Konsonanten ähnelten sich stark: ein scharfer ts- bzw. st-Laut. Alles das war aufgefallen. Außerdem wurde gesagt, Hornung habe die Liste mit den Vorbildern für die Figuren in einem Tresor hinterlegt.

Christoph Mai saß gerade beim Frühstück in der Küche, als Wenk mit Overbeck erschien. Die Fenster standen weit auf, die Rosen dufteten herein und vermischten sich mit dem Geruch des frisch gekochten Kaffees. Heike ging hinaus, um zu öffnen. Arnold war nicht da. Mai sah durch das Fenster, wie Heike zwischen Hortensien und Lavendel zum Gatter lief.

Das Auge des Schauspielers Overbeck ruhte fasziniert auf der elfenhaften Erscheinung im Vorgarten. Mit nichts hätte er weniger gerechnet als mit dieser unbekannten Schönheit. Was wollen Sie, fragte Heike und musterte Overbeck. Ist Herr Dr. Mai da? fragte Wenk. Herr wer, fragte Heike. Herr Dr. Mai, sagte Wenk. Woher kennen Sie ihn, fragte Heike. Woher? wiederholte Wenk. Herr Dr. Mai ist Journalist. Ich bin ihm früher öfter begegnet. Herr Dr. Mai ist in Potsdam durchaus bekannt. Nicht so bekannt wie Herr Overbeck freilich. (Wenk wies auf Overbeck. Der Schauspieler brummte zufrieden und schaute das Mädchen mit hellen und freundlichen Augen an.) Nicht so bekannt wie wer, fragte Heike mit Blick auf Overbeck. Overbeck war über diese Frage so verblüfft, daß er nichts sagen konnte.

Wenk: Kennen Sie nicht Herrn Eisenmann? Also, er meine, Herrn Overbeck? Aus Oststadt, der aus dem Schlaatz. Sie, zu Overbeck: Sie sind aus der Serie? Ich bin auch aus der Serie. Overbeck, interessiert: Aha. Und wer sind Sie? Sie: Richter. Ich bin die eine Richter. Sie wissen doch, die Zwillinge. Overbeck: Von den Zwillingen blieb ich bislang gottseidank verschont. Heike stützte sich auf das Gatter und brachte sich bei Overbeck in den richtigen Blickwinkel. Der Mann war sichtlich beeindruckt. Wenk: Ist denn Herr Dr. Mai nun da oder nicht? Wir wollen ihn abholen. Heike: Sind Sie angemeldet? Wenk schaute Overbeck fragend an. Nein, sagte Wenk, angemeldet … sind wir nicht. Da müsse sie erst einmal fragen, sagte Heike und lief ins Haus zurück.

Kennst du dieses Mädchen, fragte Wenk. Nein, sagte Overbeck. Habe er noch nie gesehen.

Zehn Minuten später waren Mai, Heike, Wenk und

Overbeck unterwegs zum Rathaus. Heike und Mai liefen vorneweg, Overbeck und Wenk hinterher. Die beiden letzteren sprachen über die Entwicklung des neuen deutschen Films. Währenddessen fiel der Blick des großen Mannes mit dem Gesicht eines »kampferprobten Kreuzritters« (Magazin Potsdam) immer wieder auf Heike. Wenk wußte nicht, warum dieses Mädchen sie begleitete. Die Veranstaltung sollte ja nicht öffentlich sein.

Sie überquerten den Luisenplatz, passierten die Brandenburger Straße, bogen zur Gutenbergstraße ab und trafen durch Zufall auf Lee, Aische und Loredana. Die Mädchen klingelten gerade bei Majas WG. Es war auch ein Junge aus dem Kotz dabei, er hieß Pöhland, hatte rote Haare und trug eine karierte Punkerhose. Er kam eben vom Platz der Einheit und war etwas angetrunken. Die Gruppe um Heike blieb stehen. Heike sagte, Maja sei nicht zu Hause. Sie sei mit Nils und Arnold zum Jungfernsee. O Scheiße, rief Pöhland. Was ist daran Scheiße, fragte Aische. Pöhland: Ich habe keinen Bock, da jetzt mit dem Fahrrad rauszufahren. Dann gehe ich lieber wieder zum Platz der Einheit. Und was machst du, Heike? fragte Aische, indem sie die Gruppe und insbesondere Overbeck musterte. Heike sagte, sie seien unterwegs zum Rathaus.

Overbeck war jetzt in einem eigenartigen Zustand, die Schar junger Mädchen verdrehte ihm den Kopf. Als Lee und Loredana begriffen, welche Berühmtheit sie da vor sich hatten, begannen sie ein Gespräch mit dem Schauspieler. Beide fanden Eisenmann sehr sympathisch, wenn auch ein bißchen altbacken. Overbeck nickte freundlich.

Der Rotschopf zwinkerte ihm ebenfalls zu. Mit Eisenmann, sagte Pöhland, habe er schon immer mal einen trinken wollen. Er lachte los, es klang wie das Gemekker einer Ziege. Pöhland, rede keine Scheiße, sagte Lee. Overbeck machte *hm* und maß den jungen Mann von oben bis unten, während Wenk begann, unruhig von einem Fuß auf den anderen zu treten. Er wollte endlich seinen Weg zum Rathaus fortsetzen.

Overbeck aber stand mit der neugewonnenen Schar von Verehrerinnen da und hatte es nicht eilig. Die Mädchen zeigten ein merkliches Interesse an ihm. Schließlich ermunterte er sie sogar, sich ihnen anzuschließen und zum Rathaus mitzukommen. Er werde mit Sicherheit Mittel und Wege finden, den kulturell interessierten Nachwuchs Potsdams in den Saal zu bringen. Außerdem gebe es bessere Bilder im Fernsehen, wenn junge Leute da seien und nicht nur ältere.

Nicht nur so alte Knacker wie Eisenmann, rief Pöhland. Eisenmann sei ein alter Knacker! Aber sympathisch! Klar komme er ins Rathaus mit, das wird super! Los, gehen wir alle ins Rathaus! Was ist denn überhaupt los im Rathaus? Ist es wegen der Garnisonkirche? Er lachte wieder.

Mann, Pöhland, echt, du redest wieder eine Scheiße heute, wiederholte Lee.

Die Gruppe um Heike und Overbeck, nun um die drei Mädchen und Pöhland erweitert, brach auf, um ihren Weg in die Ebertstraße fortzusetzen. So hatte Wenk sich die Ankunft im Rathaus freilich nicht vorgestellt. Sein Plan, allein mit Overbeck und Dr. Mai zu erscheinen, war mißlungen. Jetzt hatten sie diese Jugendlichen am Hals. Er fühlte eine Blamage nahen.

Mähähä, lachte Pöhland, als ein Polizeiwagen vorbeifuhr. Overbeck winkte den Polizeiwagen weiter. Die Polizisten schüttelten den Kopf. So kam die ungleiche Gruppe in die Ebertstraße und traf vor dem Rathaus eine größere Menschenmenge an. Die Sonne stand bereits hoch und brannte, einige Herren hatten ihre Sakkos ausgezogen, andere waren in kurzen Hosen und Sandalen erschienen. Auch Oberbürgermeister Friedrichsen hatte sich vor Eröffnung des Treffens in die Menge gemischt. Es sah fast aus wie eine Sonntagsgemeinde wenige Minuten vor dem Gottesdienst. Statt einer Kirche erhob sich hinter ihnen jedoch die große, alte Rathausfassade.

Als Christoph Mai den Vorplatz des Rathauses betrat, erkannte er einige Gesichter wieder, mit denen er vor Jahren zusammengearbeitet hatte. Andere hatte er noch nie gesehen. Es schien, als sei er erwartet worden, denn es kamen mehrere Leute auf ihn zu. Vorgestellt wurden ihm unter anderem: Dr. Dorothee Kupski, die Kulturdezernentin (SPD), eine schlanke, mittelgroße, spröde wirkende Frau Mitte Vierzig. Sie war vor drei Jahren noch nicht im Amt gewesen und musterte Mai vorsichtig. Dann: Michael Schwarz, Dramaturg am Potsdamer Theater, ein kleiner Mann mit tiefer Baßstimme, viereckiger Brille und Kinnbart. Herr Meckel, Kulturamtsleiter, Herr Streubel, Magistratsvorsitzender, andere Damen und Herren, alle in irgendwelchen Funktionen, die sich Mai anhörte, ohne sie sich im einzelnen merken zu können. Er stand dort einige Minuten herum und übte sich wie alle anderen in

Konversation. Schwarz sprach mit Wenks Viertelsekretärin über den Theateretat, andere unterhielten sich über die Uferpromenade am Heiligen See, das neue Kaufhaus oder weitere derzeitige Themen in der Stadt.

Overbeck stand der Mädchengruppe vor wie ein Schäfer seinen Schäfchen. Er lächelte ihnen immer wieder freundlich zu und richtete öfter das Wort an sie: daß die Sitzung dort in diesem Haus stattfinden werde; daß das hier der Magistratsvorsitzende Streubel sei; daß man drinnen vielleicht auch Limonade bekommen könne, und so weiter. Sind das alles deine Kinder, fragte Streubel. Overbeck reagierte darauf etwas indigniert.

Drinnen stieg man über Treppen, durchlief Gänge, und endlich erreichte man den Saal. Als der größte Teil der Gäste Platz genommen hatte, konnte man sich einen Überblick über die Teilnehmerzahl verschaffen. Zur Überraschung des Bürgermeisters faßte der Saal die Besucher kaum. Kulturamtsleiter Meckel, Magistratsvorsitzender Streubel und der OB gingen nach vorn. An der Stirnseite des mit mächtigem Stuck überzogenen Prachtsaals standen zwei Konferenztische. Das Volk lief um die Tische herum, um zum anderen Ende des Raums zu gelangen, wo noch Stühle frei waren. Aus irgendwelchen Gründen marschierte Pöhland, kaum hatte er den Saal betreten, ebenfalls nach vorn zu den Tischen und blieb eine Weile direkt neben Meckel und dem Magistratsvorsitzenden stehen. Von dort lächelte er demonstrativ den Mädchen zu, die weiter hinten im Raum blieben. Vorn kamen die Honoratioren und die Presse zu sitzen, dahinter das mittelständische, interessierte Kulturpublikum, auch Wenk nahm dort Platz, ebenso wie Overbeck. An seiner Seite saß Wenks Sekretärin, hinter ihm saßen die Mädchen. Heike, Lee und Aische steckten die Köpfe zusammen und lachten sich halbtot über den Schauspieler.

In den hinteren Reihen trug sich etwas Unerwartetes zu. Der Besucherstrom, der sich durch die doppelflügelige Tür hineinpreßte, riß nicht ab, so daß es immer enger wurde. Man mußte zur Kenntnis nehmen, daß, obgleich diese Veranstaltung nur für geladene Gäste gedacht war, immer mehr Öffentlichkeit in den Saal kam. Auch Kotzleute waren da. Unten hatten sie Plakate an die Fassade des Rathauses geklebt, waren aber wenige Minuten später von den Ordnungskräften überredet worden, sie wieder zu entfernen.

Erzpriester Klein erschien mit Frau. Er war der einzige Kirchenvertreter im Saal. Klein hatte seit der Eröffnung des Kaufhauses mit Anfeindungen zu kämpfen, es war zu einigen Schwierigkeiten für die orthodoxe Gemeinde gekommen. Vorgestern war ein Stein gegen ein Fenster seines Hauses geflogen. Friedrichsen hatte Klein persönlich eingeladen, um ihm seine Unterstützung zu zeigen, und ließ sich noch vor den Eröffnungsworten im herzlichen Gespräch mit Klein von beiden Potsdamer Zeitungen ablichten.

Die hinteren Reihen waren längst besetzt, viele Leute standen an der rückwärtigen Wand, und Malkowski hatte sich mit seinem Kameramann in die linke hintere Ecke postiert, dem Ausgang gegenüber. Es dauerte einige Zeit, bis Meckel für Ruhe im Saal gesorgt hatte. Bei den Veranstaltern machte sich eine spürbare Nervosität breit.

Verschiedene Stimmungen sind bei solchen Zusammenkünften denkbar. Man erwartet von dem Geschehen im Saal, daß es einen unterhält oder interessiert. Vielleicht kommt man, um andere zu treffen. Oder man wünscht sich einfach, daß etwas möglichst Unvorhergesehenes passiert, ein Zwischenfall, vielleicht sogar etwas Unerhörtes und am Ende gar ein richtiger Skandal. Gerade die alteingesessenen Potsdamer gingen fast notwendigerweise von letzterem aus. Hornung wurde in der Stadt zu unterschiedlich bewertet, als daß es nicht zu Streitereien kommen mußte. Im Grunde erwartete man von dem heutigen Tag, daß die ganze Hornungsache binnen einer Stunde mit großem Getöse an die Wand gefahren würde.

Die Kotzleute in den hinteren Reihen schienen den Unmut der Umsitzenden auf sich zu ziehen, obgleich sie sich nicht lauter verhielten als alle anderen im Saal. Meckel war immer noch dabei, die Unruhe im Saal einzudämmen, und als der Geräuschpegel ein akzeptables Maß erreicht hatte, begann Meckel mit seinem Grußwort und einem Einführungsreferat.

Da Hornung das Kulturamt von Anfang an vor den Kopf gestoßen und sämtliche Gelder auftragsfremd verwendet hatte, war Meckel bemüht, ein Loblied auf die künstlerische und, wie er sagte, eigentlich geniale Eigenständigkeit Hornungs zu singen. Eine Eigenständigkeit, die den Horizont des Magistrats damals, als man Hornung in die Stadt geholt hatte, so meilenweit transzendiert habe, daß daraus völlig unerwartet ein Markenzeichen für die Stadt geworden sei, mehr noch, ein Identifikationsbild, eine künstlerische Synthese. Ein Wort, in dem

Potsdam für diese Generation und auch für die nachfolgenden immer werde erkennbar sein: Oststadt!

Bravo, riefen einige. Andere klatschten. Auch Overbeck klatschte. Er hatte einige Schlaatzbewohner im Saal entdeckt, die in einer Gruppe etwas weiter hinten, nicht weit von ihm, zusammensaßen und zu ihm herüberschauten. Overbeck sah, daß sie T-Shirts mit Oststadt-Zitaten trugen. Meckel fuhr mit seinem Referat, durch den Applaus ermuntert, schwungvoller fort.

Hornung, und das sei seine Leistung, habe sie (das Amt, das Umfeld, die Juroren) über die falschen und üblicherweise naiven Vorstellungen von Kulturarbeit aufgeklärt, denn freilich, und das sei ein Glück, habe Hornung nie dem Anforderungsprofil entsprochen, das das Kulturamt damals in seiner Gutgläubigkeit, um nicht zu sagen Kleingläubigkeit, vom kulturellen Auftrag in dieser Stadt entworfen habe. Und so habe man sich gottseidank von den Vorstellungen lösen dürfen, die man sich am Anfang in dieser Stadt hier gemacht habe. Meine lieben Damen und Herren, sagte Meckel, stellen wir uns doch einmal vor, Hornung hätte gemacht, was wir uns so ausdenken in unserer Amtsschimmelmentalität. Es wäre doch überaus langweilig gewesen, wie wir heute alle sagen müssen.

Dafür lassen wir uns mit Dreck bewerfen, rief jemand.

Meckel verstummte. Er musterte die Reihen. Der Rufer saß im mittleren Drittel, es handelte sich um einen unauffälligen, älteren Mann. Der Mann blickte sich um, weil ihn alle anstarrten, räusperte sich und sagte halblaut: Ist doch wahr.

Meckel redete weiter, entwarf noch einmal das ursprüngliche Konzept, für das der Westdeutsche geholt worden war, und legte dar, inwieweit Hornung dieses Konzept von Anfang an konterkariert habe, weil er dessen Geist besser verstanden habe als die, die das Konzept entworfen hatten. Anschließend ging er auf die Widerstände ein, auf die Hornungs Oststadt natürlich nach wie vor in gewissen Teilen der Bevölkerung stoße.

Ich bin ich und kein gewisser Teil der Bevölkerung, rief eine Frau.

Jaja, ruhig jetzt, rief ein anderer.

Meckel mußte auf diese Einwürfe nicht reagieren, denn es herrschte gleich wieder Ruhe, so daß er fortfahren konnte. Allerdings ging jetzt erneut die Tür auf, und es kamen noch einige weitere Personen in den Saal. Unter anderem erschien Ludwig Hofmann. Er stellte sich hinten an die Wand, hörte zu und fiel nicht weiter auf. Auch der alte Baron kam herein, angesichts seiner ging ein Raunen durch die Menge. Seine Anwesenheit verstieß gegen alle Etikette. Dennoch wurde dem alten Mann Platz gemacht, er setzte sich auf den äußersten Platz der hinteren Reihe und stützte sich auf seinen Stock.

Natürlich, Widerstände, sagte Meckel. Wie sollte ein Künstler nicht auf Widerstände stoßen? Stößt er nicht auf Widerstände, was wäre seine Kunst anderes als eine Gefälligkeit? Wir wünschen ja gerade die Widerstände, wir fordern sie ja geradezu! Und deshalb müssen wir uns natürlich auch als Verwaltung diesen Widerständen stellen, und natürlich ist es so, daß nicht jeder immer so dabei wegkommt, wie er es sich wünscht. Und gerade um uns von dieser oft subjektiven, manchmal sogar eitlen Sicht zu befreien, muß man ... also ... kann man ... er wolle sagen ... wünschen wir uns ja gerade diese Widerstände in der Kunst. Ohne Widerstände keine Kunst. Das ist nun einmal so, und er spreche hier ohnehin nur deshalb über eine solche Selbstverständlichkeit, damit auch im rechten Licht erscheine, wie der Magistrat und das Kulturamt zu ihrer Entscheidung stehen, diesen bedeutenden Filmschaffenden – völlig zu Recht – nach Potsdam geholt zu haben. Damit das draußen nicht wieder dargestellt wird, als würde man sich hier über alles empören! Wir sind Oststadt, freilich sind wir es, aber wir haben stets die Möglichkeit, auch anders zu sein. Beharren wir nicht zu sehr darauf, nicht zu sein, wie wir geschildert werden, sonst laufen wir Gefahr, genau zu sein, wie wir nicht sein wollen.

Und wie wir gezeigt werden, rief es aus dem Saal.

Ein bemerkenswertes Gesetz, das hier aufgestellt wird, rief eine andere Stimme.

Ja, so sein, wie wir nicht sind, damit wir sind, wie wir sind!

Der Hornung hätte von Anfang an hinausgeworfen gehört!

Manche sprangen auf und riefen, hier beweise sich erneut, daß Hornung in allem recht gehabt habe. Diese Stadt sei der Wahrheit gegenüber resistent und in allen kulturellen Dingen verlogen.

Wir, die fröhliche Klitsche, rief begeistert der kleine Michael Schwarz mit seiner Baßstimme und traf damit die Meinung nicht weniger im Saal.

Mähähä, machte Pöhland. Overbeck drehte sich empört um, weil jemand aus der Gruppe seiner jungen Anhänger wie eine Ziege meckerte. Er entzog ihm innerlich sein Patronat. Buchhändler Wenk hielt sich mit wachsender Verzweiflung die Hände vor das Gesicht.

Meckel mußte einige Energie aufwenden, um für Ruhe zu sorgen, damit er in seinem Vortrag fortfahren konnte. Er wies darauf hin, daß Oststadt wachsende Zuschauerzahlen im ganzen Sendegebiet des Landessenders habe und daß inzwischen auch schon Menschen in die Stadt kämen, um Orte zu besichtigen, die sie aus Oststadt kennten. Es habe unter der verdienstvollen Mitwirkung des allseits geschätzten Erich Overbeck (er wies auf Overbeck) Führungen durch den Schlaatz gegeben, weil neuerdings besonders großes Interesse am Schlaatz entstanden sei, was sie sicherlich ohne die Fernsehserie nicht erreicht hätten. Der Schlaatz sei zu einem Markenzeichen der Stadt geworden.

Merke man das auch auf dem Wohnungsmarkt? rief jemand.

Auf in die Platte! rief ein anderer.

Meckel kommentierte diesen Einwurf nicht, sondern wollte das Wort nun dem Magistratsvorsitzenden übergeben.

Immer mehr Stimmen wurden hörbar. Man nahm die Beiträge amüsiert zur Kenntnis, manch einem trieben sie allerdings auch Scham und Schweiß ins Gesicht. Für viele entsprach das, was sie hier gerade erlebten, ihren Erwartungen. Es erhoben sich allerdings auch andere Stimmen, die völlig unerwartet waren.

Heiße man, rief jemand (wer es rief, war nicht auszumachen), neuerdings Prostitution von Minderjährigen gut?

Protegiere die Stadt solche Dinge?

Wir wollen wissen, was Hornung wirklich für einer war!

Das stieß auf allgemeine Verwunderung. Hier und da wurde sogleich die Frage laut, was denn der Magistrat bzw. Hornung oder wer auch immer mit Prostitution und mit Minderjährigen zu tun habe. Viele lachten, die meisten äußerten, man müsse da etwas mißverstanden haben, einige aber forderten sofortige Aufklärung, und all das geschah so rasch, daß Meckel vorn an seinem Tisch gar nicht begriff, was gerade erörtert wurde. Er dachte fieberhaft nach. Ihm war unverständlich, wieso das Wort Prostitution im Saal zu hören war.

Finger und Hände wiesen jetzt, keiner wußte, warum, auf das junge, dürre Mädchen, das hinter dem Schauspieler Overbeck saß und den Leuten dreist ins Gesicht schaute. Die da, ist es die da? tuschelte man. Die in den schwarzen Fetzen da? Die habe ich schon einmal gesehen. Hornung, was soll das eigentlich für ein Name sein? Ich war einmal in Hessen, da hieß ein Fuhrunternehmer Hornung. Ist er der Erbe eines Fuhrunternehmers? Ein Saubermann, ein Saubermann der ganz spezifischen Sorte. So hört doch auf, nichts ist bewiesen! Wenn man alles erst beweisen müßte, säßen wir noch auf den Bäumen! Wer sitzt auf den Bäumen? Wir! Das hat dieser Westdeutsche gesagt? Seht, er hielt uns nämlich alle für Affen, und da hatte er auch ganz recht, schaut euch bloß an …

Nach einer Minute herrschte wieder Ruhe. Malkowski

stand nach wie vor in seiner Ecke und filmte. Hofmann betrachtete seinen Gartenchef von der Wand aus. Bestimmt hatte er, dachte Hofmann, die kleine Meurer jetzt groß im Kasten. Auch eine Form der Materialsammlung. Und morgen zerfetzen sie sich an allen Stammtischen Potsdams die Mäuler über das Mädchen.

Die Erregung legte sich so schnell, wie sie entstanden war. Es blieb nur Verdutztheit zurück. Allerdings konnten viele Saalbesucher in den folgenden Minuten nicht unterlassen, das Mädchen anzusehen, das trotzig auf seinem Platz saß. Was tat sie hier? Sie mußte wohl eine besondere Verbindung zu Hornung haben, denn sonst hätte sie sich nicht diesem öffentlichen Skandal ausgesetzt. Man wußte zwar weiter nichts, konnte aber aus alldem schließen, daß die Anwesenheit des Mädchens im Saal eine Provokation war. Die Frauen verzogen ihre Gesichter, die Männer blickten sehr interessiert zu dem auffallend knapp bekleideten Mädchen hinüber. Frau Kulturdezernentin Kupski betrachtete von ihrer Warte aus nachdenklich die ihr unbekannte Heike und malte sich mit einer gewissen Erregung aus, wie sie das Gespräch mit dem jungen Ding suchen und ihr einen Ausweg aus der Misere, in die sie da offenbar hineingeraten war, weisen werde. Andere wiederum erkannten in Heike das Mädchen, das bei dem Vorfall vor dem Karstadt beteiligt gewesen war, als der Bürgermeister unversehens von zwei Jugendlichen beschimpft worden war, ohne daß man die näheren Umstände je geklärt hatte.

Nun folgte die Rede des Magistratsvorsitzenden. Streubel glättete die Wogen durch ein ausgesucht langweiliges

Referat über Etatzahlen. Er rechnete vor, was Hornung die Stadt gekostet hatte, welchen Etat die Jurorenrunde verschlungen hatte, mit welchen Kosten die Ausschreibung verbunden war, welchen finanziellen Aufwand die notwendigen Sitzungen verursacht hatten, kurz, er faßte die ganze Ansammlung von Verwaltungsakten zusammen, die Hornungs Kommen vorangegangen waren, und summierte deren Kosten. Er wollte der Öffentlichkeit damit veranschaulichen, wie sehr sich die Stadt für das gute Projekt ins Zeug gelegt habe und wie wichtig ihr Hornung gewesen sei. Aus ihm sprach der reine Verwaltungsbeamte. Kaum jemand hörte ihm zu, und wer zuhörte, bekam die Zahlen in den falschen Hals. Die meisten glaubten von diesem Augenblick an, alles Geld sei an Hornung geflossen. Einen ganzen Etatposten habe man dem Westdeutschen an die Hand gegeben. Und nun saß dieses Mädchen triumphal im Publikum, halbnackt, als Konsequenz aus alldem. Nicht wenige glaubten, sich in einer Oststadtfolge zu befinden.

OB Friedrichsen hatte von den Anwürfen aus den hinteren Reihen nicht alles mitbekommen, es war ihm jedoch klar, daß die Stimmung im Saal alles andere als die erwünschte war. Besonders Streubels Ausführungen schienen ihm unglücklich. Er hielt es nicht für geschickt, derart über Geld zu sprechen.

Mähähä, machte Pöhland erneut. Overbeck drehte sich zornig um und zischte um Ruhe. Endlich stand Wenk auf und schritt nach vorn. Da, in seinem Buchladen war das Mädchen auch, rief jemand halblaut. Wenk auch dabei, aha, antwortete es. Jetzt steht sie auf. Das Mädchen steht auf! Da! Mein Gott, wie jung! Das könnte meine Tochter sein. Das arme Ding. Wieso armes Ding! Die weiß genau, was sie tut. Und so was in unserer Stadt! ... in dem Alter!

Heike Meurer verstand von diesen dahingezischten Sätzen nur einen Teil. Es machte sich immer mehr Stimmung gegen sie breit. Aische, Lee und Loredana schauten Heike verdutzt nach, wie sie, um Entschuldigung bittend, zum Ende ihrer Sitzreihe strebte, um den Saal zu verlassen.

Mähähä, machte Pöhland. Wenk verzögerte seinen Schritt, kurz bevor er die Konferenztische erreichte, und blickte dem Mädchen hinterher, das dem Ausgang zustrebte. Kennen Sie die, fragte ein Zuschauer, neben dem Wenk unvermittelt zu stehen gekommen war. Bitte, fragte er erstaunt, während er sein Redekonzept unter den Arm geklemmt hielt. Kennen Sie das Mädchen? Nein, nicht näher, sagte Wenk. Es ist, glaube ich, einfach nur ein Mädchen. Heike stand nun im Türrahmen, zeigte dem kompletten Saal den Vogel und streckte die Zunge heraus. Dann war sie verschwunden. Ein Hausbediensteter schloß hinter ihr die Tür. Also so was, rief man. Hat man so etwas schon gesehen!

Frau Kupski, von Fürsorgepflicht ergriffen, lief dem Mädchen hinterher.

Wenk sprach noch eine Weile über Hornungs Werk, sprach über die Leute, die man zum Symposium einladen wolle, aber es hörte kaum mehr jemand zu, und alle waren froh, als sie aufstehen und sich draußen im Gang bzw. auf dem Rathausvorplatz und in den umliegenden Cafés versammeln konnten, um das Vorgefallene zu bereden. Die Stadt hatte nun Gesprächsstoff.

Im Sommerloch

Alexej war nun schon über zwei Wochen in Potsdam und lebte ein ruhiges Einsiedlerleben auf dem Kapellenberg, unterbrochen nur durch Besuche bei Mai und jene öffentlichen Stunden auf dem Berg, in denen er sich gefeiert vorkam wie ein Popstar. Ihm war das anfänglich natürlich unangenehm gewesen, aber Klein, seinem Interimsvorgesetzten, zu dem er Zutrauen hatte wie zu einem Vater, gefiel es. So ein Leben, pflegte Klein lächelnd zu sagen, hatten wir noch nie auf dem Berg hier!

Mit der Zeit lernte Alexej, den Widerstand gegen die ungeordneten Einfälle in seinen Tagesrhythmus und sein Seelenleben aufzugeben, die ihn auf dem Kapellenberg ereilten. Ebenso wie die Arbeit in der Druckerei und in der kleinen Kerzengießerei im Münchner Kloster gemacht werden mußte, mußten auch die Gespräche, mit denen er auf dem Kapellenberg konfrontiert wurde, geführt werden, und man konnte auf genau die gleiche Weise wie bei der Buchdruckerei und beim Kerzengießen auf Abstand zur eigenen Person dabei gehen. Alexej war in diesen Gesprächen auf dem Berg zwar als Seelsorger gefragt, aber dennoch begriff er sie schon nach kurzer Zeit als eine Art handwerkliche Aufgabe, die ihm, wie ihm mit der Zeit klar wurde, nicht mehr und nicht weniger abverlangte als alles andere auch.

Im Verlauf der Tage waren Alexej nun schon viele Menschen begegnet. Es hatte eine Weile gebraucht, bis er begriffen hatte, daß ihn Anastasia Hofmann oft betrachtete. Das schmeichelte ihm, allerdings schob er es, und nicht zu Unrecht, auch darauf, daß sie offenbar seinen monastischen Lebenswandel bewunderte. Anastasia selbst war eine der fleißigsten Gottesdienstbesucherinnen in der Gemeinde, und als Alexej sich nach wenigen Tagen Klein hinsichtlich des Mädchens und ihrer besonderen Vorliebe für ihn offenbarte, versicherte ihm Klein, daß Anastasia auch schon vor Alexejs »Berühmtheit« regelmäßig und mit genau derselben Pünktlichkeit die Gottesdienste aufgesucht hatte wie jetzt.

Mit der Zeit fand Alexej ein gewisses Verhältnis zu dem Mädchen. Es war ihm klar, daß sie seine Nähe suchte, aber es blieb doch stets eine angemessene Distanz, über die Alexej froh war. So drohte nie die Gefahr, das Verhältnis zwischen beiden könnte durch zu große Nähe oder Intimität belastet werden. Auch das Mädchen fügte sich in diese Distanz und war nach einer Weile sogar glücklich darüber; das Verhältnis zu Alexej wurde für sie dadurch gewinnbringender. Sie sprachen jeden Tag vielleicht zehn Minuten, meistens nicht allein, und auch wenn sie allein vor der Pforte der Alexander-Newski-Kapelle standen, fanden nie Gespräche zwischen ihnen statt, die nicht auch andere Ohren hätten hören können. Sie taten das nicht mit Absicht, sondern es geschah einfach so, und es sah auch keiner von beiden eine Vorsichtsmaßnahme darin.

Auch als Anastasia erstmals von jenem Erlebnis im

unterirdischen Sanssouci sprach, geschah es vor der Kapelle. Unten in der Stadt hätte sie mit Sicherheit niemals über diese Sache zu reden gewagt. Sie schilderte den Kapellenraum, erzählte von dem Ikonenbild und der Fotografie, ohne allerdings Heike Meurers Namen zu erwähnen, denn um nichts in der Welt ging sie davon aus, daß der Mönch diese Hexe kennen könnte. Sie sprachen an diesem Tag über Andacht und Kulte, und das unterirdische Sanssouci galt Anastasia in diesem Zusammenhang als Beispiel für einen Privatkult, es handelte sich um die kultische Verehrung eines Mädchens, letztlich also (dieses Wort fiel nicht, es war aber klar) um die kultische Verehrung von Sexualität, die offenbar im Geheimen und im Bösen enden mußte.

Alexej riet Anastasia, nicht zu viel über solche Dinge nachzudenken. Er versuchte den Eindruck zu dämpfen, den Anastasia von diesem Erlebnis zurückbehalten hatte. Er erzählte, wie er mit einem ehemaligen Bekannten im Übergangswohnheim in Winsen an der Luhe selbst solche Nischen eingerichtet hatte, in ihrem kleinen Zimmer, allein um einen Ort für ihre religiösen Verrichtungen zu haben. Natürlich hätten sie auch in ein Gotteshaus gehen können, aber sie waren damals in einem provisorischen Lebenszustand und schufen sich Halt, wo es ging. Freilich konnte das auf Außenstehende sektiererisch wirken. Aber in den damaligen Wochen war es nicht anders möglich gewesen.

Natürlich war damit Grigorij gemeint. Alexej hatte ihn übrigens seit seinem ersten Tag in Potsdam nicht mehr gesehen. Auch seine Tasche mußte noch immer in Grigorijs Zimmer auf der Babelsberger Seite liegen.

Verschiedene Dinge geschahen in diesen Tagen. Heike war im Fernsehen zu sehen. Der Bericht über die Versammlung im Festsaal des Rathauses fiel auf den ersten Blick moderat aus. Es hieß, das Schaffen und die Person des Künstlers werde von unterschiedlichen Seiten unterschiedlich bewertet. Als man den Buchhändler Wenk (AG Hornung) sagen hörte, das Privatleben eines Künstlers sei öffentlich nicht verhandelbar, zumindest nicht für städtische Behörden, schwenkte das Bild zuerst über das allgemeine Publikum im Saal, dann geschah, beim Wort Privatleben, ein Schnitt direkt auf Heike Meurer, die auf solche Weise für einige Momente den ganzen Bildschirm ausfüllte. Als Ludwig Hofmann das sah (er sah diese Sendung wie fast jeder in Potsdam), wurde er wieder an Methoden erinnert, die er noch kannte aus dem anderen Land. Es bedurfte beim Wort Privatleben nur dieses Schnitts auf das Gesicht des Mädchens, und schon war die Information öffentlich.

Drei Tage nach der Versammlung im Rathaus veranstaltete die Kotz-Theaterlaiengruppe ihre stadtweit plakatierte szenische Lesung von frühen Oststadtfolgen. Die Aufführung fand im Zerosaal statt, einer Halle, die meistens für Jugendveranstaltungen genutzt wurde und in der sonst Independentbands auftraten. Da sich dort am Nachmittag während eines Konzerts zahlreiche Kotzleute mit Kapuzenpullis versammelt hatten, um eine Taktik für die bevorstehende große Antigarnisonkirchendemonstration auszuhecken, geriet auch die Hornung-Veranstaltung in eine politische Richtung. Schon vor der Aufführung wurden Handzettel verteilt, auf denen zu lesen stand: *Mit Oststadt gegen die Garnisonkirche.* Ein großes Antigarnisonkirchenbanner wurde aufgehängt und empfing die jubelnden Besucher über dem Saaleingang. Man hatte den Eindruck, es handle sich bei der Veranstaltung selbst um eine Demonstration.

Die Veranstaltung begeisterte die zumeist jungen Zuschauer, auch wenn miserabel vorgelesen wurde. Oststadt war unter ihnen schon längere Zeit Kult. Man las die Dialoge wie Schlüsseltexte, wobei jeder Satz eine zweite Bedeutung bekam. Im Publikum wurde alles verstanden, viele Sätze bekamen Applaus. In Folge zwei zum Beispiel sagt die Figur Lutz Beinow bei ihrem allerersten Auftritt in der Serie: »Ich komme hier eigentlich nie her.« Der Satz wurde stürmisch bejubelt. Man sah darin einen grandiosen Ausdruck für die absolute Provinzialität Potsdams. »Ich komme hier eigentlich nie her« beinhaltete aber noch mehr. Spott darüber, wie die Stadt, der Magistrat und Teile der Bürgerschaft durch Projekte wie Wiederaufbau des Schlosses oder der Garnisonkirche Anschluß an frühere Berühmtheit zu finden versuchten. Der bekannteste Satz stammte von Eisenmann, er sagt ihn bereits in der ersten Folge: »Friedrich war mal.« Der Satz war unter Oststadt-Fans seit langem ein Klassiker, man trug ihn neuerdings auf Buttons und auf T-Shirts, in der Kotz-Szene begrüßte man sich teilweise mit diesem Satz, und im Zerosaal sorgte er für minutenlange Unterbrechung durch euphorischen Jubel. Über allem lag Pöhlands Ziegengelächter.

Das Ende der Veranstaltung war, daß zwei Polizisten erschienen und den Fortgang der Aufführung unterbanden, weil eine einstweilige Verfügung vorlag. Man hatte vergessen, das Aufführungsrecht einzuholen. Besser gesagt, niemand war auf den Gedanken gekommen. Die Laienleser traten von der Bühne, andere aus dem Zuschauerraum stiegen hinauf und lasen nun selbst Textpassagen oder begannen, über das Raummikro Diskussionsvorschläge für die Demonstration zu machen. Es endete, wie es immer im Zerosaal endete, nämlich mit einer Unmenge Bier. Die Sauferei wurde anschließend umstandslos im Kotz weitergeführt. Jede Bierflasche, die sie öffneten, war für sie wie der endgültige Beginn einer besseren Welt, oder zumindest ein Ausdruck der Sehnsucht danach, und als in der Nacht die letzten Teilnehmer in ihre Betten oder auf ihre Matratzen taumelten, hatten sie alles längst schon wieder vergessen …

Auch andere Figuren, die bislang gar nicht in den Vordergrund getreten waren, suchten sich dieser Tage eine Sommerbeschäftigung, etwa Wenks AG-Hornung-Sekretärin mit Viertelstelle. Sie war eine schlanke Person, mädchenhafte Gestalt, dunkelblond, um die dreißig, in grauem Kostüm, alleinstehend. Schwarz, der Dramaturg, hatte sich mächtig in sie verguckt, obwohl sie ein Hautproblem im Gesicht hatte, das sie allerdings geschickt zu überpudern wußte. Hin und wieder traf sie den Dramaturgen, aber eigentlich interessierte sie sich für ganz anderes. Meistens saß sie im Café Heider, chattete und las Kontakte. Einmal fand sie sich, interessehalber, zu einem anonymen Rendezvous ein, obgleich sie so etwas noch nie gemacht hatte. Es war ihr erstes Mal, und sie war sehr gespannt.

Sie fand eine mädchenhafte Frau mit großen Augen und schwarzem Haar vor, deren Erscheinung fast zart zu nennen war. In ihrem Übermut und Ungestüm plauderte die Sekretärin all ihre Wünsche und Phantasien aus, die erstaunlich weit gingen und deren Erfüllung sie sich von ihrer Partnerin versprach. Merle Johansson war ebenso interessiert und unterhielt sich gern mit der Frau im grauen Kostüm, aber nach einiger Zeit wurde der kontaktsuchenden Sekretärin doch bewußt, daß hier ein völliges Mißverständnis vorlag. Trotzdem freundeten sich die beiden Frauen für ein paar Tage regelrecht an. Zwar entstammten beide vollkommen verschiedenen Milieus, aber einige Zeit war es geradezu aufregend, sich miteinander zu unterhalten, und da Merle in solchen Dingen weitreichende Erfahrung hatte, entführte sie die Sekretärin in ganz neue Welten, zumindest verbal. Merle sprach mit ihr wie ein Arzt. Sie hatte der Sekretärin nur leider von Anfang an klargemacht, daß sie all diese Dinge niemals einer Frau antun würde. Gerade das hatte sich die Frau in Grau in ihrer Sommerphantasie aber erhofft. Merle ging mit ihr auch einmal nach Sanssouci in Malkowskis Keller, weil es ihr große Freude bereitete, der Frau all die Dinge dort zu zeigen und zu erklären. Es gab sogar Maschinen. Die Frau bewunderte alles und fuhr mit ihrer Hand ehrfürchtig über die Gegenstände. Diese Begegnung veränderte die Frau in Grau nachhaltig. Sie fand es gewaltig, daß andere Menschen sich ihre Wünsche einfach so erfüllten und daß dazu einfach nur nötig war, daß man es tat, und daß dem nichts im Wege stand außer man selbst. Nach einigen Tagen emanzipierte sich die Sekretärin von ihrer Führerin, kaufte dies und das, probierte ein wenig herum, entdeckte Neues und verschwand bald wieder aus Merles Gesichtskreis und dem Café Heider.

Noch eine andere Person aus dem letzten Kapitel verselbständigte sich für eine Weile, nämlich Dorothee Kupski, die Kulturdezernentin. Sie setzte Himmel und Erde in Bewegung, um Näheres über Heike Meurer in Erfahrung zu bringen, und suchte sie einige Tage lang fast täglich in der Gregoriusstraße auf, um sie mit ihren Fürsorgephantasien zu umhegen. Kupski meinte das Mädchen unbedingt wieder auf eine gerade Bahn bringen zu müssen. Man konnte die Uhr danach stellen, wenn sie abends nach Dienstschluß um halb sechs auf Hornungs Grundstück erschien und das Mädchen dazu nötigte, mit ihr im Garten ein Glas Limonade oder kalten Tee zu trinken. Mai war fast immer zugegen, manchmal auch Alexej. Weil aber Heike eine ziemliche Renitenz entwickelte und beim besten Willen nichts aus ihr herauszubekommen war, ließ Frau Kupski ihre Bemühungen bald wieder sein, zog sich enttäuscht zurück, verschwand in ihrem Amtsgebäude, stürzte sich in Kulturarbeit und Max-Hornung-Projekte und wurde im Garten in der Gregoriusstraße nicht mehr gesehen.

Mai und Alexej hatten nicht weniger als Heike das Gefühl, hier sei ein Angriff erfolgreich abgewehrt worden.

Die Tage im Garten in der Gregoriusstraße verliefen jetzt ruhig. Heike lag meistens auf einem Handtuch unter den grünen Zweigen des Apfelbaums, Mai trank Wein in der Laube und arbeitete, oder er saß mit Alexej und Frau

Schmidt auf den Gartenstühlen und trank Kaffee. Arnold war ebenfalls öfter zugegen und lag neben seiner Schwester im Schatten des Baumes.

Auch der Postbote sollte erwähnt werden, der für einige Tage dieser trauten Runde zuzurechnen war. Er kam jeden Morgen gegen zehn, da saß die »Familie« bereits (oder noch) im Garten beim Frühstück und bei der Zeitung (Heike und Arnold konnten morgens mitunter einen unglaublichen Appetit entwickeln). Der Bote brachte immer eine Handvoll Briefe, teils an Hornung gerichtet, teils an Mai. Die Jugendlichen öffneten die Post, das gegenseitige Vorlesen und die allgemeine Belustigung bei der Zurkenntnisnahme des Inhalts (etwa wenn wieder einmal ein Brief vom Kulturamt, von Kupski oder von Wenk dabei war) konnte mitunter bis zum Mittag dauern, dann begannen die Zwillinge Bier zu trinken oder fuhren zum See. Mai war über das Erscheinen des Postboten zunächst verwirrt gewesen, weil er ein gelbes Postfahrrad fuhr. Aber er hatte sich daran gewöhnt. Der Postbote stieß ein, zwei Häuserecken vorher regelmäßig auf den alten Baron und konnte Mai deshalb am Gartenzaun den jeweils neuesten Stadtklatsch berichten.

An einem Tag brachte er für Mai einen Brief, der als Absender den Namen einer Potsdamer Rechtsanwältin trug. Mai war an diesem Vormittag nicht da, und die Jugendlichen legten ihm diesen Brief auch nicht vor.

Als im Lokalteil eines großen Boulevardblattes ein Foto Heike Meurers erschien, wurde die Zeitung in Potsdam wesentlich häufiger gekauft als sonst. In vielen Kneipen sah man an diesem Tag die Ausgabe auf der entsprechenden Seite aufgeschlagen. Einerseits gab es die Verfechter der Moral, sie waren empört. Andere hingegen hätten Heike viel lieber auf Seite eins der betreffenden Zeitung gesehen. Auch Herr Hofmann erlebte solche Gespräche in seiner kleinen Wirtschaft in der Gutenbergstraße, wo er stets am Tresen neben dem Stammtisch stand und verfolgte, wie der kleine Stammtisch restverwertete, was der große Stammtisch, die Medien, ihm an Material überantwortet hatte. Als er der öffentlichen Verhandlung über das Mädchen beiwohnte, konnte er nicht umhin, seinem Gartenchef für diesen sauber und nach klassischen Prinzipien ausgeführten Schlag Respekt zu zollen.

In diesen Tagen der zunehmenden Berühmtheit Heikes kam auch die Sekretärin einmal in ihre Nähe. Es war eine zufällige Begegnung im Café Fajngold.

Die Sekretärin hatte die Geschichte in der Zeitung mit großem Interesse verfolgt. In der Zeitung hatten zwar, abgesehen vom Bild Heikes, keinerlei Fakten gestanden, vielmehr war jeder Sachverhalt als Frage gekennzeichnet worden (»Nimmt diese lüsterne Schülerin Potsdamer aus, indem sie ihnen Schulhofsex bietet?« *etcetera*). Aber das war egal, die Sekretärin identifizierte das Mädchen wie die meisten in der Stadt seitdem ausschließlich mit Sex.

Jetzt saß das Mädchen auf einem Barhocker neben ihr

an der Theke im Fajngold und hielt ein Bier in der Hand. Eben noch hatte die Sekretärin ein Magazin durchgeblättert, Tee getrunken, nach draußen geschaut und ihren Tagträumen freien Lauf gelassen. Jetzt konnte sie ihre Gedanken nicht mehr von dem Mädchen lösen, das eben hereingekommen war. Heike entfaltete eine ungeahnte Wirkung auf die Sekretärin. Sie schaute Heike an und sagte sich: Dieses Mädchen hat bereits mit siebzehn alles erreicht ... wahrscheinlich hat sie einfach schon alles getan, alles, was denkbar ist. Das Mädchen wurde in diesem Augenblick urplötzlich der hundertprozentige Ausdruck all ihrer Begierden. Für das, was jetzt in ihrem Kopf vonstatten ging, verwendete die Sekretärin das Wort »großes Kino«. Die Bilderfolgen, die sie vor Augen hatte, ergaben sich in etwa aus dem, was sie neulich in den unterirdischen Kelleranlagen im Park Sanssouci gesehen hatte, und aus den allgemeinen Vorstellungen, die ihr das erwähnte Boulevardblatt nahelegte, gemischt mit ihren eigenen Phantasien. Noch wenige Sekunden zuvor wäre sie nie darauf gekommen, daß man sich das ausdenken könnte: so hart an die Kandare genommen zu werden, so hart und überaus brutal von einem siebzehnjährigen, extrem bewußten Mädchen. Die Sekretärin geriet in äußerste Erregung.

So saß sie neben Heike. Als Heike merkte, daß ihr die Frau im grauen Kostüm unmotiviert ins Gesicht lächelte, begriff sie dieses Lächeln zuerst nicht, dann war sie entgeistert. Was ist denn, fragte sie.

Was soll sein, fragte die Frau zurück und fuhr fort, sie anzulächeln.

Suchen Sie ein Gespräch, oder was suchen Sie, fragte Heike über ihrer Bierflasche.

Was könnte ich denn suchen, fragte die Frau sehr interessiert.

O mein Gott, sagte Heike, stand auf und verließ den Tresen. Noch so eine, dachte sie. Das ist ja furchtbar, was die angerichtet haben. Da kommt man ja gar nicht mehr raus. Da ist mir Grigorij, ehrlich gesagt, noch lieber. Der arme Kerl.

Heike lief durch den Raum und ließ sich mit ihrer Bierflasche auf einem Kissen nieder, außer Sichtweite der Bar. Sie war in Gedanken schon längere Zeit bei Grigorij. Vorhin war er ihr wie ein Hündchen nachgelaufen, alles hatte wie am Schnürchen geklappt, es hatte genau so funktioniert, wie sie gedacht hatte … Grigorij hatte das Foto letzte Woche in seine Kapelle gebracht, und sie war heute, wie versprochen, zur Einweihung mit ihm dort gewesen … dennoch fühlte sie sich jetzt mitgenommen. Als er ihr nachgelaufen war, hatte sie sich immer wieder umgedreht und seinen Gesichtsausdruck gesehen, diesen Blick, der so etwas Höriges hatte. Wahrscheinlich waren es die furchtbarsten Momente in seinem Leben gewesen … Grigorij hatte Ehrfurcht vor ihr, wie vor einem Engel. So stumm, wie er in sich versunken war … Er hatte Demut empfunden, er wäre auch im Dreck gekrochen, hätte sie es ihm befohlen. Ja, es war eine seltsame Stunde mit Grigorij gewesen. Wie muß er jetzt leiden, dachte Heike. Niemals hätte Grigorij sehen dürfen, was er gesehen hat. Das stand Heike deutlich vor Augen. Und doch war es sein größter Wunsch gewesen. Auf jede ihrer Reaktionen hatte er geachtet, als er hinter ihr hergelaufen war, auf jede kleinste Bewegung, auf jede kleinste Regung in ihrem Gesicht, wenn sie sich umgedreht hatte. Immerfort hatten ihm Tränen in den Augen gestanden. Am Grünen Gitter hatte sie seine Hand genommen, um ihn in die Friedenskirche zu ziehen, und hatte auf ihn einzureden begonnen wie auf ein Kind. Jeder ihrer Augenbewegungen war er mit seinem Blick gefolgt, seltsamerweise lag gerade in diesem hündischen Verhalten eine gewisse Würde. Ein Mensch, der seine Scham überlebt hatte ... Ja, sagte sich Heike, der Unterschied zwischen Grigorij und den anderen ist, daß Grigorij dieses Hündische an sich hat, während alle anderen noch im Augenblick ihrer größten Erniedrigung so seltsam panisch um sich blikken, als hätten sie noch etwas zu verlieren. Wie ängstlich er übrigens auf dem Weg durch den Park war! Und als wir die Pforte erreichten, die Pforte zur Unterwelt, lief er mir einfach weiter hinterher, und seinen Raum zeigte er mir höchst beschämt. Wieviel Mühe er darauf verwendet hat! Der arme Kerl.

II

Grigorijs Geständnis

Am selben Tag entschloß sich Alexej endlich, etwas zu tun, was er nun schon mehrfach verschoben hatte, nämlich seine Tasche bei Grigorij abzuholen. Er hatte sich bisher nicht zu einem zweiten Besuch bei Grigorij durchringen können. Es wurde aber immer unentschuldbarer, daß er nun schon fast drei Wochen die Augen davor verschloß, in welcher Lage sich Grigorij befand.

Am Nachmittag, die Sonne stand noch hoch am Himmel, begann Alexej seinen Marsch. Er wählte einen anderen Weg vom Kapellenberg hinunter als den üblichen und schritt eilig. Die angenehme Luft, das frische Grün der Bäume, das Gezwitscher der Meisen und Finken, all das belebte ihn. Er schaute munter umher. Obgleich er auf seinen Weg achtete, bog er einmal in die falsche Straße und stand unvermittelt vor dem Neuen Garten. Alexej lief durch den Park, betrachtete die Häuser der Reichen am gegenüberliegenden Ufer, verweilte mit dem Blick auf den Spaziergängern, grüßte höflich, wenn er jemandem aus der Gemeinde begegnete, und kam schließlich zum Gotischen Pavillon am Südrand des kleinen Sees. Dort sah er drei Jugendliche auf der Mauer sitzen, die ihre Füße ins Wasser baumeln ließen. Hinter ihnen lagen Fahrräder. Einer von den Jungs war Arnold, die anderen kannte Alexej nicht. Alles sah völlig gewöhnlich aus. Arnold winkte begeistert, sprang auf, lief zu ihm hin und grüßte ihn sehr freundlich. Sie wollten an den See und dort den ganzen Tag bleiben, erzählte er. Alexej nickte, nach einem kurzen Gespräch lief er weiter.

Auf der großen Brücke, die Alexej wie am Anfang seines Potsdamaufenthalts überquerte, stieß er auf Grigorij, der am Scheitel der Brücke stand und nach unten schaute. Längere Zeit bemerkte er Alexej nicht. Grigorij stand auf seltsame Weise da, er hatte die Arme hinter dem Rücken verschränkt und beugte sich über die Brüstung. Es sah aus, als betrachte er etwas dort unten mit großer Aufmerksamkeit und merklichem Interesse. Je näher Alexej kam, desto besser konnte er erkennen, daß Grigorijs Gesichtsausdruck seiner Haltung entsprach, nämlich aufmerksam und interessiert. Alexej sah allerdings nichts, was den Bulgaren dort unten hätte interessieren oder seine Aufmerksamkeit so sehr in Anspruch nehmen können. Grigorij trippelte sogar auf der Stelle, als warte er auf etwas, das unbedingt gleich geschehen müsse. Als Alexej auf seinen alten Kameraden zutrat, reagierte dieser überhaupt nicht. Alexej blieb neben ihm stehen. Unter ihnen sah man nur Sand und Wasser. Nach einigen Minuten schaute Grigorij seinen ehemaligen Wohnheimkollegen verblüfft an. Hast du es gesehen, fragte er. Was habe ich gesehen, fragte Alexej. Hm, machte Grigorij, hm, hm. Dann richtete er sich auf und stand plötzlich sehr gerade da. Alexej fiel zum ersten Mal auf, wie klein Grigorij war. Er schien kleiner geworden zu sein in den letzten Jahren. Übrigens weiß ich jetzt, wo wir die Lichter bekommen, sagte Grigorij und blinzelte Alexej fröhlich an. Welche Lichter, fragte Alexej. Weißt du nicht mehr, immer haben wir uns Gedanken über die Lichter gemacht, es sollten ganz spezielle Lichter sein, wir hätten zum Beispiel in die Drogerie gehen können, nicht wahr, in die Drogerie, denn in Winsen gibt es eine Drogerie, den Schlecker, also, kurz gesagt, eine Drogerie. Alexej sagte, er verstehe kein Wort.

Dann erinnerte sich Alexej daran, wie sie in Winsen damit beschäftigt gewesen waren, Heiligenlichter zu finden, und wie sie dafür zunächst bis nach Lüneburg gefahren waren, denn es mußten Öllichter sein. Als sie sich die Fahrten nach Lüneburg nicht mehr leisten konnten, hatte Grigorij den Vorschlag gemacht, einfache Teelichte zu kaufen. Offenbar sprach er davon. Er sprach vom Schlecker, der Bedienung ... diese Bedienung, sagte er, habe alles über ihn gewußt, von Anfang an alles gewußt ... andererseits ... sie habe, glaube er, gar nichts gewußt, wir sprachen mit ihr, erinnerst du dich, und bis heute frage ich mich: Hat sie alles verstanden und nur so getan, als habe sie nichts verstanden, oder hat sie nichts verstanden und nur so getan, als verstehe sie alles. Darum dreht sich übrigens, kurz gesagt, die ganze Welt. Ja, sagte Alexej und stutzte. Nein, nein nein, brummte Grigorij, das ist es nicht. Ganz und gar nicht. Es ist schade ... schade ... das Licht. Das Licht, Alexej, und die Ikone stand damals so dunkel in meinem Zimmereckchen, dunkler als in deinem, und jetzt steht sie so hell, sie leuchtet und strahlt. Grigorij, sagte Alexej, ich habe eine Frage an dich. Bist du auf dem Weg nach Hause? Ich habe vor einiger Zeit, als ich bei dir war, meine Tasche bei dir stehenlassen, und ich würde sie gern holen. Grigorij lächelte mit hellem Gesicht. Er griff seinen ehemaligen Kollegen am Arm, seine

Gedanken glitten offenbar in vergangene, bessere Zeiten zurück, denn er sagte: Nichts ist dauerhafter als ein Provisorium. Ja, sagte Alexej und lächelte ebenfalls, nichts ist dauerhafter als ein Provisorium, das war damals unser Spruch. Grigorij kicherte, dann drehte er sich abrupt um und ging langsam los. Alexej folgte ihm. Grigorij blieb unterwegs stumm, dann sprudelte es wiederum aus ihm heraus. In seinem wirren Duktus gab er Alexej einen gewissen Überblick über seine letzten Jahre und darüber, wie er in den Humboldtring, wo er wohnte, geraten war. Er schilderte sein Leben in etwa so, wie es ein Landstreicher geschildert hätte. Grigorij war augenscheinlich aus allen Bindungen herausgefallen. Er lebte in einer so großen Einsamkeit, daß er manchmal wochenlang nichts sprach, einfach weil niemand da war, mit dem er hätte sprechen können. Übrigens erzählte Grigorij alles so, als sei es völlig normal und müsse genau so sein. Zum Beispiel erzählte er, wie er vor zwei Wochen damit beschäftigt gewesen sei, einen Socken auszubessern, was ihn Tage gekostet habe ... er habe weder Nadel noch Faden gehabt, es sei sehr schwierig gewesen, für beides einen Ersatz zu finden ... aber er schilderte es nicht so, als sei es ein Zeichen für Heruntergekommensein. Er erzählte es so, als sei es völlig normal. Alexej kam in diesem Augenblick zu der Überzeugung, daß Grigorij schon lange das Bewußtsein dafür verloren hatte, wie es um ihn stand. Er war völlig abgestumpft und fast zu einem Idioten geworden. Allerdings fiel ihm auch Kubain ein, und daß er dort nicht viel anders gelebt hatte als Grigorij hier. Es hatte ihm damals ebenfalls an vielem gefehlt; das war ihm aber nie als Problem erschienen, sondern einfach als etwas, das notwendigerweise zum Leben dazugehörte und im Grunde sogar völlig richtig war. Und wie Alexej damals in Kubain immer sehr stolz auf sich gewesen war, wenn ihm durch Improvisieren gelang, einem Mißstand abzuhelfen, so war auch Grigorij hier in Potsdam stolz auf sein notdürftiges Stopfen des Sockens. Er erzählte es mit derselben Zufriedenheit, mit der sie sich damals in Winsen ganz ähnliche Geschichten erzählt hatten. (Auch das Besorgen der Öllichter war im Grunde eine ähnliche Geschichte.) Grigorij stellte überdies als besonders trickreich dar, wie er sich seine hiesige Wohnung verschafft hatte. Allerdings gehörte diese Wohnung augenscheinlich zu den schlimmsten Löchern, die in Potsdam zu haben waren.

Alexej nickte beifällig zu Grigorijs Geschichten und stellte erstaunt fest, daß sich der Bulgare in eine regelrechte Euphorie hineinredete. Grigorij schlug ihm vor, unbedingt Tee in seiner Wohnung zu trinken, das heiße in seinem Zimmer, denn mehr als ein Zimmer sei es nicht, leider. Aber es sei in einem guten Haus. Das sei wichtig: in einem guten Haus unterzukommen. Das habe seine Mutter stets gesagt. (Grigorijs Mutter war schon vor seiner Abreise nach Deutschland gestorben.) Jeden Tag Bewegung, habe seine Mutter gesagt, jeden Tag beten und sich gesund ernähren. Deshalb gehe er jeden Tag nach Sanssouci. So habe es angefangen. Er meine: daß er in den Park gegangen sei. Seine Mutter habe eine bestimmte Art von Kartoffeleintopf gemacht, mit Borretsch und Dill und Fleisch. Übrigens sei sie mit ihm in die Kirche gegangen. Weißt du, sagte Grigorij, ich überlege manchmal, wann ich das Licht zum ersten Mal gesehen habe. Ich habe es ja nie gesehen, immer nur als Andeutung hatte ich es gesehen. Als Andeutung eines Lichtes, könnte man sagen. Also, wann habe ich die Andeutung des Lichtes zum ersten Mal gesehen? Übrigens, ich war zehn und badete in einem Fluß. Als ich aus dem Fluß herauskam, da war es, glaube ich, genau in diesem Moment. Wir waren zu dritt, aber daran lag es nicht. Zwei Mädchen aus unserer Schule warteten auf uns, sie wollten nicht in den Fluß. Sie standen nur dort. Ich war früher stark, weißt du. Ich war kräftig, ich war gesund, das war das Essen meiner Mutter. Ich schloß mich ein, aber nur manchmal. Alexej, weißt du, die Zeit, als wir gern allein waren und uns einschlossen?

Alexej sagte nichts. Er wußte nicht, wovon Grigorij sprach.

Dieses Einschließen ... als ich in die Kirche ging, war es ähnlich, das war auch ein Einschließen, und zu Hause habe ich auch immer eine Kerze angemacht. Das Licht, das war immer wichtig, Alexej, verstehst du, wie damals, in Winsen, und Licht ... Kerzen ... überall sind sie, man bekommt sie, auch wenn man nichts hat, ein Licht gibt einem doch schließlich jeder, und dann ... hat man ein Licht, denn nichts ist dauerhafter als ein Provisorium, und Gott hilft einem in jeder Lage, oder nicht? In Winsen hatten wir immer Licht. Aber es waren nur Andeutungen ... nur Andeutungen ... und weißt du, was passiert, wenn man das Licht sieht? Kannst du dir das vorstellen, das Licht zu sehen? Alexej (er griff Alexej an den Arm), weißt du, was passiert, wenn du das richtige Licht siehst, also, ich meine, nicht nur eine Andeutung von ihm, sondern das richtige …

Sie waren unterdessen vor dem Haus angekommen, in dem Grigorij wohnte. Der Bulgare suchte in seiner Hosentasche nach dem Schlüssel, betrachtete eine ganze Weile die Regentonne neben dem Eingang, schien Tränen in den Augen zu haben, dann erglänzte sein Gesicht in einem Lächeln, anschließend suchte er weiter nach dem Schlüssel, fand ihn allerdings nicht. Es war jedoch gleichgültig, denn die Tür war, wie sich herausstellte, nicht abgeschlossen. Der Hausflur war verdreckt und über und über mit Sprüchen beschmiert, fast noch mehr als bei Alexejs erstem Besuch. Grigorij grüßte jeden, der ihnen entgegenkam, mit großer Höflichkeit. Im ersten Stock standen zwei Russen in Unterhemden auf dem Treppenabsatz, rauchten und zeigten Grigorij einen Vogel, als er sie höflich grüßte. He, Väterchen, riefen sie zu Alexej, niemals grüßt der verrückte Bulgare, aber heute grüßt er, wie haben Sie das gemacht? Grigorij reagierte auf all das überhaupt nicht. Alexej blieb stehen und fragte die beiden Russen, seit wann sie hier wohnten. Drei Monate, sagte der eine. Der andere sagte, er wohne seit eineinhalb Jahren hier. Alexej fragte, ob damals Grigorij bereits hier gelebt habe. Ja, bestätigte der zweite Russe, habe er. Grigorij stand während dieser Unterredung da wie ein Hündchen … er betrachtete, weil er nichts anderes zu tun hatte, das kleine Fenster im Treppenhaus, das mit einem Gitterkreuz versehen war und einen rechtwinkligen Kreuzschatten auf die ganze Treppenhausszene warf.

Auch Alexej bemerkte diesen Kreuzschatten. Es schien, als erschrecke Grigorij über diesen Kreuzschatten, denn plötzlich stieg er schnell die nächste Treppe hinauf. Alexej folgte ihm. Oben lief der Bulgare den Gang entlang, sehr eilig, vor seiner Tür suchte er wieder nach einem Schlüssel, diesmal fand er ihn in seiner Hosentasche, und tatsächlich war sein Zimmer abgeschlossen. Grigorij hatte also immerhin noch genügend Verstand, die Tür abzusperren. Sein Zimmer sah genauso aus wie an dem Tag, als Alexej in Potsdam angekommen war. Nichts hatte sich verändert. Alexejs Tasche stand an derselben Stelle, an der er sie abgestellt hatte. Grigorij ging sogleich mit emsigen Bewegungen daran, Wasser in den Wasserkocher zu füllen, um es anschließend für den Tee zu erhitzen. Wahrscheinlich, dachte Alexej, hatte er die zwei Russen im Treppenhaus nur deshalb begrüßt, weil er so seltsam enthusiastisch ist. Er ist geradezu aufgekratzt, aber warum nur? Dann saßen sie, jeder mit einer Tasse, auf der Bettkante, und Grigorij erzählte von seinem Glück.

Immer wieder verwendete er die Lichtmetapher. Er warf mit dieser Lichtmetapher alles durcheinander bis hin zur völligen Unverständlichkeit. Andererseits, das wußte Alexej, war auch keinem unter den Menschen wirklich damit gedient, die Worte voneinander zu trennen und genau zu unterscheiden. Grigorij war in seiner eigenen Welt, und was er in ihr sprach, war für Alexej kaum zu beurteilen, aber vielleicht auf seine Weise ganz wahr. Grigorij begann die Geschichte seines Lichts, angefangen bei den Andeutungen, noch einmal ganz ausführlich von vorn zu erzählen ... von der Kindheit an. Vom Winter, vom Schnee, den Schlitten mit ihren Lichtern, dem Weihnachtsbaum, von Ostern, wie sie in der Schule Kerzen auf den Tischen angezündet hatten, wie überhaupt Kinder ihre ganz eigene Form des Lichtes haben und das Licht, dasselbe Licht, für die Kinder bestimmt etwas ganz anderes ist und mit Sicherheit ganz anders aussieht als später für die anderen ... obgleich sie es genauso lieben, wenn auch auf andere Weise ... später sei dann die Zeit gekommen, wo er sich für das Licht bestraft habe, immer wenn er das Licht gesehen habe, habe er sich bestraft, in Worten und in Taten, und je mehr er sich bestraft habe, desto heller sei die Andeutung des Lichtes geworden, und das sei, wie er wisse, bei jedem der Fall, denn anders sehe man das Licht nicht: man bestraft sich, wenn man es sieht, und sieht es dadurch deutlicher. Grigorij wurde in seinem Monolog immer kryptischer, bis er (er hatte gerade seine erste Tasse Tee beendet) in eine regelrechte Verzückung geriet, in der er immer wieder Dinge ausrief, die Alexej nicht verstand, die Grigorij aber mit besonderem Nachdruck hervorbrachte, weil sie ihm offenbar sehr wichtig waren. Er erzählte, mit achtzehn sei er Soldat geworden und habe sich dem Selbstmord geweiht, und diesen Selbstmord habe er wiederum Gott geweiht, damit habe er versucht, vor Gott davonzulaufen, weil er zu schmutzig für Gott gewesen sei, wie er damals gedacht habe ... aber er hatte nichts verstanden ... niemand sei für Gott zu schmutzig ... er habe diesen an sich naheliegenden Gedanken lange Zeit nie gehabt: daß niemand für Gott zu schmutzig sei ... er sei ihm einfach nicht eingefallen. (Alexej wußte ganz bestimmt, daß Grigorij Natchev niemals

Soldat gewesen war – er kannte seine Schwester und hatte einen gewissen Überblick über Grigorijs Leben.) Als er begriffen habe, daß man für Gott nicht zu schmutzig sein kann, habe er lange Zeit im Dreck gelegen. Er habe sich sogar immer wieder absichtlich in den Dreck geworfen, gesuhlt habe er sich darin, aber nur in seinem Geiste, es sei auch nicht mit Vorsatz geschehen ... und es seien übrigens alles nur Worte »im nachhinein«. Ich bin damals gewesen wie du, sagte er zu Alexej in einem Augenblick bemerkenswerter Klarheit. Aber jetzt mache ich Worte »im nachhinein«, und manchmal vergesse ich, ob ich mich damals wirklich beschmutzt habe oder ob ich mir das erst später zurechtgelegt habe ... Ich habe mich immer vor dem Licht in den Schmutz geworfen, aber Gott hob mich aus diesem Schmutz, nein, er ließ mich nicht fallen, er hob mich heraus, und ich sah diesen Schmutz von oben, und ich sah, daß es kein Schmutz war, sondern daß auch da überall das Licht war, verstehst du? Auch damals im Schlecker sah ich es. Ich sah es damals jeden Tag. Auch in den Augen des Mädchens dort, das bediente. Sie war jung, erinnerst du dich nicht? Es war das Licht, aber, wie ich jetzt begriffen habe, wiederum nur die Andeutung des Lichtes. Ich bin ein Jünger des Lichtes, dachte ich für einen Moment, an einem Tag in Winsen, ich dachte es für einen Moment, aber dann wußte ich sofort, daß ich kein Jünger bin. Habe ich dir das eigentlich erzählt, daß ich kein Jünger bin? Ich bin aber auch nicht abgefallen ... hier, ich kann dir Schriften zeigen, Schriften, die beweisen könnten, daß ich nicht abgefallen bin, übrigens habe ich selbst eine Schrift verfaßt, möchtest du sie lesen?

Alexej war fassungslos. Er saß sprachlos da. Grigorij redete immer weiter, stand auf, lief drei Schritte durch das winzige Zimmer, hin und her und hin und her, dann setzte er sich wieder und faselte weiter wirres Zeug. Am Ende versuchte er Alexej unbedingt davon zu überzeugen, daß er vielleicht bald sterben müsse, weil er heute das Licht gesehen habe, genau heute, nicht das Licht in Andeutungen, sondern das Licht, das ganze Licht, der Engel habe ihm das Licht gebracht, aber er dürfe darüber nicht reden, und er habe Angst, Angst, jetzt sterben zu müssen, aber andererseits habe er keine Angst, denn vom heutigen Tag an sei alles anders ... er lebe jetzt vermutlich im ständigen Licht ... vielleicht sei es das ewige Leben. Das ewige Leben im Tod ... oder der ewige Tod im Leben ... dort. Alexej: Wo dort? Er: Im Park ... mit dem schönen Namen. Er blickte Alexej an. Wußtest du, daß ich erst nach Jahren begriff, was das heißt, Sanssouci. (Vor sich hin starrend:) Ich kann ja kein Französisch. Grigorij verstummte. Er saß wieder neben Alexej und nickte bedächtig vor sich hin. Alexej stand auf, nahm seine Tasche und sagte: Grigorij, hör mich an, komm auf den Kapellenberg! Sei oft da, ich bitte dich. Laß unseren Kontakt nicht wieder abreißen! Ich möchte dich dem Erzpriester vorstellen. Warum nur bist du nie zu ihm gegangen? Ich verstehe vieles von dem, was du sagst, nicht. Ich bitte dich um dieses eine: komm einmal auf den Kapellenberg. Versprichst du mir das? Ja, sagte Grigorij, der wieder Tränen in den Augen hatte, ich verstehe, was du meinst. Ich verstehe, was du meinst. Alexej: Ich bitte dich darum, weißt du, es würde mich freuen. Er: Ich verstehe, ich verstehe sehr gut, was du meinst. Auf den Kapellenberg, jaja. Grigorij auf den Kapellenberg. Aber der Engel … wußtest du übrigens, daß es Engel gibt? Ich habe seit meinem fünfzehnten Lebensjahr daran geglaubt. Zuerst war es mehr … eine Art Entschluß, also, daß es Engel gibt. Ich hatte es so beschlossen, und dann habe ich gewartet (alles Worte »im nachhinein«, alle »im nachhinein«, aber das ist egal!). Grigorij wartete seit seinem fünfzehnten Lebensjahr. So ist das. Weißt du, daß die ganze Welt voller Engel ist? Sie sind überall, fliegen um uns herum, und sie sind schön, die Engel. Die Engel bringen das Licht. Das war, wie gesagt, so ein Entschluß von mir, so wie ich auch einmal fast einen Monat den linken Fuß nachgezogen habe, nur so, weil ich mich auch dazu entschlossen hatte. Ich zog einen Monat den Fuß hinterher, jeder glaubte, es sei die Wahrheit, jeder glaubte, es sei etwas mit dem Fuß passiert, und währenddessen glaubte ich selbst es auch. Ich stand morgens auf, trat auf, und der Fuß funktionierte nicht, es geschah wie von selbst. (Leise:) Andere schweben bisweilen, wußtest du das? Ich habe es selbst gesehen. Sie schweben fünf Zentimeter über dem Boden. Aber es gelingt ihnen nur kurz. Ich immerhin zog den Fuß einen Monat hinter mir her, aber dann starb meine Tante, ich ging zur Beerdigung, und anschließend hatte ich es vergessen. Ich war wie gesagt fünfzehn zu dieser Zeit. Und weißt du, was seltsam ist? Mit dreiundzwanzig fing es wieder an. Wieder war es der Fuß. Er blieb von selbst zurück. Ich schob es auf einen Unfall, den ich hatte. Noch heute laufe ich nicht wirklich gerade, ist dir das aufgefallen? Man muß genau hinschauen, dann sieht man es. Alexej konnte nicht umhin zuzugeben, daß ihm das bereits in Winsen aufgefallen war. Hm, machte Grigorij und starrte vor sich hin, während Alexej mit seiner Tasche im Raum stand. Der Engel kommt wieder. Der Engel und der Fuß. Der Engel hat eine ganz genaue Angabe gemacht, hihi. Aber es wundert mich nicht, daß auch, oder gerade, die Engel nach dem Kalender planen. Dann werde ich das Licht noch einmal sehen. Dann werde ich geheilt sein, weißt du, was ich meine? Ich werde alles wieder abschließen, wie er es mir gesagt hat. Und dann kann ich auch sterben. Aber man kann nicht sterben, während man auf einen Engel wartet, der sich angekündigt hat ... Alexej ließ seinen alten, verrückt gewordenen Bekannten weiterreden. Er stellte seine Tasche wieder ab. Es brach ihm das Herz, diesen Menschen so zu hören.

Grigorij fing wieder mit dem Kalender an. Er kam auch wieder auf den Schlecker und den Park zu sprechen, auch auf jenen Augenblick, als er aus dem Fluß gestiegen war und die beiden Mädchen vor ihm und seinen zwei Kollegen standen, und schließlich bekräftigte er, daß der Engel, daß er ... kurzum ... am siebten August noch einmal komme, der Engel, und er dürfe mit ihm mitgehen, mit dem Engel ins Licht.

Alexej setzte sich wieder, während Grigorij stammelte, am siebten August, am siebten August, und daß er bis dahin keinesfalls sterben könne, und daß er eine Kerze anzünden werde und vor allem geschützt sei.

Grigorij, fragte Alexej, warum sagst du das: du habest einen Engel gesehen? Bist du dir sicher?

Er war nicht schmutzig, sagte Grigorij. Ich habe lange auf ihn gewartet, und er ist so nett, ich ... ich ... ich werde alles abschließen und nie mehr hingehen ... ich habe es versprochen ... Grigorij verfiel jetzt in ein längeres Schweigen. Er wirkte nun panisch, als habe er alles, was den Engel betrifft, eben durch sein Gefasel entweiht. Er wollte nun gar nicht mehr mit Alexej reden. Hatte er in der letzten Viertelstunde teilweise klar und verständlich gesprochen, so gab er nun bloß noch schluchzende Laute von sich. Plötzlich sprang er auf und rief, es gebe keine Engel, er habe gelogen, er habe alles erfunden, er habe übrigens auch nie seinen Fuß nachgezogen, er habe ihn angeschwindelt, es sei alles nur ein Provisorium, es sei alles »im nachhinein«, ja, sie sollten noch einen Tee trinken, auf den Kapellenberg solle er kommen, ja, das sei interessant, den Erzpriester kenne er, glaube er, gar nicht, wie heiße er denn?

Du hast deinen Fuß damals nachgezogen, sagte Alexej traurig. Du hast ihn auch eben nachgezogen.

Nein, rief Grigorij nun geradezu verzweifelt, bestimmt nicht habe er den Fuß nachgezogen, er wäre nie auf den Gedanken gekommen, er sei nur verwirrt, es sei ihm nur so vorgekommen!

Grigorij, fragte Alexej, hast du eben die ganze Zeit von einer Frau gesprochen? Hast du eine Frau kennengelernt? Oder ein ... Mädchen?

Sie haben es mir geklaut, rief Grigorij, sie haben es mir von da geklaut und mich verhöhnt, rief er und wies auf einen leeren Bilderrahmen an der Wand mit einem kleinen Brettchen darunter. Aber ich habe es wieder ... es ist jetzt in Sicherheit ... ich habe es mir noch am selben Tag zurückgeholt!

Grigorij sprang auf. Er lief wie von Sinnen durch den kleinen Raum, rang die Hände, schluchzte, fiel auf die Knie und trommelte mit den Fäusten gegen seinen Kopf, so daß Alexej ihm die Arme festhalten mußte. Spucke lief aus Grigorijs Mund und sammelte sich zu Fäden, er tobte ... aber seltsamerweise in fast völliger Lautlosigkeit, nur ein leises Wimmern drang aus ihm. Er war nun nicht mehr ansprechbar. Mit der Zeit verfiel der völlig verzweifelte Bulgare in eine Art Gebet, er kniete vor dem Bett (dort war er in seinem Anfall hingefallen), hatte die Hände gefaltet und lag mit seinem Oberkörper halb auf der Matratze, wobei ihm Tränen aus den Augen liefen und er immer wieder die Worte *lieber Gott, lieber Gott, mein lieber Gott* wiederholte. So klang sein Gebet, es war das Gebet eines Verzweifelten. Alexej legte ihm eine Hand auf die Schulter. Er war durch Grigorijs Zusammenbruch selbst fast besinnungslos geworden. Komm auf den Kapellenberg, hörst du, Grigorij! Bitte versprich es mir! Grigorij schien, während er heulte und seinen lieben Gott anrief, ein wenig zu nicken. Er heulte unverdrossen weiter. Alexej blieb hilflos vor seinem ehemaligen Kollegen stehen. Nach einigen Minuten nahm er seine Tasche wieder an sich und verließ das Haus.

Zum Wesen des öffentlichen Gesprächs gehört, daß es nie abreißt. Das eine oder das andere Thema (die eine oder andere Person) kann zwar für eine Weile aus den Schlagzeilen verschwinden, führt aber ein Untergrundleben weiter, in diesem Raum, in jener Redaktion, in jener Wirtschaft ... So kann einer wie Max Hornung wochenlang aus den öffentlichen Blättern und dem Fernsehen verschwunden sein, und doch taucht er nach einiger Zeit wieder aus dem Untergrund auf, weil das Gespräch über ihn so kulminiert, daß es mit aller Gewalt die Oberfläche durchstößt, wie Moby Dick im letzten Kapitel des gleichnamigen Buches. Oberbürgermeister Friedrichsen gehörte zu den klügeren Personen in der Stadt, aber auch er war gegenüber den stadtinternen Prozessen machtlos. Daher hatte er sich das Dasein eines Moderators angewöhnt, der zu den Dingen zwar seine Ansicht hat, sie aber nicht äußert, und wenn doch, dann nur in vertraulichen Zirkeln.

Heute sollte ein solcher Zirkel zusammenkommen. Ins Büro des OB waren die Kulturdezernentin Dorothee Kupski bestellt, der Kulturamtsleiter Meckel, der Magistratsvorsitzende Streubel und Dr. Christoph Mai, dem die Stadt unter Federführung Meckels inzwischen einen Kuratorenvertrag angeboten hatte. Friedrichsen wollte sich ein Bild von der allgemeinen Stimmung um Hornung verschaffen. Und er wollte Herrn Dr. Mai etwas näher kennenlernen.

Mit seiner Kulturdezernentin hatte Friedrichsen keine

schlechten Erfahrungen gemacht. Sie konnte hart verhandeln, war loyal, hatte eine gut eingefädelte Parteikarriere hinter sich, redete allerdings manchmal ein bißchen viel und hatte etwas unangenehm Sozialromantisches an sich. Sie sprach dauernd von Minderheiten und Ausgegrenzten, obgleich das mit ihrem Ressort nichts zu tun hatte. Dorothee Kupski konnte sich in äußerst pathetischer Weise um Einzelschicksale kümmern, das machte sie in erster Linie wegen des Presseechos, es schien sie aber auch persönlich zu befriedigen. Die Frau war alleinstehend und trat mit einer gewissen Härte auf, die Friedrichsen an seine alte Religionslehrerin im Oldenburger Land, seiner Heimat, erinnerte. In Oststadt hieß die Kupski Liebermann und lebte mit einer Freundin zusammen.

Friedrichsen zog es schon seit einem Jahr vor, die Serie nicht mehr zu schauen und auch nicht mehr über sie informiert zu werden. Seinen Namen hatte er vergessen.

Zu Meckel hatte Friedrichsen eine klare Ansicht. Meckel war ein kompletter Vollidiot, der an keinem Tag verstand, was er zu tun hatte, und über nichts angemessen referieren konnte. Durch kaum einen Menschen hatte Friedrichsen mehr Mißverständnisse entstehen sehen als durch seinen jetzigen Kulturamtsleiter. Meckel war einer der Hauptschuldigen an dem Vertrag, den die Stadt mit Hornung geschlossen hatte und der dazu führte, daß die Stadt die Serie bis heute mitfinanzieren mußte. Er galt als ständiges Betriebsrisiko. Andererseits stellte Meckel eine Idealbesetzung nicht nur für sein gegenwärtiges, sondern für jedwedes Amt dar, insofern er völlig unfähig war, eigene Positionen zu entwickeln. Er erinnerte Friedrichsen an einen alten, blinden, unbeholfenen Schoßhund. In Oststadt kam Meckel nicht vor, das galt in eingeschworenen Kreisen als Höchststrafe.

Der Magistratsvorsitzende Streubel war jemand, der immer ordnungsgemäß und verläßlich arbeitete, jovial und herzenswarm wirkte, aber zugleich hinterrücks eiskalt Dinge exekutierte. Friedrichsen hatte ihn in der ersten Zeit seines Amtes als eine Art spanische Inquisition benutzt, also für die Drecksarbeit. Er wußte bis heute nicht, was er von ihm halten sollte. In Oststadt war Streubel für viele die eigentliche böse Macht im Hintergrund.

Friedrichsen saß in seinem Büro und erwartete die kleine Runde. Das Büro war so groß wie ein Saal und hatte hohe Decken mit angegrautem Stuck, man fühlte sich darin etwas verloren. Der OB kaute in seinen Mundwinkeln, trank eine Tasse Kaffee und rauchte. Schließlich kam seine Sekretärin und kündigte die Gruppe an. Zuerst trat Frau Kupski ein, mit erhobenem Kopf und säuerlicher Miene, dann Meckel, der auf den Boden schaute, schließlich der Magistratsvorsitzende, der aufgeregt war und rief, er verstehe das alles nicht, sie hätten den Doktor einfach mitnehmen sollen! Er könne sie doch nicht einfach auf offener Straße stehenlassen! Der Vertrag, diese Summen! Hinter dem Magistratsvorsitzenden, der entnervt auf Meckel sah, kam nicht Dr. Mai ins Büro, wie es Friedrichsen erwartet hätte, sondern Erich Overbeck. Der Schauspieler stand unschlüssig da, er war noch nie im Büro des Oberbürgermeisters gewesen. Overbeck trug einen »Friedrich war mal!«-Anstecker.

Friedrichsen, der hinter seinem Schreibtisch saß, stand auf und ging auf sie zu, um sie der Reihe nach zu begrüßen. Gerade wollte er ein paar Worte an Overbeck richten, um ihn nach dem Grund seiner unangemeldeten Anwesenheit zu fragen (wobei sein Blick auf den Anstecker fiel), als er Geräusche aus dem Vorzimmer hörte, die Tür erneut aufging und unter mehrmaligem Entschuldigen nun auch der Buchhändler Wenk das Büro betrat. Aber meine Damen und Herren, sagte Friedrichsen, was ist das denn für ein Auflauf? Bitte erklären Sie mir doch, was das zu bedeuten hat. Ja, sagte Meckel, freilich, man habe … aber … es sei nun einmal leider ganz anders gekommen. Bitte? fragte der OB. Herr Wenk, wir haben gar keinen Termin jetzt! Das ist keine öffentliche Sprechstunde. Es handelt sich hier lediglich um eine Verabredung zwischen Frau Dr. Kupski, Herrn Meckel, unserem Magistratsvorsitzenden und Herrn Dr. Mai. Bitte respektieren Sie das doch! Der Magistratsvorsitzende: Aber Dr. Mai ist gar nicht da. Ja, und wo bitte ist Herr Dr. Mai? fragte Friedrichsen. Ich hatte doch gebeten, daß ihn jemand abholt und herbegleitet, damit auch sichergestellt ist, daß er kommt. Meckel: Wir waren ja da. Frau Kupski: Es war ein regelrechter Andrang. Friedrichsen: Ein Andrang? Könnten Sie das bitte näher erklären? Frau Kupski: Da waren diese Jugendlichen, unter ihnen dieses Mädchen Heike, Sie wissen schon, die aus der Versammlung. Als ich um die Ecke gebogen kam, verließ Herr Dr. Mai gerade mit diesem Russen das Haus, er ist, glaube ich, Gärtner. Gärtner, wiederholte Friedrichsen, wer ist Gärtner? Sie: Der Russe ist Gärtner. Moment einmal, sagte Friedrichsen, Sie wollen mir erzählen, daß Sie Herrn Dr. Mai mit einem Gärtner angetroffen und deshalb nicht hergebracht haben? Die Kupski: Es sah nicht so aus, als würden sie über Gartenarbeit sprechen. Meckel: Der Gärtner spielt auch in der Serie mit. Sie: Sanssouci, es fiel das Wort Sanssouci. Sie zogen auch das Mädchen zu dem Gespräch hinzu. Herr Dr. Mai schenkte mir leider überhaupt keine Beachtung. So, sagte Friedrichsen, er schenkte Ihnen keine Beachtung? Und Sie, Meckel, fragte er, schenkte er Ihnen Beachtung? Nun, äh, ich, sagte Meckel, ich kam natürlich auch hinzu ... unmittelbar nach der Frau Kulturdezernentin. Da waren sieben oder acht Leute. Ich traf Herrn Overbeck ... Jawohl, sagte Overbeck, er traf mich. Diese Jugendlichen, Herr Oberbürgermeister, folgen mir manchmal, wohin ich gehe. Komm, komm, sagte Wenk, die Gruppe war schon längst da, als du kamst. Es war nämlich folgendermaßen, sagte Wenk, sich an Friedrichsen wendend ...

Friedrichsen war nun mit seiner Geduld am Ende, er komplimentierte Wenk und Overbeck aus seinem Büro. Fünf Minuten später saßen die Verbliebenen um den Konferenztisch und versuchten auch ohne Herrn Dr. Mai zur Sache zu kommen. Meckel referierte über den Kuratorenvertrag. Friedrichsen erfuhr, daß der Vertrag noch nicht retourniert worden sei. Laut Kupski öffnete Mai nämlich schon seit einiger Zeit seine Post nicht mehr, sondern ließ sie von dem Mädchen lesen. Bitte? fragte Friedrichsen.

Der Magistratsvorsitzende bat um das Wort und gab zu erkennen, daß Mai seiner Meinung nach dringend wieder beseitigt werden müsse. Die Dringlichkeit entstehe leider durch diverse Anwürfe, die schon fast greifbar gegen Mai im Raum stünden. Frau Kupski warf ein, da müsse man jetzt nicht gleich wieder polarisieren, wenn ein Kind da sei, sie könne darin keinen Skandal sehen, beim besten Willen nicht. Ein Kind? fragte der OB. Von welchen Anwürfen gegen Mai reden Sie? Der Magistratsvorsitzende sagte, er selbst habe drei Kinder, allerdings sei er auch verheiratet. Die Kulturdezernentin: Wollen Sie damit sagen, daß das gesellschaftlich jetzt wieder verbindlich sein soll, Kinder, Ehe, also, daß das der Lebensentwurf ist, den die Stadt ihren Bewohnern vorschreiben soll, oder was? Der Magistratsvorsitzende: Daß Sie keine Kinder haben, wissen wir, es weiß ja die ganze Stadt. Sie kümmern sich lieber um Minderheiten. Die Kulturdezernentin: Ich sehe hier wirklich nicht das Problem. Meckel: Ich glaube auch nicht, daß der Herr Magistratsvorsitzende hier ein Problem sieht, das heißt, also, kein persönliches Problem, sondern nur ein ... öffentliches. Der Magistratsvorsitzende: Ihm sei es völlig gleichgültig, wer mit wem in dieser Stadt Kinder hat. Übrigens war Hornung bekanntermaßen verheiratet. Aber man müsse doch an die Presse denken! Da holen wir, die Stadt Potsdam, all diese Kulturleute hierher, und dann machen die sich über unsere Studentinnen her, zeugen hier, was das Zeug hält, und verschwinden dann wieder. Kupski: Oder sterben. Der Magistratsvorsitzende: Ja, oder sterben. Noch schlimmer! Irgendwann wird dieses Kind auf die Titelseite des Lokalblatts kommen. Der OB: Meine Damen und Herren, ist Ihnen eigentlich, wenn ich Sie mit aller gebührenden Höflichkeit darauf hinweisen darf, bewußt, daß ich überhaupt nicht die geringste Vorstellung habe, wovon Sie hier gerade sprechen? Wollen Sie mir sagen, daß Herr Hornung ein Kind in dieser Stadt hat? Der Magistratsvorsitzende: Ja. Die Kulturdezernentin: Nein. Meckel: Ja ... das heiße ... nein. In gewisser Weise. OB: Herr Hornung hat *in gewisser Weise* ein Kind in dieser Stadt? Meckel: Ja. Und da kommt wohl was auf uns zu. Der OB: Wo ist denn dieses Kind? Wer ist die Mutter? Ist sie eine bekannte Persönlichkeit? Die Kupski: Das wissen wir nicht. Sie kommt aus Potsdam. Aber wir wissen nicht, wer sie ist. Ich habe die Geschichte nur sehr vertraulich erfahren. Der Magistratsvorsitzende: Das heißt, Sie waren wieder mal im Café? Sie: Ja, genau, im Café. Dort ist man den Dingen etwas näher als in Ihrem Büro, Herr Magistratsvorsitzender. Wir wissen nur, daß Hornung nicht mit ihr zusammengelebt hat. Er hat sie ... OB: Sitzenlassen? Die Kupski: Ja und nein. Es ist, mit einem Wort, diesmal wirklich kompliziert. Und weitaus schlimmer. Aber sie wehrt sich inzwischen juristisch, ja, sie war beim Rechtsanwalt, und Herr Dr. Mai ist jetzt in Verzug.

Friedrichsen atmete tief durch, stand auf, ging ein paar Schritte, stellte sich ans Fenster, schaute hinaus, dann kam er wieder zurück und stützte beide Hände auf seinen Schreibtisch. Herr Dr. Mai? fragte er. Warum Herr Dr. Mai? Ich denke, Hornung ist der Betreffende. Meckel: Beide ... offenbar. Friedrichsen: Bitte? Die Kupski: Es ist eine Geschichte, die wir auch nur halb verstanden haben. Es basiert alles auf diesem Rechtsanwalt, das heißt, auf dieser Rechtsanwältin ... es ist aber streng vertraulich. Bitte, gut, sagte Friedrichsen, lassen wir die Rechtsanwältin anonym bleiben. Und jetzt legen Sie mir die Sache bitte der Reihe nach dar. Der Magistratsvorsitzende: Wie soll man eine Sache, von der Teile ganz im unklaren liegen, der Reihe nach darlegen? Friedrichsen (aufbrausend): Nun reden Sie doch klar! Die Kupski: Also, Herr Hornung ist *de iure* Vater eines Kindes in der Stadt gewesen. Friedrichsen: Für das er keinen Unterhalt gezahlt hat – ist es das? Die Kupski: Doch. Und für die Mutter glücklicherweise auch. Er ist ja mit ihr verheiratet gewesen. Der Magistratsvorsitzende: Sie haben nicht zusammengelebt, warum sie überhaupt geheiratet haben, ist völlig unklar. Hornung hat sich durch die Heirat auf neun Jahre Unterhalt für die Mutter verpflichtet. Offenbar kannten sie sich gar nicht. Der OB: Wieso neun Jahre? Meckel: Eine alleinerziehende verheiratete Mutter hat neun Jahre Unterhaltsanspruch an den Gatten. Friedrichsen: Aber wenn sie gar nicht zusammengelebt haben? Die Kupski: Es ist nun einmal so. Friedrichsen: Aber war denn Hornung wahnsinnig, so jemanden zu heiraten? Wie kann er jemanden heiraten, mit dem er nicht zusammenlebt, und dafür ein Leben lang ein Kind und neun Jahre so eine Frau bezahlen? Meckel: Von der Perspektive der Frau aus gesehen kein schlechtes Geschäft. Friedrichsen: Aber das ist doch sinnlos. Die Kulturdezernentin: Nun ist er ja auch tot. Geld hinterläßt er übrigens keines, Immobilien auch nicht. Die Mutter ist jetzt am richtigen Vater dran. Meckel: Sie braucht ja Unterhalt. Die Kulturdezernentin: Also ist sie zum Rechtsanwalt gegangen, um den biologischen Vater feststellen zu lassen, der offenbar unser Dr. Mai ist. Friedrichsen: Mit dem sie allerdings nicht verheiratet ist. Sie: Nein. Der Oberbürgermeister sagte, daß er die ganze Geschichte nicht verstehe. Wieso hat dieser Hornung nicht nur die kompletten Kosten übernommen, sondern sich auch noch diese neun Jahre aufgehalst? Die Kupski: Wer weiß, was da lief. Der Magistratsvorsitzende: Wer schaut schon in die Betten dieser Stadt? Friedrichsen: Der Boulevard. Der Magistratsvorsitzende: Eben. Friedrichsen: Dann haben wir, in aller Kürze gesagt, ein Problem. Die Kupski: Das können Sie laut sagen.

Friedrichsen lehnte sich zurück, faltete die Hände und schaute nach oben zur Stuckdecke. Dann sagte er, nachdem er sämtliche Risiken im Kopf abgewogen hatte: Da müssen wir jetzt durch. Wir sind ja nicht für die Leute verantwortlich, die hier künstlerisch tätig sind. Es ist doch eine ganz gewöhnliche Geschichte, letztlich.

Der Magistratsvorsitzende: Sie finden es gewöhnlich, daß sich ein Verrückter neun Jahre an so eine Frau bindet? Ich habe mal, einen Augenblick, warten Sie, hier ist ein Zettel … ich habe aufgeschrieben, was ihn das gekostet hätte, wenn er die neun Jahre erlebt hätte. Neunmal die Frau, fünfundzwanzigmal das Kind, das kommt *summa summarum* und grob gesagt auf … für die Frau einhundertzweiundsechzigtausend Euro, für das Kind etwa einhundertfünfzigtausend Euro, also insgesamt dreihundertzwölftausend Euro, davon überschlägig gesagt zweihunderttausend Euro in den ersten neun Jahren. Pro Jahr also mehr als zwanzigtausend Euro. Nach Steuern. Das heißt, der Betreffende kann um die eintausendachthundert Euro im Monat für diese Madame hinlegen. Nach Steuern!

Friedrichsen sagte, er dachte immer, diese Künstler hätten nicht soviel Geld. Immerhin sei er vermutlich bei Oststadt nicht ganz leer ausgegangen.

Meckel, Kupski und der Magistratsvorsitzende schauten hierbei unter sich beziehungsweise auf verschiedene Stellen auf dem Boden. Irgend etwas schien dort ihr Interesse zu wecken. Was ist denn, meine Damen und Herren, fragte Friedrichsen.

Nun, sagte Frau Kupski, vielleicht haben wir Ihnen die Sache noch nicht in ihrer Kompliziertheit, oder sagen wir, Komplexität …

… kurz, in ihrem ganzen Ausmaß, warf der Magistratsvorsitzende ein …

… nahegebracht, vollendete die Kulturdezernentin ihren Satz. Wir haben ja, wie gesagt, über all das bloß Vermutungen. Aber überlegen Sie sich, wie würden die Medien diese Geschichte erzählen?

Der Oberbürgermeister antwortete, da gebe es nicht viel zu erzählen. Westdeutscher zeugt Kind in Potsdam und verschwindet. Oder es ist eine Geschichte von »zwei Männern und einer Frau«. Es wird lediglich zeigen, wie unsolide wir in der Bewertung der angeworbenen Personen waren, zumindet unter dem spießbürgerlichen Gesichtspunkt, mit dem die Boulevardpresse alles betrachtet. Die legen ja immer das Maß der normalen Bevölkerung an, und da ist man nach wie vor hingerichtet, wenn man ein außereheliches Kind hat.

Ihren Optimismus in Ehren, sagte Frau Kupski, aber

das ist nicht das ganze Ausmaß. Bedenken Sie, welche Popularität Hornung durch diese Fernsehserie gewonnen hat. Bedenken Sie auch, wie diese Serie allgemein aufgenommen wird.

Friedrichsen: Sie wird, soweit ich weiß, als Lächerlichmachung der Stadt aufgenommen bzw. als realsatirische Darlegung dessen, was in unserer Stadt, wie wir ja alle wissen, der Fall ist.

Der Magistratsvorsitzende: Für die einen ist Oststadt eine Unverschämtheit, für die anderen die Wahrheit.

Der Oberbürgermeister: Die Wahrheit ist in den allermeisten Fällen die schlimmste aller Unverschämtheiten. Aber ich konnte stets damit leben. Die Öffentlichkeit ist eine Form des Wahnsinns, das ist uns allen klar, das ist der erste Satz, den man als Politiker lernt, und der letzte, der je diese vier Wände hier verlassen darf. Kommen Sie bitte zum Punkt. Was ist das eigentliche Skandalon?

Frau Kupski: Ich sage noch einmal, es geht nur darum, welche Geschichte erzählt werden wird. Welche Zusammenstellung der Motive klingt am spektakulärsten?

Der OB: Und? Welche?

Frau Kupski: Potsdamer Künstler läßt Kind durch Stadt finanzieren.

Der OB: Wie denn das?

Kupski: … indem er sich über die Stadt lustig macht.

Der OB: Oje. Oje, ich beginne zu verstehen.

Kupski: Ich vermute sogar, daß er damals nur deshalb nach Potsdam gekommen ist. Und daß die Serie von Anfang an dafür erfunden war, das Geld für die Frau zusammenzubekommen.

Der OB: Um diesen Mai zu entlasten?

Sie: Könnte man sagen.

Der OB: Das macht doch kein vernünftiger Mensch! Das ist doch keine Oststadtfolge hier!

Die Kupski: Tja. Wer weiß das?

Der Magistratsvorsitzende: Als mein zweitältester Sohn Vater wurde, hat die Mutter in der Stunde, bevor sie zur Klinik gefahren ist, die Schlösser ausgetauscht, alle Rechtsanwälte haben anschließend meinem Sohn gesagt, vergessen Sie Ihr Kind, das wird das beste sein. Da hat man keine Chance. Wenn es eine Furie ist ... dem Staat ist das ja egal ... wenn es eine Furie ist, dann macht sie den Dr. Mai finanziell kaputt, und sein Kind existiert für ihn erst in achtzehn Jahren – so lange wird es ihm nämlich vorenthalten ... übrigens von Rechts wegen. Mein Sohn nennt das staatlich angeordnete Geiselnahme. Und am Ende heißt es, er habe sich nicht für sein Kind interessiert. Jetzt sitzt er beim Psychotherapeuten und spricht kein Wort mehr über die Sache. Herr Dr. Mai erlebt vermutlich das gleiche. Der sagt zu dem Ganzen nämlich auch kein Wort. Vollkommene Blockade. Und Hornung wollte ihn rausholen.

Die Kupski: So? Vielleicht ist Mai aber damals auch nur über alle Berge, und Hornung sprang deshalb ein. Wie können Sie eine möglicherweise in großen Nöten alleingelassene Frau eine Furie nennen?

Der Magistratsvorsitzende: Da kann man sich ja vorstellen, wie dieses Einspringen ausgesehen hat. Und die Nöte, wie die ausgesehen haben, kann man sich auch vorstellen. Frau Dr. Kupski, es ist eine erwiesene Tatsache, daß Vermögen heute über den Nachwuchs verteilt wird. Das heißt, kurzum, bei den Frauen landet.

Die Kupski: Ich nenne das Sozialgesetzgebung.

Der OB: Wir erleiden also Oststadt wegen dieses Kindes?

Kupski: Das heißt, wegen Dr. Mai.

Der Magistratsvorsitzende: Also wegen dieser Frau.

Die Kupski: Das sind alles Theorien.

Meckel (der längere Zeit nichts mehr gesagt hatte): Das habe ich jetzt nicht verstanden.

III

Luisenbrunnen

Herr Ludwig Hofmann war nur noch selten zu Hause. Er strebte immer mehr dorthin, wohin niemand strebte, der noch bei Sinnen war und sich gesellschaftlich nicht völlig verabschiedet hatte. Immer öfter tat Ludwig Hofmann den Sehnsuchtssprung hin zu denen, die draußen in der Stadt herumsaßen und Bier tranken. Anfänglich war es ihm wie ein Wagnis vorgekommen. Neuerdings schien es ihm das Leichteste von allem … man mußte es nur tun, und dann war für eine Weile alles ganz einfach.

Er war jetzt, zumindest zu gewissen Stunden des Tages, nicht mehr von denen zu unterscheiden, die ihm in dieser Stadt als die einzige verbliebene Wahrheit erschienen, die Bettler, die Säufer und die Obdachlosen. Deren letzter übriggebliebener ökonomischer Akt im Kauf von Bier bestand. Ansonsten hatten sie sich aus derlei Zusammenhängen, mit denen die anderen ihren Staat machten, völlig verabschiedet. Sie, die wieder wie die Kinder wurden oder vielleicht immer so geblieben waren, und die das Bier ernährte, obgleich sie nichts dafür gesät und auch nichts geerntet hatten. Die niemals einen Krieg machten und andererseits auch das Krankenhaus und die Sozialkasse vollkommen verweigerten und damit alle Argumente, die Jesus Christus jemals im Mund geführt hatte, auf ihrer Seite hatten. Herr Hofmann dachte neuerdings gern über so etwas nach: man mußte nur *aufgeben*. Das konnte es geben: ein Leben ohne Zivilisation mitten in der Zivilisation. Für ihn ähnelten die Biertrinker vom Luisenbrunnen den unschuldigen Tieren, die aus dem Paradies stammten und es nie verlassen hatten. In ihnen war etwas rein Reflexhaftes, das an Menschen kaum erinnerte, vor allem, weil es nichts von dem wollte, was Menschen gemeinhin wollen. Und vor allem wollte es keine Fürsorge. Weil ja alles da war.

Freilich kam Herr Hofmann zum Schlafen noch in seine Garage. Sein Sohn schrie unvermindert. Er schrie, als ginge es um sein Leben. Zum Essen erschien Hofmann auch fast immer. Meistens war er nicht betrunken, sondern bloß angetrunken. Angetrunkenheit war, fand er, eine radikalere Verweigerungshaltung als Betrunkenheit. Der Betrunkene ist für wenige Stunden bis zur Besinnungslosigkeit betrunken, dann schwappt sein Zustand wieder hinüber Richtung Nüchternheit. Ein Ebbe-und-Flut-haftes Auf und Ab zwischen völliger Betäubung und dauerndem Zu-sich-Kommen. Angetrunkenheit dagegen war ein ständiger Zustand, den man über den ganzen Tag, die ganze Woche und den ganzen Monat prolongieren konnte. Man trank morgens um neun ein erstes Bier, um elf ein zweites, um zwölf ein drittes, man brauchte gar nicht viel, und zu Hause war man trotzdem noch halbwegs ansprechbar.

Er hatte sich ein Luisenplatzdasein angewöhnt. Man saß dort herum und ließ sich gegenseitig in Ruhe. Inzwischen kannte Ludwig Hofmann jeden dort. Er selbst war nicht bei allen beliebt, dafür war er noch zu sehr im Staatsnetz verankert, hatte noch Familie, hatte noch Kinder, die ihn kannten, hatte noch einen Arzt. Hundekarl aus Belzig rümpfte stets die Nase über Hofmann. Für den Obdachlosen war es so, als mische sich einer vom Heiligen See unter sie. Hundekarl verbreitete nach Kräften das Gerücht, Hofmann mache den Rasen sowohl bei Jauch als auch bei Joop. Der einarmige Horst, auch genannt Evangeliumshorst, war stets betrunken und sehr guter Laune, wobei er ab etwa drei Uhr nachmittags immer einen ausgesprochenen Hang zu philosophischen Welterklärungen hatte. Er hielt dann von der Bank am Luisenbrunnen aus seine Reden ans vorbeiziehende Volk. Hofmann verstand sie meistens nicht, und wenn er etwas verstand, dann waren es Allgemeinplätze wie »Ich sage euch, alles ist das Gegenteil. Glaubt keinem ein Wort, glaubt immer genau das Gegenteil! Glaubt immer genau das Gegenteil von dem, was die Leute sagen, dann seid ihr immer im Besitz der Wahrheit« *etcetera*. Für Hofmann waren diese Welterklärungen, die sich meist über Stunden erstreckten, zur ständigen Hintergrundmusik geworden. So brauchten sie in ihrem paradiesischen Zustand am Brunnen nicht einmal ein Radio. Brauchten die Vögel ja auch nicht. Die sangen ja ebenfalls selbst oder taten gar nichts. Suchten im Sommer übrigens stets eine Wasserstelle, wie sie, die Leute vom Luisenbrunnen. Vogelexistenzen. Helmut Klippenberg alias Finsterklappe saß meist in sich gekehrt und mit dunkler Miene herum und machte seinem Namen alle Ehre. Hofmann wurde geduldet, man vertrieb ihn nicht vom Platz, aber er wäre doch nichts weiter als ein Fremdkörper in diesem kleinen Garten Eden gewesen, wenn er nicht ein näheres Verhältnis zum alten Baron bekommen hätte. Die beiden hatten sich in letzter Zeit angefreundet. Der eine schaute in die eine, der andere in die andere Richtung, so tranken sie in gemeinsamem Rhythmus Bier und ließen die Stunden verplätschern. Auch der alte Baron mischte sich in das allgemeine Gezwitscher am Brunnen. Seine nächtlichen Besuche auf Hornungs Grundstück hatte er längst eingestellt. Genau wie Hofmann.

Es hatte sich gezeigt, daß Hofmann und der Baron eine Menge gemeinsame Bekannte hatten. Der eine konnte den anderen hierbei in seinen Informations- oder Vorstellungslücken wunderbar ergänzen, und niemand mußte entscheiden, ob er dem anderen Glauben schenken sollte oder nicht, weil ohnehin die ganze Welt unterging in jener Daseinsmelodie vom Luisenplatz, die Zeit und Raum ebenso aufhob wie die Frage, ob etwas zutraf oder nicht. Hier war Sprache, was sie von jeher bloß war: Sprache. So versammelte sich die ganze Welt im Singsang auf dem Luisenplatz, alles wurde verhandelt, und nichts geschah, und von außen sah es genauso aus, wie wenn sich am Frühabend die Amseln auf dem Platz versammelten und mit ihrem Gesang und ihrem Ticksen eine, zivilisatorisch gesprochen, ebensolche *Epoché* übten wie die Männer mit ihren Flaschen dort. Alles war nichts und umgekehrt, und der einarmige Horst konnte darüber stundenlang und sehr erschöpfend dozieren, denn er war ein Philosoph, der nur selten schwieg und dessen Lehre genauso einfach und wahr und unter diskursiven Gesichtspunkten völlig unverwertbar war wie das Deklamieren der Amseln. Aber der einarmige Horst gehörte ja auch in keine Hochschule und in keine Redaktionsstube ... er gehörte da ebensowenig hinein wie eine Amsel. Übrigens sagte er das von sich selbst fast genauso. »Ich gehöre nicht auf die Universität, ich gehöre ins Evangelium.«

Was am Brunnen erzählt wurde, kam Ludwig Hofmann überaus schlüssig vor. Er wäre selbst gar nicht auf den Gedanken gekommen, daß sich Malkowski weniger für Heike als für ihren Bruder interessiert hatte. Dann hatte also gar nicht sie, das dürre Mädchen in Schwarz, den Lockvogel gespielt, sondern ihr Bruder. Das mußte wohl außergewöhnlich rabiat vonstatten gegangen sein, denn einmal, als Arnold mit einer Bierflasche im Paradiesgärtlein am Luisenbrunnen herumgesessen und in der Mittagshitze sein Hemd ausgezogen hatte, direkt neben Hofmann und dem alten Vertriebenen, hatte der Baron dem Russen geraten, er möge sich den Jungen mal genauer betrachten. Arnold hatte da gewisse Narben, überdies waren seine Brustwarzen nicht mehr da. Das waren ja Schlächtermethoden! sagte sich Hofmann. Das, was Hofmann in den letzten Tagen in den unterirdischen Gängen unter dem Park gefunden hatte, war eigentlich nur eine Fortführung dessen, was sie oberirdisch in ihren Gartenhütten und andernorts ohnehin schon lebten. Er hatte ein ganzes Laboratorium der Lust entdeckt. Dunkel und staubig wie ein Rattenloch, so machte es ihnen Spaß. Als Fleischbündel an einen Haken gehängt mit den diversen Instrumenten und Maschinen erwünschte Behandlungen erfahren oder den anderen als Fleischbündel an den Haken hängen und ihm ebenjene Behandlungen angedeihen lassen, das hatte etwas von Doktorspielen der sehr fortgeschrittenen Art. Hofmann quittierte das nur noch mit einem Achselzucken. Er glaubte felsenfest daran, daß die beiden Zwillinge im Innersten ihres Wesens Soldaten waren und sich alles von dorther erklären ließ, daß sie also irgend etwas ganz anderes im Sinn hatten und Malkowski für alles noch bluten lassen würden. Vorausgesetzt, es ging überhaupt um Malkowski. Es mußte einen Grund haben, wenn der Junge seine Unversehrtheit auf dem Altar von Malkowskis privater, unterirdischer Lebensgestaltung geopfert hatte. Es gab Menschen, die ihre Körper zum Kampfinstrument machen konnten. Die gab es hier wohl schon mit siebzehn, in Potsdam, der schönen Stadt in Brandenburg, in der heute die Sonne brannte, daß man genausogut auch hätte tot umfallen können.

Sanssouci mied der Russe inzwischen. Seiner Tochter hatte er geraten, dieses Terrain weiträumig zu umgehen. Jetzt hatte laut dem Baron seit einigen Tagen Bruder Alexej die beiden Zwillinge in der Mangel und versuchte sie zum Reden zu bringen. Die Zwillinge hatten den Mönch mit Grigorij und dem Rattenloch vor ein Rätsel gestellt. Es schien sich hier alles auf das unterirdische Sanssouci zu konzentrieren ... offenbar verkehrte die ganze Welt dort. Nur der Mönch und Mai hatten den Abstieg noch nicht unternommen. Bruder Alexej war seit Tagen in Aufruhr und suchte nach einem Zusammenhang. Aber, hehe, sagte der alte Baron, aus den Zwillingen kriegt der Mönch nix raus. Gar nix, hehe. Die sind zu schlau für den.

Um sich herum konnten sie die Hornungplakate betrachten. Das Filmmuseum lud zu den »frühen Filmen« ein, die Hornung für verschiedene Sendeanstalten gemacht hatte, kleine Dokumentarfilme und Berichterstattungen.

Auch die Kotz-Theaterlaientruppe lud wieder ein, diesmal zu einem Diskussionsabend, bei dem, wie es hieß, »jeder einen Hornungtext vorlesen« konnte. So versuchten sie das Problem mit den Aufführungsrechten zu umgehen. In Teilen der Bevölkerung verstand man Hornung immer mehr als Widerstandssymbol gegen die Stadtverwaltung. Die Stadt war wie am Beginn eines Fiebers. Inzwischen hatte die Auseinandersetzung mit dem Verstorbenen Züge von Starrummel bekommen. Auch das war Bestandteil des Amselkonzerts dort am Brunnen: Hornung und die Stadt. Sogar Finsterklappe sprach hier und da über den verunglückten Westdeutschen.

Schließlich wurde Hornung auch überregional zum Thema. Ein Spiegelreporter drückte sich in der Stadt herum auf der Suche nach Verwertbarem.

Zeitungsblätter und Magazine haben nicht den langen Atem wie Amseln oder die Männer am Luisenbrunnen. Diese blieben durch Wahrheit oder Unwahrheit völlig unangefochten, weil es beides für sie nicht mehr gab oder nie gegeben hatte. Wahrheit fand für sie nur am Luisenbrunnen statt, und auch darin hätten sie wieder alles Jesuanische auf ihrer Seite gehabt, hätten sie je argumentiert. Aber das taten sie nicht. Sie redeten (sangen), aber argumentierten nicht. Das Paradies ist voller Geschichten, die jeder über jeden erzählt und in denen es weder Wahrheit noch Unwahrheit gibt, sondern alles zusammen wahr ist ... und die Vögel sendet uns der Himmel als Zeichen dafür, daß wir so sein sollen ... der einarmige Horst, Evangeliumshorst, bezeichnete die Vögel als Wort Gottes, und wenn man ihn darüber aufklärte, er sei besoffen und fasele Zeug, Jesus sei das Wort Gottes und nichts anderes, dann schaute er ergriffen und tiefsinnig und entgegnete, nein, nein, das habe man noch nicht recht verstanden.

Arnold und Heike waren integraler Bestandteil des Luisenplatzes. Den Menschen dort waren die beiden Zwillinge so etwas wie Adam und Eva vor dem Sündenfall. Es war ungewöhnlich, zu sehen, wie zart und hochachtungsvoll die Penner vom Brunnen mit den beiden umgingen. Sie waren wie eine Erscheinung unter ihnen. Figuren aus einem uralten Mythos, der sich durch alle Zeiten wiederholte. Am Luisenplatz herrschte Ewigkeit.

Nur wenige hundert Meter vom Luisenplatz entfernt, in der Gregoriusstraße, erlebte Frau Anni Schmidt eine für sie unerwartete Popularität. Zuerst erschien der Regionalsender bei ihr, installierte Scheinwerfer in ihrem Garten, stellte Frau Schmidt an den Gartenzaun, an dem sie mit Hornung gesprochen hatte, setzte sie an ihren Gartentisch, setzte sie an ihren Küchentisch, ließ sie durch den Garten laufen, ließ sie ihre Blumen gießen, ließ sie über die Straße auf ihr Gartentor zukommen, und interviewte sie dabei. Frau Schmidt war geschmeichelt, ließ alles gern über sich ergehen, hatte aber über Maximilian Alexander Hornung nur wenig bis gar nichts zu sagen, abgesehen davon, daß es sich um einen netten, freundlichen, sympathischen Mann gehandelt habe, der sich immer um seinen Garten gekümmert, seine Rosen gepflegt, viele Blumen gekannt und überdies keinen Fernseher gehabt habe, obgleich er für das Fernsehen gearbeitet hatte.

Der verfertigte Bericht war so uninteressant, daß er im Regionalsender (Kulturmagazin Potsdam) nicht gesendet wurde.

Anschließend erschien der Landessender bei Frau Anni Schmidt, errichtete Scheinwerfer und Reflektoren in ihrem Vorgarten, dann in ihrem Hintergarten, führte sie mit der Kamera durchs Haus, ließ sie Limonade an ihrem Gartentisch trinken, sie wurde auch gefilmt, als gerade Christoph Mai und Alexej Lipskij bei ihr erschienen (»Aus«, rief der betreffende Journalist, »die beiden können wir nicht gebrauchen«), dann interviewten sie die Dame, und sie erzählte, was sie wußte, nämlich daß Hornung ein sehr netter Mann gewesen sei, über den man in Potsdam vielleicht zuerst ein bißchen seltsam gedacht habe, weil er aus dem Westen gekommen sei, sie kenne den Westen ja eigentlich auch nicht, aber er habe sich immer sehr schön um seinen Garten gekümmert, und er habe sich in wohltuender Weise nicht für die Nachrichten interessiert, er habe sogar überhaupt gar keinen Fernseher gehabt.

Anschließend erlebte Anni Schmidt unruhige Tage, denn es erschienen nicht nur Menschen von der Lokalpresse bei ihr, sondern auch Vertreter der Stadt. Letztere wurden aufmerksam auf den Kontakt, den Frau Schmidt zu Mai und jenem russisch-orthodoxen Mönch hatte, der bereits bei der Karstadteröffnung aufgefallen war. Und wie überhaupt alles so eigenartig miteinander verwoben war … schließlich verkehrte auch die schwarze Minderjährige in der Gregoriusstraße. Mai, Hornung, der Mönch, das Mädchen, wie hatte man diese Verbindung zu verstehen? Der depressive Filmkritiker, das verstorbene Genie, der kritische Mönch und das kleine Luder aus der Zeitung …

Sie kommen, zu richten mit scharfem Schwert, rief Evangeliumshorst. Wen er meinte, war nicht ganz klar. Den Spiegelreporter ließen sie eiskalt abfahren und verjagten ihn vom Platz.

So saßen sie am Luisenbrunnen. Sie saßen bis in die Nacht. Und am nächsten Morgen saßen sie wieder. Sie sahen die Sonne untergehen und aufgehen und wieder untergehen und sahen die Menschen vorbeilaufen und hörten die Vögel singen. Aus ihrer Sprache folgte nichts mehr. Keine Handlung, kein Vertrag, kein *Bürgerliches Gesetzbuch*, nichts. Reiner Gesang. So können Menschen in Potsdam leben.

Amen, sagte Hofmann.

Alexej versucht etwas

Die große Demonstration gegen die Wiedererrichtung der Garnisonkirche war für den siebten August geplant. Verschiedene Kreise in der Stadt hatten sich ausführlich auf diesen Tag vorbereitet. Wie immer vor Demonstrationen herrschte eine angespannte Erwartungshaltung. Natürlich kann man nur schwer sagen, was das Erwartete war. Es handelte sich wie stets um so etwas wie eine unmittelbare, spontane, aus dem Augenblick geborene, unhintergehbare, endgültige Verbesserung der Welt. (Im nachhinein war man dann regelmäßig enttäuscht, weil das Erwartete natürlich nie eintrat und man doch nur wieder Bier getrunken hatte.)

Alexej wußte nichts von dieser Demonstration und sollte erst im Verlauf des Tages von ihr erfahren. Er hatte wie immer auf dem Kapellenberg übernachtet und war sehr früh mit Frau Klein in die Stadt hinuntergefahren, um Grigorij aufzusuchen und ihn mit dem Auto des Erzpriesters aus der Stadt zu schaffen. Es war der Tag, an dem Grigorij den Engel zum zweiten Mal erwartete. So hatte Alexej den Bulgaren verstanden, als er ihn in seiner Wohnung besucht hatte. Inzwischen wußte Alexej, daß es sich bei dem Engel um Heike handelte. Anastasia hatte es ihm vor drei Tagen erzählt. Nun ergab sich ein Bild. Vielleicht hatte Heike den Bulgaren in das unterirdische Sanssouci geführt, damit er für sie dort seine Kapelle einrichtet. Vielleicht hatte Arnold Malkowski ebenfalls in das Labyrinth gelockt und dort den Keller einrichten lassen. Beziehungsweise das, was Hofmann Rattenloch nannte. Heute wollte Heike Grigorij zum zweiten und letzten Mal in der Kapelle treffen. Alexej sah jetzt alles vor sich, aber er begriff einfach nicht, wozu es geschah. Alles blieb in der Schwebe.

Sie brachten den Bulgaren nach Werder zu einer Freundin von Frau Klein, Alexej fuhr anschließend nach Potsdam zurück, um noch einmal mit Arnold zu sprechen.

In Werder saß Grigorij nun seit dem frühen Vormittag an einem Tisch, vor ihm standen Tee und Kekse, und man versuchte sich im Gespräch mit ihm. Die Situation war für alle befremdlich, denn Frau Klein war sich nicht im klaren darüber, warum sie den Bulgaren ihrer Freundin vorführen und diese ihn auch noch den ganzen Tag in Werder dabehalten sollte. Da Grigorij auf die beiden Frauen einen verzweifelten und verstörten Eindruck machte, hielten sie ein seelsorgerisches Anliegen für den Grund der Verfrachtung. Frau Klein blieb bis zum Mittag in Gesellschaft Grigorijs. Sie erfuhren Trauriges über sein Leben, versuchten ihn aufzumuntern und kamen schließlich mit ihm überein, daß er sein Leben nicht in Potsdam weiterführen sollte. Da er noch Verwandte in Sofia hatte, entstand der Plan, Grigorij solle mit Gemeindegeld zurückreisen und versuchen, in Sofia wieder auf die Füße zu kommen ... Natürlich waren die gutgemeinten Vorschläge der beiden Damen ihrer Naivität und ihrer Unkenntnis der Person Grigorijs geschuldet, aber seltsamerweise stimmte Grigorij Natchev alldem zu und wirkte sogar irgendwie begeistert. Für eine halbe Stunde (Alexej war längst wieder in Potsdam zurück) sah es so aus, als wolle Grigorij noch am selben Tag den Kontakt zu seiner alten Heimat und seinen Verwandten wiederherstellen und als geschehe mit dem heutigen Tag eine endgültige Wende zum Besseren. Allerdings verschwand Grigorij mitten in dieser allgemein ausbrechenden Helfereuphorie, es war gegen zwölf Uhr. Grigorij war durch die Terrassentür in den Hintergarten getreten, dort offenbar über den Zaun geklettert, und wurde anschließend in Werder nicht mehr gesehen.

Oststadt (Ende)

Maja Pospischil saß am Vormittag des siebten Augusts in Hornungs Laube und wurde gerade von Overbeck angehimmelt, der es nicht unterlassen konnte, immer wieder zu ihr hinüberzuschauen. In der Laube schienen ihre Haare, ihre Augen, ihre Kleidung und ihre Haut zu leuchten. Maja sah blühend aus.

Sie befand sich schon seit dem Morgen, als sie neben Nils aufgewacht war, in einem ganz besonderen Zustand. Draußen in Hornungs Garten hatten die Vögel gesungen, und die Sonne hatte auf sie und Nils geschienen, als seien genau sie beide von der Sonne gemeint … Im oberen Stockwerk der Gregoriusstraße waren heute morgen nur sie vorgekommen, ihre zwei Körper und ihre zwei Seelen, der große Traum war in Erfüllung gegangen. Nils war alles, was sie sich ersehnt hatte. Die Welt war jetzt bei sich, das hatte sie in diesen Morgenstunden gespürt. Das Leben war ein Fest, eine große Feier. Es war himmlisch, sie freute sich auf den Tag, er würde wundervoll werden. Erst frühstücken mit Nils im Garten des Filmemachers (Maja verkehrte durch Nils neuerdings wie selbstverständlich in der Welt der Erwachsenen und Künstler und Filmleute), dann würden sie baden gehen oder etwas anderes machen, dann kam die Demo, auf die sie sich ganz besonders freute, denn diese Demos machten immer Spaß, es geschahen dort immer so lustige Dinge …

Nun aber, in der Laube, mußte sie erst einmal eine Umgangsweise mit Overbeck finden. Sie tat am besten so, als merke sie gar nicht, daß er sie immerfort anglotzte. Es hätte sie genausogut ein Nashorn anglotzen können.

Maja verfolgte staunend den Auflauf in Hornungs Garten. Wenk, Overbeck, Schwarz, Kupski, alle kamen sie. Später, nachdem sich die anderen Mädchen eingefunden hatten (sie hatten das Haus in der Gregoriusstraße als Vorabtreffpunkt für die Demonstration ausgemacht), gingen sie an den Heiligen See.

Der Vormittag am See war ein Rausch aus Luft, Farben, Blüten, Düften, Frische und Hitze. Einmal kam Jauch an ihnen vorbei, wie sie am See (an einer illegalen Stelle, auf einem Privatgrundstück) herumlagen. Jauch reagierte nicht auf sie, Lee und Loredana waren ein wenig enttäuscht. Es war ganz in der Nähe von Jauchs Grundstück, er mußte wissen, daß sie da, wo sie lagen, gar nicht liegen durften. Damit hätten sie gern angeeckt. Natürlich besonders bei Günther Jauch. Ihm überhaupt irgendwie aufzufallen war eine Art Sport in Potsdam. Schließlich handelte es sich bei Günther Jauch um den berühmtesten Menschen in Potsdam, etwa hundertmal berühmter als Hornung oder der Oberbürgermeister. Die andere bekannte Person in Potsdam hieß Joop. Joop und Jauch waren die berühmtesten Potsdamer. Joop sah man nie, Jauch manchmal. Viele Gespräche in Potsdam waren »Heute habe ich Jauch gesehen«-Gespräche. Da Joop als homosexuell und manchen auch als drogenabhängig galt, war Jauch ohnehin beliebter.

Später trafen sich Maja und die anderen im Kotz. Nils wollte in einer halben Stunde nachkommen. Alle waren aufgeregt und in gespannter Erwartung. Sie freuten sich auf das, was heute bevorstand. Man konnte allerlei Schabernack mit den Polizisten treiben, man konnte sie reizen, ihnen herrlich auf der Nase herumtanzen, und den Polizisten, die die Staatsmacht waren, waren die Hände gebunden … sie taten nichts. Freilich mußte man beim Polizistenspiel ein paar Regeln einhalten. Man konnte sie zwar in Rage bringen, aber man durfte sie nicht beleidigen. Man sagte nicht Dinge wie: Du Schwachkopf, sondern man sagte zum Beispiel: Sie haben aber eine schöne Uniform, oder: Sind Ihre Socken auch grün? oder: Ich würde zu gern einmal *Ihre Waffe* in die Hand nehmen, darf ich? Der letzte Satz eignete sich besonders, wenn man ein Mädchen war. Anschließend durfte man soviel losprusten, wie man wollte, direkt vor dem Polizisten. Da standen dann die Mädchen gruppenweise vor den Beamten, machten ihre Bemerkungen, amüsierten sich köstlich, und der Polizist mußte alles über sich ergehen lassen. Argumentieren ging mit den meisten sowieso nicht (wahrscheinlich hatten sie Anweisung, das zu meiden). Es war ein herrliches Spiel und machte an heißen Sommertagen besonders Spaß, denn dann hatte man ein kühles Bier in der Hand (der Polizist nicht), und wenn man ein Mädchen war und das Spiel spielen wollte, hatte man in der Regel auch ziemlich wenig an. Nur mit weiblichen Polizisten konnte man das Spiel nicht spielen.

Auch Pöhland, der mit einigen anderen am Tresen saß, war voller Vorfreude, sein Gackern lag wie immer über dem restlichen Lärm. Er gab Anekdoten von früheren Polizeibegegnungen zum besten. Für ihn waren sie klein wie Ameisen, die Polizisten. Ja, Polizisten eigneten sich bestens zum Spielen. Es war das schönste Spiel, denn es war das Spiel mit dem Staat, und der war absolut wehrlos dagegen. Keiner der Anwesenden im Kotz hatte je eine Begegnung mit einem Polizisten gehabt, bei dem der Polizist die Oberhand behalten hätte. Die Polizisten hatten immer verloren. Die Kotzleute immer gewonnen. Auch Maja hatte nie Gewalt vom Staat erlebt und konnte sich das auch nicht vorstellen. Diese Polizeimonturen waren nur lächerliches Popanzgehabe. Sie reizten nur zum Widerspruch. Überhaupt sahen sie völlig blödsinnig aus, diese Polizisten. Und immer waren sie so nervös!

Maja saß bei Aische und Loredana. Aische tat heute sehr erwachsen und behauptete, sie finde das Polizistenspiel blödsinnig, es mache ihr keinen Spaß, sie sehe keinen Sinn darin, das sei bloß eitel. Man solle sich doch den Pöhland anschauen mit seinem Meckern. Wo der auftrete, mache man sich sowieso lächerlich. Jedesmal schmeiße er eine Fensterscheibe ein. Anschließend mekkere er sofort wieder wie eine Ziege. Das letzte Mal habe er eine Scheibe beim Kräuterheinrich in der Gutenbergstraße eingeworfen. Es sei immer dasselbe. Erstens habe der Kräuterheinrich nichts mit so einer Demo zu tun, und zweitens habe Pöhland nicht mal Publikum gehabt. Er war nur so vorbeigegangen am Kräuterheinrich, nach der Demo. Daß es um etwas Politisches gehe, begreife die Ziege doch gar nicht.

Ich finde es schon politisch, sich mit der Staatsgewalt zu beschäftigen, sagte Maja. Wer macht das denn? An der Schule interessiert es keinen, da sind die meisten sowieso konservativ. Ich glaube, die problematisieren das gar nicht mit dem Garnisonkirchenwiederaufbau. Es ist ihnen egal. Pöhland meckerte herüber: Na, Mädels, was ist egal? Alles ist egal (er kicherte). Hauptsache, Bier ist da. Pöhland, halt dein Maul, rief Aische. Typen wie du sind der Untergang, echt. Pöhland: Aische, ich bin ein Fan von dir. Deine Bilder sind der Hammer. Sie: Ich denke, alles ist egal? Pöhland: Ja, aber die Bilder … eine Wucht. Hast du auch welche in Naziklamotten? Sie: Wie meinst du das? Er: Na, so als Nazimutter. Du mit so einer Nazifrisur und so einem Rock, weißt du! Sie: Du Idiot, ich bin eine Türkin. Er: Grad deshalb. Das wäre eine Sache. Das hat noch keiner gesehen. Oder bringen dich dann deine Brüder um? Familienblutrache? (Meckerndes Lachen.) Sie: Arschloch, echt, halt das Maul, du Schwachkopf. Ich habe überhaupt keine Brüder. Maja lächelte, und Aische zeigte Pöhland einen Vogel.

Jetzt betraten drei junge Frauen das Kotz. Sie trugen Leinengewänder, hatten Blumenkränze im Haar und waren in einer Mischung aus alternativ und Landhausstil gekleidet. Zwei von den Frauen trugen ihr jeweiliges Kind in einem Tragetuch, die dritte hielt einen Korb in der Hand, aus dem sie orange- und rotfarbene Blüten auf ihre Freundinnen streute. Die drei Frauen lachten und strahlten sich mit lächelnden Augen an, hatten sich an den Händen gefaßt und inszenierten offenbar einen Reigentanz. Eine von ihnen war Maike aus dem Gemeindezentrum, die anderen kannte Maja nur vom Sehen. Maja betrachtete fasziniert die Muttergruppe und war von dem Bild entzückt. Kurz darauf kamen Nils und Arnold. Beide waren in ein Gespräch vertieft und betraten gestikulierend die Wirtschaft. Sie blieben zunächst in der Nähe des Eingangs stehen und musterten, während sie weiterdiskutierten, die Gruppe der Frauen mit den Kindern.

Heute war großes Treffen im Kotz, man sah die verschiedensten Leute. Mit der Zeit füllte sich das Café. Auch Merle Johansson erschien, nur Anastasia tauchte nicht auf. Das Blütenstreuen ging bei den Reigenmüttern noch eine Weile weiter, sie machten ständig irgendwelche anmutigen Bewegungen, schienen sich prächtig zu amüsieren und hatten sich natürlich vorgenommen, heute genau das Bild abzugeben, das sie gerade abgaben. Bei der Demonstration würde sich das besonders gut machen: hier die blütenreine Unschuld, dort die Waffen des Staates. Eine der jungen Mütter mit den Tragetüchern hielt gerade den Kopf ihres Säuglings und blickte mit Augen in die Welt, als sei sie eine Madonna von Botticelli. Überhaupt sah die ganze Gruppe verdächtig danach aus, als stellten sie gerade den Frühling von Botticelli nach.

Nils und Arnold standen jetzt bei Maja. Der Kleine ist so süß, sagte sie. Die beiden Freunde hörten aber nicht zu, sondern waren immer noch in ihr Gespräch vertieft. Was hast du Alexej eigentlich erzählt, fragte Nils. Ich habe ihm alles erzählt, sagte Arnold, alles, was er wissen wollte. Hofmann hat die ganze Weile da unten in den Gängen herumgestöbert, das war mir nicht klar. Besser geht es nicht. Nils: Wußte Alexej, daß sie da unten verkehrt? (Er wies auf Merle Johansson.) Arnold lächelte. Nein, das wußte er nicht. Jetzt ist er gerade dabei, eins und eins zusammenzuzählen ... schau, wie sie Blüten werfen!

Wovon redet ihr eigentlich, fragte Maja, die dem Gespräch bislang nur mit halbem Ohr zugehört und eine Bionade am Tresen getrunken hatte (sie wollte noch keinen Alkohol trinken, damit sie das Polizeispiel nüchtern, konzentriert und aufmerksam beginnen konnte, es machte nämlich am meisten Spaß, wenn man seine ganze Schlagfertigkeit zur Verfügung hatte). Arnold: Wir reden von einem Mord. Sie: Wer soll denn ermordet werden? Arnold: Die da. Maja: Wer? Arnold: Sie! Maja: Merle Johansson? Wer will sie denn ermorden? Arnold: Natürlich ich und Heike. Maja: Echt, ihr beiden? Aha. Und Nils will auch? Arnold: Nein. Nils will sie nicht ermorden. Oder, Nils, möchtest du sie ermorden? Nils lachte. Ich halte mich aus solchen Dingen grundsätzlich heraus. Ich stehe nicht im Drehbuch. Arnold: Nils liefert nur die Ideen. Nils: Auf die Idee seid ihr ganz allein gekommen. Warum soll sie denn überhaupt ermordet werden, *laut Drehbuch*, fragte Maja.

Nun kam Pöhland zu der Gruppe hinzu. Er schlug Arnold auf die Schulter, meckerte sein Lachen und fragte, warum denn hier alle so traurig herumstünden. Man betrachte doch die Blumenfrauen da, toll, so etwas habe man selten im Kotz. Die haben alle förmlich einen Heiligenschein. Maja: Wir beschließen hier gerade einen Mord. An wem, fragte Pöhland. Sie: An der Mutter von Jesus. Er: Der Faschistenvegetarierin? Habt ihr mal gesehen, was passiert, wenn man ihrem Kleinen ein Stück Fleisch hinhält? Der ist total konditioniert. (Pöhland meckerte wieder los.) Ich meine, ich bin ja schon ein absoluter Schnorrer, aber welche wie die, die haben ja auch noch Geld wie nix. Die haben einen *Alleinerziehungsan-*

spruch und einen *Unterhaltsanspruch*. Wenn ich mich wo auskenne, dann da. Da mußt du nur den Vater entfernen, und dann *Bingo!* (Erneutes Meckern.) Maja: Das drückst du alles sehr freundlich meinem Geschlecht gegenüber aus. Pöhland: Quatsch, ich beschreibe nur deine Zukunft. Maja: Ich kann ja wohl nichts dafür, daß du deinen Vater erst so spät kennengelernt hast. Pöhland: Mir kommen gleich die Tränen. Was bin ich froh, daß der mir sechzehn Jahre erspart geblieben ist. Meine Mutter ist mir leider nicht sechzehn Jahre erspart geblieben. Mann, Pöhland, sagte Maja, du hast heute wieder einen Gedankenflug! Pöhland deutete mit seinem Zeigefinger auf seinen Kopf. Hier, sagte er, ist eine ganze Menge Scheiße drin. Dieser Kopf hier oben nimmt seit siebzehn Jahren jede Menge Scheiße zu sich. Also ist er voller Scheiße. So einfach ist das. Er lachte, dann fragte er interessiert, wer denn der Mörder der Muttermaria sein soll. Der Mörder, sagte Arnold, soll ein Bulgare namens Grigorij sein, der im Schlaatz wohnt. Im Schlaatz? sagte Pöhland. Das könnt ihr aber nicht machen. Dann sind die doch alle gleich wieder beleidigt! Bulgare im Schlaatz! Erinnert mich irgendwie an Oststadt. Nils sagte, er wohne nicht wirklich im Schlaatz, sondern gegenüber, im Humboldtring. Pöhland: Wie bringt er sie denn um? Arnold: Er soll sie zufällig einschließen, in einem Keller, hinter einer schweren Eisentür, einer Luftschutzkellertür oder so etwas, ohne es zu bemerken. Er macht einfach hinter sich die Tür zu, und dann kommt sie nicht mehr raus und erstickt oder verdurstet oder sonst etwas. Man muß nur beide gleichzeitig und ohne Wissen voneinander zu einem bestimmten Zeitpunkt da unten hineinlocken, den Täter und das Opfer. Pöhland: Klingt logisch. Maja: Übrigens gibt es in den Kellern von Sanssouci solche schweren Eisentüren. Nils und ich haben selbst welche gesehen. Pöhland: Wenn sich beide nicht kennen, ist der Plan todsicher, denn dann gibt es keinen Täter. Aber gibt es überhaupt ein Motiv? Wann ist es denn soweit? Arnold: Heute nachmittag. Nils: Natürlich ist das alles nur eine Ablenkung, und man findet sie in drei Tagen enthauptet im Spreewald. Maja: Hört jetzt endlich auf, diesen Quatsch zu reden, das ist wirklich ekelhaft. Wie seid ihr bloß drauf? Macht eure Witze über andere Leute, aber nicht über jemanden wie Merle Johansson. Die ist zu schade für so was. Pöhland: Maja, du wirst nie etwas kapieren. Für dich wird alles immer schön und sauber und gut bleiben, bis zum Ende. Du wirst dich immer nur wundern, warum es überall diese Scheiße gibt, und du wirst nie kapieren, daß du die Scheiße selber bist.

In diesem Augenblick kam auch Heike ins Kotz. Etwas Unerwartetes passierte, als sie eintrat: während sie nämlich zum Tresen lief, wo Arnold mit Nils und Maja stand, brandete in der ganzen Wirtschaft Applaus auf. Heike lief durch die Tischreihen, die Leute klatschten, manche erhoben sich sogar. Heike war nicht klar, was dieser Applaus bedeuten sollte. Sie holte sich ein Bier und stellte sich zu Arnold, Maja und den anderen. Die reden einen Mist hier, sagte Maja zu ihr, nahm ihre Bionade und verließ die Gruppe. Sie wollte sich partout nicht die Laune verderben lassen und stellte sich lieber zu Aische und Loredana.

Später vermengte sich die Gruppe um Aische und Maja mit den Reigenfrauen. Maja fand alle drei Frauen wunderschön. Eines der Kinder strahlte Maja mit blauen Augen an und lachte. Maja war ganz verliebt in das Kind. Die Mutter nahm ihn aus dem Tragetuch, gab ihn Maja, drückte ihm, der mit den Fäustchen wedelte, einen Kuß auf die Stirn, dann war das Kind still und selig und lag in Majas Armen, die sich in diesem Augenblick ganz wie eine Frau fühlte und sich vornahm, später einmal, wenn sie ein Kind hatte, genau so zu sein wie diese drei.

Kurz vor der Demonstration machte Maja noch einen Spaziergang mit Nils. Maja war froh, wieder allein mit ihrem Freund zu sein. Wenn sie ohne die Meurers waren, war Nils anders. Das Geschwätz vorhin hätten sie sich wirklich sparen können! Und Pöhland machte sich mit seiner dauernden Frauenfeindlichkeit selbst zum Opfer. Das machte er gern. Jetzt war sie froh, unter freiem Himmel zu sein. Endlich begann sie wieder, den Tag zu genießen. Auf dem Spaziergang kam es ihr vor, als würde die Zeit stillstehen. Einmal kamen sie an einem Schrebergarten vorbei, in dem drei Schafe grasten. Maja mußte wieder an die Reigenfrauen denken, es war ein ähnlich friedliches Bild. Links und rechts Hecken und Blumen, ein paar Spalierbäume, und mittendrin, versonnen und nichtstuend, die Schafe, die bloß fraßen und da waren. In diesem Moment flog ein Militärjet ziemlich tief über die Stadt. Die Schafsfamilie blieb mucksmäuschenstill stehen und lauschte dem Gedonner, von dem sie nicht ahnte, woher es kam. Dann verzog sich der Donner, und nach einiger Zeit begannen die Schafe wieder, sich zu bewegen.

Es war nun gegen ein Uhr. An einer abgelegenen Stelle am Jungfernsee zogen sich Maja und Nils aus, badeten, küßten und liebten sich, das ging ganz schnell und war sehr stürmisch, und doch kam es ihr später so vor, als hätten sie eine halbe Ewigkeit am See verbracht. Sie waren allerdings nicht länger als eine halbe Stunde dort im Schilf gewesen.

Nun war Maja überglücklich und schwebte durch den Rest des Tages. Alles führte bei ihr zu einem Rausch, wie man ihn nur empfinden kann, wenn man sich mit allem in völliger Übereinstimmung befindet. Sie, Maja, kam sich von der Welt gemeint vor wie schon von der Sonne am frühen Morgen. Vielleicht sollte es so etwas werden wie der schönste Tag in ihrem Leben. Und die Antigarnisonkirchendemonstration gehörte unbedingt dazu.

Auf dem Rückweg zum Luisenplatz, wo sie zum Demonstrationszug dazustoßen wollten, begegneten sie dem rothaarigen Bulgaren. Sag mal, weißt du, wer das ist, fragte Maja ihren Freund. Er stand neulich mal vor dem Atelier. Hm, er habe ihn auch schon mal gesehen, sagte Nils, legte seinen Arm um sie und küßte sie auf die Wange. Ihr schien, als werde Nils von Minute zu Minute schöner. Er verkehrt immer am Grünen Gitter, sagte sie. Er: Wahrscheinlich geht er spazieren. Er spaziert vielleicht nach Sanssouci. Der Park ist ja auch sehr schön zu dieser Jahreszeit.

Grigorij Natchev stand in einem Hauseingang in der Hegelallee, atmete schwer und sah aus, als müsse er jeden Moment sterben. Er machte den Eindruck, als würde er im nächsten Augenblick in den Himmel oder, weitaus wahrscheinlicher, in die Hölle fahren, als stehe er unmittelbar vor dem Jüngsten Gericht, dessen Urteilsvollstreckung er noch im selben Augenblick erwarte. Wäre er nicht vom Halbdunkel des Hauseingangs verdeckt gewesen, hätte Maja diesen Zustand gesehen und wäre erschrocken. So ging sie mit Nils weiter und dachte über den kuriosen Roten nicht weiter nach, der für sie zum Stadtbild dazugehörte wie ein pittoreskes Detail.

Als sie auf die Schopenhauerstraße zuliefen, sahen sie einige Polizeiwagen im Schrittempo in die Hegelallee einbiegen, daneben Polizisten in voller Montur. Der Demonstrationszug marschierte bereits. Es kamen drei Pferde ins Bild, die Polizeireiter wandten sich rückwärts und beobachteten, was hinter ihnen geschah. Jetzt kamen die Demonstranten um die Ecke gebogen, links und rechts eingerahmt von einem Kordon Beamter. Da, schau, sagte Maja, das ist doch lächerlich, sie tragen alle volle Schutzmontur! Wozu? Was erwarten die hier? Das ist doch eine reine Provokation, oder? Sie lief freudig auf den Zug zu ... Vorneweg einige schwarzgekleidete Personen mit bunten Kappen, Jugendliche in T-Shirts, mit Tüchern, Rasseln, einer mit einer Trommel. Sie wirkten entschlossen, ein wenig aggressiv, aber auch so, als hätten sie gerade sehr viel Spaß. Dann kam eine Reihe Demonstranten ins Bild, die ein langes Banner vor sich hertrugen. *Gegen Garnisonkirche und Faschismus* stand darauf.

Der Demonstrationszug ging gemessenen Schrittes weiter. Hinter den Antifaschismus-/Antigarnisonkirchenbannerträgern kam der bürgerliche Teil des Zuges. Maja erkannte einige Kunden der Wenkschen Buchhandlung,

Lehrer, einen Weinstubenbesitzer, den Theaterdirektor. Einzelne trugen Tafeln, auf denen »Nie wieder«-Formulierungen geschrieben standen. Zwischen ihnen tummelten sich einige Kotzleute.

Direkt hinter dem bürgerlichen Teil folgten Demonstranten, die dem Zug etwas Volksfesthaftes gaben. Das war Majas Zugteil. Einer schlug alle paar Meter ein Rad, andere jonglierten, einer spielte Geige und sang und hüpfte dazu. Diese Demonstranten (allesamt männlich) waren ihrerseits von einem Zug Frauen und junger Leute umgeben, die glücklich wirkten, so als würde die Welt wirklich in diesem Augenblick definitiv eine bessere, eben infolge des Auftritts des Radschlagenden, der Jongleure und des singenden und hüpfenden Geigers. Merle Johansson befand sich ebenfalls in diesem Teil des Zuges, verließ ihn aber gerade, Maja sah, wie sie Richtung Sanssouci davonging. Wahrscheinlich hatte sie dort etwas zu tun. Sonst demonstrierte sie nämlich immer bis zum Ende mit. Sie hatte ihr Handy am Ohr.

Maja sah die drei Frauen mit den Tragetüchern, den Kindern und dem Blütenkorb, die Frauen streichelten die Köpfe der Kinder und unterhielten sich dabei mit leuchtenden Augen. Währenddessen betrachteten sie die Jongleure und musterten die Passanten, die vom Gehsteig aus ihrerseits den Demonstrationszug in Augenschein nahmen ... Hinter dem Frauenreigen kamen noch ein paar biertrinkende Kotzler und dahinter der Musikwagen, umringt von den Organisatoren der antifaschistischen Kundgebung. Es handelte sich um einen Kastenwagen mit zwei trichterförmigen Lautsprechern, die Musik war kaum zu erkennen, die Qualität der Lautsprecher war miserabel. Die um den Wagen herumschlurfenden Demonstranten lauschten dennoch aufmerksam und wiegten nachdenklich ihre Körper zu der krächzenden Musik. Manchmal hörte man unverständliche Durchsagen. Hinter dem Musikwagen schließlich fanden sich noch einige verstreute Demonstranten, und dann folgten wieder Polizisten, ganz hinten noch einige Reiter. An den Rändern waren die Demonstranten nicht deutlich von den Passanten zu unterscheiden, da immer einige aus dem Zug heraus- und andere in ihn hineinliefen. Malkowski war mit einem Team da und drehte. Es war sein letzter Arbeitstag, am Abend würde er mit seiner Familie in die Ferien fliegen.

Maja unterhielt sich begeistert mit einigen anderen Mädchen. Alle waren strikt gegen den Wiederaufbau der Garnisonkirche, es schien für sie geradezu dringlich zu sein, diesen Wiederaufbau zu verhindern. Aische redete immer von *Kriegskirche* statt von *Garnisonkirche*. Sie: Es steckt ja schon im Namen *Garnison*, es war eine Kriegskirche, nichts sonst, sie war ein Symbol für Hitler. Der Name allein ist schon Militarismus. Es ist komisch, was aus dieser Stadt wird, sagte sie. Aische schaute mit kajalstiftgefärbten Augenlidern düster vor sich hin und sagte leise, sie habe Angst vor dieser Stadt. Warum habe sie denn Angst, fragte jemand. Sie habe Angst, sagte Aische, daß sie ihr wieder etwas antun. Der Fragende: Was denn antun? Was hat man dir denn angetan? Aische antwortete nichts, sondern sah den Fragenden an, als habe er gerade etwas ausgesprochen Blödes gesagt …

Insgesamt war die Stimmung sehr ausgelassen. Am Nauener Tor waren Stände aufgebaut, teilweise alternativ bzw. ökologisch. Es gab einen Felafelstand, einen Rüblipufferstand, es gab einen Biohaferbällchenstand, dann konnte man biologischen Saft kaufen, aber es gab auch einen Bratwurststand und eine ganz normale Weintheke. Ökologische Seifen wurden angeboten, Öle und andere Naturprodukte. Am Tor zeigte, vermutlich infolge des Marktes, der Demonstrationszug gewisse Auflösungserscheinungen. Maja holte sich einen Rüblipuffer. Auch der Musikwagen kam zum Stehen. Nur vorn setzten sich einige Demonstranten Richtung Platz der Einheit ab, wo die Abschlußkundgebung stattfinden sollte. Maja lief mit ihren Freundinnen über den Markt. Hinter ihnen das Tor, rechts das Café Heider, vor ihnen die Ebertstraße. Maja und die anderen fanden diesen Markt wunderschön. Sie freuten sich, daß es Menschen gab, die etwas anderes machten als das, was all die anderen machten. Und daß man sich hier zu einer so guten Sache versammelte. Der Rüblipuffer kostete vier Euro, Lee wollte auch einen, hatte aber nicht genug Geld dabei, so daß Loredana ihr etwas lieh. Es war ein munteres Treiben, wie die Demonstranten von Stand zu Stand liefen, aßen und tranken, sich bei bester Laune unterhielten und dem bunten Tun, zu dem sie selbst dazugehörten, zuschauten.

Dann setzte sich der Zug wieder in Bewegung. Maja lief mit Nils. Einmal stand plötzlich ein Mönch vor ihnen. Es war Alexej. Er war seltsam nervös und fragte Nils, wo Heike sei. Nils sagte, er habe sie hinten im Zug gesehen, glaube er. Was heißt, er glaube das, fragte der

Mönch. Habe er sie gesehen oder nicht? Nils sagte, er habe keine Ahnung. Der Mönch musterte aufmerksam die Masse der vorbeiziehenden Leute, dann wurde er eine Weile von der Menge mitgetragen, anschließend kämpfte er sich zum Rand der Veranstaltung durch, wo Christoph Mai und Herr Hofmann auf ihn warteten. Mit ihnen ging er eilig davon. Was ist denn mit denen los, fragte Maja. Was macht denn Anastasias Vater hier? Nils zuckte mit den Schultern. Sie: Und wieso fragt der Mönch dich nach Heike? Nils sagte, er habe keine Ahnung. Sie: Woher kennt der denn überhaupt Heike? Nils sagte, er könne wirklich nichts dazu sagen. Sie: Ich kann mir nicht vorstellen, daß Heike hier im Zug ist. Sie geht doch nie demonstrieren. Arnold mache das auch nicht. Ach ja, sagte Nils und wies nach hinten ... Dort lief Arnold im Zug, skandierte eine Parole, klatschte rhythmisch dazu und lächelte demonstrativ zu ihnen hinüber. Pöhland war in seiner Nähe, schrie besonders laut und ließ sein Meckern über dem Zug erschallen.

Maja fand prima, daß Arnold dabei war. Endlich war auch er mal dabei! Heute gehörten wirklich alle zusammen. Dadurch war für Maja in diesem Augenblick alles noch um so mehr in Ordnung. Das Gerede von vorhin hatte sie ihm längst verziehen. Die Reigenmädchen liefen am Rand ihres Zugteils und streuten Blumen auf die Polizisten. Maja betrachtete die Gesichter der Bewaffneten. Sie wirkten gequält. Immer wenn einer der Polizisten lächelte oder signalisierte, daß er das mit den Blumen irgendwie ganz schön finde, begann eine der Reigenfrauen sofort das Polizistenspiel mit ihm zu spielen. Maja konnte beobachten, wie dem Polizisten gleich darauf alles aus dem Gesicht fiel und er eine vollkommen lächerliche, dienstbeflissene Miene aufsetzte. Die betreffende Reigenfrau wogte vor ihm hin und her, mit dem Kind auf dem Arm, sagte dazu Dinge, die Maja nicht verstand (sie war zu weit weg), sich aber vorstellen konnte, und dann ging die Reigenfrau lachend davon und ließ den Polizisten fassungslos zurück. Wieso verstanden diese Polizisten auch einfach nicht, was die bessere Welt war? Die gute Welt! Die Welt, wie sie sein sollte! Natürlich eine Welt ohne Polizisten! Überhaupt ohne Waffen und Monturen und so! Eine Welt voller Reigenfrauen! Eine Welt voller Frauen mit Kindern in Tragetüchern! Eine Welt, wo alles natürlich war, einfach so ... So wie diese drei, die hier gerade durch den Zug schwebten ... man konnte sich nicht an ihnen satt sehen (Pöhland allerdings streckte ihnen gerade den Mittelfinger entgegen).

Daß Nils irgendwann von ihrer Seite wich, bemerkte sie kaum. Er küßte sie lang, dann löste er sich von ihr, wahrscheinlich wollte er eine Zeitlang mit jemand anderem gehen. Weil Maja so guter Laune war, spielte sie jetzt selbst eine Weile das Polizistenspiel, und es gelangen ihr einige sehr glückliche Pointen. Einer der Polizisten, ein junger, hübscher, tat ihr sogar ein wenig leid, er betrachtete sie erstaunt und fand sie offenbar sehr schön. Einmal schloß er sogar seine Augen, als sie sich vor ihm in den richtigen Blickwinkel brachte. Das war so schön, wie er die Augen schloß! Daraufhin ließ sie das Spiel wieder sein. An einem Tag wie dem heutigen, sagte sich Maja, hätte man alle Blumen der Welt sammeln und in den

Korb der Reigenfrauen tun sollen. Sie hätten dann alles mit den Blumen bestreuen können. Die ganze Welt sollte ein Fest sein, und diese Demonstration demonstrierte es ja: daß alles gut und schön und wahr sein konnte. Maja war in einem völligen Hochgefühl.

Es begann nun, daß sich einige Mädchen von ihren Freunden auf den Schultern tragen ließen. Eine Reigenfrau verteilte Blüten an die auf den Schultern sitzenden Mädchen. Auch Aische saß auf den Schultern ihres Freundes. So wurde das Bild immer schöner. Man schwebte über den Köpfen der Polizisten, man war gut, und alles war gut. In Majas Hochgefühl wurden die Begriffe immer einfacher, größer und wahrer. Ja, vielleicht war heute wirklich der bisher schönste Tag in ihrem Leben. Sie schwor sich, daß alle Tage so sein sollten und daß man immer dafür eintreten solle, daß alle Tage so seien und alle Menschen so wie sie, so einfach, frei und gut und wahr. Loredanas Bruder nahm sie auf seine Schultern, denn Nils war nicht da. Nun war sie dem Himmel ein Stück näher, und die Blüten in ihrer Hand fühlten sich wunderbar kühl und frisch an. In diesem Augenblick donnerte wieder ein Militärflugzeug über die Stadt. Pfui, riefen die Demonstranten und reckten ihre Arme nach oben. Dann flogen Blüten in die Luft. Ja, es wurde wahr: alles war nun voller Blüten, auch die Helme der Polizisten, auch Majas Haare, und Loredanas Bruder lachte, und sie lachte, und er hielt ihre Hand, damit sie nicht stürzte, und von hinten hörte man Pöhlands fröhliches Meckern, und sie fühlte die Berührungen der Menschen, und sie spürte Loredanas Bruder, und sie hörte das Skandieren all dieser wundervollen Menschen: *Nie wieder Faschismus, nie wieder Faschismus*, und sie richtete ihre Augen von den Reigenfrauen zum Himmel und jauchzte, wobei Loredanas Bruder von einem anderen, der ein anderes Mädchen auf seinen Schultern trug, leicht angerempelt wurde, worauf Loredanas Bruder ein wenig das Gleichgewicht verlor, wodurch sich ein lustiges Taumeln für Maja ergab, über das sie seltsam gickelnd lachen mußte, und als sie die Blüten aus ihrer Hand fallen ließ, sah sie, wie sie dem Bordstein näher kam, der Bruder glitt aus, und sie sah irgendwie sehr deutlich die Farbe der Straße und des Trottoirs und sah auch, wie zwei oder drei Polizisten versuchten, sie aufzuhalten oder irgendwie mit den Händen aufzufangen, und dann sah sie die Bordsteinkante sehr deutlich und unerwartet nah vor sich, und dann wurde es schwarz. Und damit endete Majas Perspektive auf die Dinge.

Der Autor dankt dem Deutschen Literaturfonds, der Villa Massimo, dem Herrenhaus Edenkoben und dem Landgasthof Gebhardshütte in Bullau.